KB103546

서평하는 정신

서핑하는 정신

한은형 소설

▲▲●

작가
정신

차례

나에게 주어지는 것

내게서 떠나가는 것

모든 것이 나를 이루고 있네

− 미나가와 아키라, 「진자振子」

어쨌든 우리는 야만이

인간의 온기溫氣를 유발하는 계기라고

주장할 수 있다.

− 미셸 마페졸리, 『부족의 시대』

1.
해변으로 가는 길

첫눈에 반하지 않는다면 어떤 일도 일어나지 않을 거라는 말이 사기라는 것을 나는 파도에서 배웠다. 그 말은 열 살 전에 파도에 입문하지 않는 이에게는 서퍼가 될 가능성이 별로 없다는 서핑 영화의 대사처럼 터무니없다는 걸 이제 나는 안다. 어떤 일을 하는 데 있어 너무 늦은 때라는 건 존재하지 않는다는 것도.

그 이야기를 하려면 시간을 거슬러 올라가야 한다. 거기가 라인업이기 때문이다. 양미 씨의 목소리가 들려오는 것 같다. 파도를 타려는 사람들은 어떻게 해서 라인업에 가는지 아나? 다른 방법은 모르겠고, 내가 아는 방법은 오로지 이것뿐이다.

패들, 패들, 또 패들! 계속해서 나아간다. 양팔을 움직여서 쉴 새 없이 패들해야 한다. 처음에는 천천히, 나아가기 시작하면 빠르게. 피아노 에 포르테.

서핑에서 나는 그렇게 배웠다.

✦

지금은 2020년 12월 23일이고, 수요일이고, 크리스마스이브 전날이고, 나는 7번 국도를 달리고 있었다. 코로나가 스페인 독감 이후 최악의 질병으로 인정된 이래 일 년쯤 되는 날이었다. 경제 활황기의 코스피 주가만큼이나 확진자 수가 연일 최고치를 경신하는 3차 대유행의 나날을 지나고 있었고, 오늘부터 거리두기 3단계가 될 거라는 암울한 예측이 있었지만 3단계가 되지는 않았다.

서울의 거리 분위기는 충분히 3단계였다. 캐럴도 거의 들리지 않았고, 테헤란로의 한 백화점으로부터 시작해 백화점과 이어지는 거리까지, 또 거리 위의 허공까지 나무와 초록 들로 채워 자연의 융단으로 뒤덮은 듯 꾸며두었던 작년과 너무 달랐다. 나는 7번 국도를 달리는 중이었고, 막 강문해변을 지나고 있었다.

시대착오적이지 않아? 이 목소리를 들은 날이기도 했다. 저런 거 말고 코로나 확진자 수 나와야 하는

거 아냐?라고 말하는, 수염을 5밀리미터쯤으로 다듬
은 남자는 낯이 익은 것 같기도 했다. 이 엘리베이터
를 타기 시작한 지 삼 년 동안 열 번은 보지 않았을까
싶은 정도의 친숙함.

　나도 고개를 들어 그들이 보고 있는 것을 보았다.
엘리베이터 왼쪽에 있는 작은 LED 현황판이었다.
날짜와 온습도, 날씨, 베스트셀러 순위, 그리고 그날
의 코스피 지수와 나스닥 지수를 보다가 오늘이 12
월 23일이라는 것을 알았다.

　올해가 가기 전에 처리해야 할 일이 내게 있다는
것을, 그 일을 아직까지 미뤄왔다는 것도 떠올랐다.
그래서 급행 휴가라는, 한 번도 써본 적이 없던 다국
적 기업 복지 제도의 혜택을 입어 오전 근무까지 하
고 퇴근했던 것이다.

　도시에서 혼자 크리스마스이브와 크리스마스와
연말과 연초를 보내는 일을 면했다. 이 콰트로 콤보
를 또 어떻게 보내느냐며 마음이 움츠러들지 않아도
됐다. 하기 싫은 일을 하기 위해 지금 여기 이러고 있
었지만. 인생에 있어 나쁜 일만은 없다고 생각하려
애쓰고 있었다.

　하나가 나쁘면, 하나는 좋다. 세상은 그렇게 시소
처럼 양쪽으로 기울게 만들어져 있다고. 그렇게 만들

어져 있지 않더라도 그렇게 생각하고 살아가려는 게 나라고. 가벼워졌다 무거워졌다, 다시 가벼워졌다가 하면서. 발이 땅에 닿았다 떨어졌다 다시 닿았다가 하면서, 또 한번 날아오를 시간을 기다리면 되었다.

왜 그런 거 있지 않나? 평소에는 혼자 있어도 아무렇지 않은데 크리스마스이브나 설날 같은 날에는 혼자 있기가 어렵다. 냉장고는 텅텅 비어 있고, 밖으로는 한 발짝도 나가고 싶지 않다. 컵을 쥐는 손동작이 마음에 들지 않는다든가 살성이 그다지 와닿지 않는다든가 하는 상대에 대한 불만은 잠시 접어놓고, 어떻게든 짝을 이루고 있는 이들 앞에서 이런 날 밥 먹을 사람이 아무도 없는 사람이라는 걸 보여줄 만큼 꿋꿋하지도 못해서.

마늘과 올리브 오일, 파스타 면만 있으면 알리오 올리오를 만들 수 있다는 걸 알지만 냉장고에 마늘이 있을 리 없다. 켜본 게 언제인지 기억도 나지 않는 가스레인지라 작동이 되는지도 모르겠고. 침대맡에 있는 책꽂이에는 도나 헤이의 파스타부터 알랭 뒤카스의 그리너리, 풍산 류씨 종가 맏며느리의 제철 음식, 그저 큰절의 말사未寺였을 뿐인 절을 사찰 요리로 유명하게 만든 스님의 약선 요리, 파리 페이스트리 부티크의 베이킹까지 오프라인 서점의 매대에서 직접 고르고 고른 열 권 정도의 요리책이 있었지만 실제로 해본 적은 없다. 하나도.

눈까지 내려주기라도 하면 기분이 더 그렇다. 호르몬과 날씨와 절기에 좌우되는, 깃털처럼 취약한 사람은 아니라고 자부해오던 신념이 바르르 떨리는 소리가 들린다. 나약하기 그지없는 사람, 그게 나다. 내가 믿는 신도 아닌 그냥 어떤 신의 아들의 탄신일일 뿐이라는 건 이론상의 문제, 참을 수 없이 어색해진다는 건 내가 감당해야 하는 현실.

이때가 되면 나는 떠나곤 했다. 해변 앞에 있는 펜션으로, 지방 소도시의 호텔로, 어떨 때는 절로. 그러니까 템플 스테이로. 24시 옥돌 사우나에서 입을 법한 누리끼리한 단체복으로 환복하고 명상과 예불을 함께 해야 한다는 전통적인 템플 스테이는 사양해왔다.

지금 말하고 있는 템플 스테이란, 오로지 휴식형이다. 짐을 내려놓고 그저 잔다. 24시간을 잔다고 해도 뭐라 할 사람은 없다. 밥을 먹고 싶지 않으면 먹지 않아도 되지만 시간만 맞춰 간다면 괜찮은 밥을 준다.

템플 스테이는 나처럼 '홀로 연말족'을 위해서 생긴 게 아닐까 생각한다. 템플 스테이를 이 땅에 만들어준 한국의 사찰 관계자에게 감사하고 있다. 욜로가 아니라 홀로다. You Only Live Once. 인생은 한 번뿐인 게 맞는데, 욜로가 맞는지는 모르겠다. 한 번뿐이니까 그렇게 살면 안 되지 않나 싶고, 욜로라는 단어는 내장파괴버거만큼이나 사람 몸에 나쁘다고 생각한다. 자기 파괴적이라고.

거기 오는 사람들도 마음에 든다. 본인의 얼굴과 핫한 스팟이라고 생각되는 인스타그래머블한 곳을 계속해서 찍는 이들은 최소한 템플 스테이에는 없지 않을까 싶다. 욜로의 방식이라며, 그게 시간이든 돈이든 누린다고 생각하는 이들은 템플 스테이에서는 누리고 싶지 않을 것 같아서. 여기에는 홀로증후군을 겪는 나 같은 사람만 있다.

자본주의 시대에 가성비라는 것은 환상일 뿐이라는 게 내 입장이다. 환상은 환상에 빠지고 싶은 사람들이 많을 때 태어나는 법. 아니면 '가성비'라는 말이 아닌 다른 말을 동원하기에는 어휘력이 부족하거나. 가성비라는 건 애초에 존재하지 않으며 오로지 돈의 효용 가치에 합당한 것이 주어지고, 그게 자본주의의 합리성이라고 생각하지만 템플 스테이는 좀 다르다. 이 시대에 얼마 남아 있지 않은 낭만적인 도피처럼까.

혼자 있기 쓸쓸한 연말이라는 이유로 급행 휴가를 낸다고 해서 받아줄 회사는 없다는 걸 미리 말하고 싶다. 내게는 올해가 가기 전에 처리해야 할 개인적인 일이 있었다. 지금까지 미뤄왔다는 말이기도 했고, 더 이상 미룰 수 없다는 말이기도 했다.

강원도와 영동 산간 지방에 눈이 올 거라는 예보를 듣고 서둘러 출발한 길이었지만 아직 눈은 오지 않는다. 스노우타이어로 교체해야 하는 건 아닌가 하다가 생각만 하다 말았다는 게 떠오른다.

나는 좀 그런 편이다. 생각은 하는데, 생각만 하다가 만다. 그러면 생각은 어디로 가나? 그냥 없어지나? 아니면 안에 고여 있나?

잠시 도로 갓길에 차를 세우고 비상등을 켠다. 7번 국도에서 빠져나와서 사근진해변과 순긋해변을 지나 다시 7번 국도로 합류할까? 생각만 하고 만다. 최대한 천천히, 그리고 오래 걸려 가고 싶었는데 그러지 못한다.

문제의 핵심에 조급하지 않게 도달하는 것, 그런 것은 아무나 할 수 있는 게 아니다. 여유와 자신감 중에 하나라도 있어야 한다. 앤드루는 문제의 핵심에 가파르게 도달하는 사람을 원하지만, 나는 그런 사람이 될 수 없고 되고 싶지도 않다. 비상등을 끄고 왼쪽 방향 지시등을 켠 후 다시 도로에 진입한다. 나는 점점 더 어디에도 맞지 않는 사람이라는 생각이 든다.

나는 여기 길을 잘 모르고, 내비게이션에 의존할 수밖에 없는데, 내비게이션을 믿을 수가 없다. 본인이 그렇게 가라고 안내해놓고 이런 목소리를 들려주는 것도 내비게이션이어서.

잘못된 경로입니다.

이 경로로 가면 한참을 돌아가게 됩니다.

경로가 되돌아옵니다.

곡선보다는 직선에, 지방보다는 서울에, 강북보다는 강남에 최적화된 게 내비게이션이라는 것을 내비게이션에게 여러 번 당하고 나서야 알게 되었다. 문제의 원인을 알고 나서 다시 같은 실수를 반복하지 않으면 좋겠지만 나는 그런 사람이 아니다.

처음에는 운전이 서툴러서인 줄만 알았는데 내비게이션 때문에 운전이 더 서투르게 된다는 걸 알고 다시는 내비게이션을 쓰고 싶지 않았지만 그러기에는 길을 너무 몰랐다. 자신감도 없었고. 길을 모르니 자신감이 없는 건지도 모르겠지만.

이러니 사람들이 자기계발서 같은 것에 휘둘리는

거라고 생각했다. 몰라서 속나? 알아도 속는다. 몰라도 속고, 알아도 속는 거, 그래도 성공이라는 걸 해본 사람은 뭐라고 말하는지 궁금한 거라고. 아무것도 하지 않고 흘려보내기에 인생은 너무 기니까.

캐시에게 두 번째 전화가 걸려 왔다. 그녀도 내가 일주일 휴가를 냈다는 걸 알고 있었다. 휴가 기간에, 이렇게 연달아 두 번씩이나 전화를 걸 정도로 우리가 스스럼없는 사이였던가 생각하며, 받아야 하는 전화인지 고민하는데 전화가 끊어졌다. 핸드폰으로 내비게이션을 쓰고 있어서 받을 수도 없었지만.

눈이 온다는 예보가 없었다면 해변을 따라 천천히 올라갔을까? 내비게이션을 꺼버리고 그냥 해변을 따라 올라갔을까? 그럴 수 있었을까? 오른쪽에 바다를 끼고 하와이의 여신인 펠레처럼 우아하고 또 느긋하게 북상하고 싶었다. 바다를 거느린다는 느낌으로.

화끈하게 치솟는 펠레에게 어울리는 표현은 아니겠지만 우아한 펠레가 나를 이끌고 있다는 생각을 했다. 그렇지 않다면 지금 내 마음을 어떻게 설명할 수 있을까? 어디가 꽉 막힌 것처럼 답답하고 또 답답하지만 화를 내고 싶지는 않다. 화를 누구에게 내야 할지도 모르겠고. 나는 분노나 폭발, 복수 같은 것에는 관심이 없다.

생각하는 것이다. 펠레의 분노는 됐고, 펠레의 위엄만 가지고 싶다고. 그래서 빅아일랜드의 움푹한 골짜기 위로 치솟는 그녀처럼 상승하고 싶다고. 아직 바다는 보이지 않는다.

그때, 잭 존슨의 노래가 라디오에서 흘러나왔다. 서핑 챔피언의 아들인 그가 부르는 노래가. 나는 내비게이션의 볼륨을 줄이고, 라디오 소리를 키웠다. 그의 가장 유명한 노래인 〈베터 투게더Better Together〉였다. 교통방송 채널을 찾으려고 돌리다가 잭 존슨이 나왔던 것이다.

남태령 안골에서 출발해 강릉을 거쳐 양양으로 올라가는 중이었는데, 잭 존슨을 듣고 있으니 마치 남태평양에서 출발해 여기로 바로 온 듯한 기분이었다. '원 웨이'로 말이다. 비행기도 타지 않고, 배도 타지 않고, 아주 오래 이어지는 국도를 타고.

결정적인 순간 같은 건 인생에 별로 없다고 생각해왔다. 따지고 보면 매 순간이 결정적이고, 순간순간의 결정이 나를 이끌어온 거라고. 그런데…… 그래도…… 그런 건 있는 것 같다. 부끄럽지만, 이 노래를 듣자 좀 다른 사람이 된 기분이 들었다고 말해야 할 것 같다. 처음 들었던 순간에도, 그리고 이 노래를 다시 듣게 된 지금 이 순간에도.

Our dreams, And they are made out of real things

우리의 꿈, 그것은 진짜로 존재하는 것들로 이루어져

있어요

It's not always easy, And sometimes life can be

deceiving

그게 늘 쉽지만은 않아요, 그리고 인생은 가끔 우리를

속이기도 하죠

이런 가사들이 따뜻한 공기와 바람과 함께 멜로디

에 섞여 흘러갔다. 창문을 열면 겨울이고, 입김이 나

올 정도로 추운 날씨였는데, 잭 존슨이 흐르는 차 안

은 그랬다.

따뜻했고, 또 따뜻했다. 따뜻한 공기를 타고 진짜

로 존재하는지 모르겠는 것들로 이루어진 쉽지만은

않은 나의 인생도 흘러갔다. 흘러가는 것 같았다.

달콤한 한숨 같기도 한 목소리였다. 체념과는 거

리가 먼 한숨. 자발적으로 줄넘기 300개를 하고 내

쉬는 한숨처럼, 평화로운 한밤의 입김 같달까. 그의

목소리를 들으면 어쩔 수 없이 한밤의 풀잎처럼 연

해지고, 많은 것들이 떠오른다. 내가 생각하고 있었

는지도 몰랐던 것들이.

구름에 떠 있는 듯 좀 비현실적이 되어서.

나의 현실에 대해 생각하는데 비현실적인 느낌이 드는 건 나의 현실이 외부의 현실에 속해 있지 않다는 느낌 때문이겠지. 내게 이런 생각이 들게 하는 그가 구름에 떠 있는 게 어떤 느낌인지 아는 사람이라서 그럴 거라고도 생각한다. 실제로 말이다. 잭 존슨은 서퍼였으니까.

구름 위를 보기도 했을 것이다. 빌딩만 한 큰 파도를 타게 되면 구름 위에서 나는 기분이라고, 서핑을 하는 카할라의 친구들은 말했다. 이제 서핑을 하지 않는 그는 구름에 뜬 느낌을 과거의 기억에 비추어 상상만 할 수 있을 테고, 그렇기에 아련한 느낌이 드는 것이다. 비현실적인 느낌이라고도 해야 한다. 언제나 현실이었지만, 더 이상 현실이 아니게 된 것은 비현실이라고 해야 하니까.

이때만 해도 나는 이 노래가 얼마나 계시적인지 다 알지는 못했지만 이 노래를 듣기 전과 후로 내 인생을 나눠봐도 좋겠다고 생각했다.

2.
오아후 시절

운전의 좋은 점은 혼자 있을 수 있다는 것이다. 운전의 나쁜 점은 많은 생각들이 흘러간다는 것. 인생이 그렇듯 운전에도 좋은 점과 나쁜 점이 모두 있다. 그런데, 지금 하는 생각들은 내게 그리 나쁘지 않은 것 같았고, 잭 존슨에게 감사하는 마음이 되어서 나는 액셀러레이터를 밟고 있었다. 주변의 차에게 위협이 될 만큼 빠르지도 않고 방해가 될 만큼 느리지도 않게.

서핑 챔피언의 아들이 품을 수 있는 미래에는 어떤 것들이 있을까?

아버지의 대를 이어 서핑 챔피언이 되거나, 서핑보드를 만드는 셰이퍼가 되거나, 아니면 서퍼들을 찍는 포토그래퍼가 되는 것 말고.

커뮤니티 회의에서 만났던, 아프리카에 있는 어느 나라에서 온 남자가 30대째 넘게 음악만 하는 '음악 가문'의 적장자라며 자부심과 체념이 골고루 섞인 목소리로 이야기하던 게 스쳐 지나갔다. 이름도 생각나지 않는 그 남자의 표정을 떠올리며 나는 좀 웃었다. 좀 웃었다기에는 소리 내서 크게.

혼자 웃는 건 좀 괴상한가?

잭 존슨의 이 노래는 처음 들었던 그때부터 편안했다. 아니, 편안했다기보다 친숙했다고 하는 게 맞을지도 모르겠다. 세상에 존재하는지도 몰랐던 애착 담요를 우연히 발견한 느낌이라고 해야 하나. 그에게 있는 모든 것을 내가 가졌다고는 할 수 없겠지만 최소한 우리가 공유하는 게 몇 개는 있다는 걸 이 노래를 처음 들었던 그때부터 느꼈다. 유난히 달콤한데 느끼하지는 않아 한 번만 들어도 잊을 수 없이 강렬한 그 목소리 말고는 그에 대해 전혀 몰랐던 그때부터.

좌절당한 서퍼.

내가 편안함을 느끼는 이유이자 그의 정체성이었다. 서핑 집안에서 태어나서 서퍼가 되었으나 부상을 당해서 더 이상 서핑하지 못하게 된 사람. 아무것도 하지 못했던 시간이 그에게는 있었다.

그가 보냈던 막막한 시간을 느낀다. 막막하고, 막막하고, 또 막막했던 시간을 지나온 그가 부르는 노래를 들으며.

내가 좌절당한 서퍼라는 말은 아니다. 나는 좌절당하고 싶어도 좌절당할 수 없는 서퍼에 가깝다.

대신 오아후의 공기 같은 것, 그게 우리 사이에 있었다. 잭 존슨이 하와이 사람이라는 것, 오아후섬 사람이라는 것을 알고서 내가 느꼈던 친밀감의 정체가 혼자만의 착각이 아니라는 걸 알았다. 그는 오아후의 북쪽인 노스쇼어에, 나는 남쪽인 호놀룰루에 살았지만.

그 목소리를 듣고 느꼈던 달콤하면서 씁쓸한 감정은 오아후섬에 운무처럼 떠도는 그것과 닮았다. 대부분은 모르고 지나가지만, 누군가는 젖어 있고, 또 누군가는 잡아채기도 하는 그 공기 말이다.

나는 거기에 젖어 지내는 편이었다. 특히 아침의 다이아몬드헤드산에 구름들이 걸리는 장면을 보는 걸 좋아했다. 우리 집은 다이아몬드헤드산의 동쪽에 있었는데, 나는 주말에 서쪽에서 보는 다이아몬드헤드산을 더 좋아했다.

그렇다. 거기에는 주말에만 갈 수 있었다. 호놀룰루의 마라톤 코스인 와이키키에서 카피올라니 공원으로 이어지는 길, 길 이름은 기억나지 않지만 유화 물감을 두툼하게 바른 듯한 마젠타빛 부겐빌레아가 가득한 그 길에서 구름 사이를 걷는 것을 좋아했다. 엄마가 재스민 향기 같다고 한 부겐빌레아 냄새를 온몸에 묻히며 해변으로 가는 길을.

끝없이 이어지는 대나무 숲이 있어서 사라락 사라락 소리가 난다는 것도 좋았고, 대나무 숲 사이에 숨겨놓은 서핑보드가 세워져 있다는 것도 나를 미소 짓게 했다. 아마 해변에서 좀 멀리 사는 어떤 어린 서퍼가 맡겨놓은 물건이라고 상상하며 말이다. 해변과 길의 이름 들은 오아후 사람들의 이름을 따서 만들어졌다고, 그 동네에서 오래 살며 오래 서핑을 해오던 서핑 가문의 이름을 따서 만들어졌다는 대디의 이야기를 듣고 그 길들을 더 좋아하게 되었다.

오아후섬의 구름은 마음만 먹으면 잡을 수 있겠다는 생각이 들 정도로 낮게 떴다. 큰 파도를 타지 않아도 쿠쿠이나무나 망고나무에 오른다면 잡을 수 있다는 생각이 망상이 아닌 것처럼 느껴지게 하는 몽롱한 기운이 거기에 있었다. 나 같은 사람은 주말 아침의 카피올라니 공원 쪽을 걷는 것으로 충분했지만.

나는 하와이에서 태어났다. 내 부모가 나를 거기

서 낳았기 때문이다. 어쩌다 보니 대디의 직장이 하와이에 구해져서였다. 학부까지 서울에서 마친 그는 해양학과로 유명한 미국 동부의 한 대학에서 박사를 한 후 하와이의 한 연구소에 취직했다. 하와이대학교의 해양학과와 느슨한 협력 관계를 맺고 있던 그곳은, 파도를 연구하는 데였다. 비유가 아니라 정말 그랬다. 대디가 일했던 곳의 공식 명칭에는 '파도'와 '연구소'가 모두 들어갔다.

대디의 일은 파도를 연구하는 것이었다. 한국전쟁이 시작된 해에 바다를 전혀 볼 수 없는 서울의 한복판에서 태어나 전 세계의 파도를 연구한다는 일이 어떤 건지 종종 궁금했다. 하지만 물어본 적은 없다.

그런 문제는 묻는 사람도, 답하는 사람도 애매한 일이라는 걸 어릴 때부터 알았던 것 같다. 대체 서울에 뭐가 있길래 그렇게 그곳을 그리워하느냐고 엄마에게 묻지 못한 것도. 그래서였다. 1980년대에 하와이에서 태어나 십 년 넘게 살았으면서 왜 서핑을 하지 않았느냐고 묻는다면 나 역시 제대로 된 답을 하지 못했을 것이다.

우리는 오하우섬의 카할라에 살았다. 대디의 연구소에서 가까운 축에 속하는 중산층 주거 단지 중에 학교들의 평판이 비교적 괜찮고, 엄마가 주로 물건을 사는 홀푸드가 근처에 있는, 엄마 표현대로 하면 '이만하면 안락한 편'인 동네였기 때문이었다. 카할라 초등학교가 있고, 카할라 커뮤니티 파크가 있는 그 길에 있던 집의 남쪽 창으로는 바다가 보였다.

태평양이었다. 북태평양과 남태평양이 만나는, 그래서 파도를 좋아하는 사람들을 이곳으로 이끄는 자장을 열두 달 내내 만들어내는 그 바다가.

에펠탑이 파리의 상징인 것처럼 훌라와 우쿨렐레가 하와이의 상징이라는 걸 나는 한국에 와서 알았다. 하와이에서 태어났다고 하면 사람들은 훌라 춤을 출 줄 아느냐고, 우쿨렐레를 연주할 줄 아느냐고 물었다. 하와이에 가봤거나 아니면 하와이에 대한 여행 가이드북이라도 읽은 사람이라면 멜레를 좋아하느냐고 묻기도 했다.

그저 웃을 수밖에 없었다. 난처하게, 하지만 비웃는 표정으로 보이지는 않게. 나는 엄마로부터 남들에게 미움받지 않는 표정과 태도를 교육받았다. 너의 마음을 사람들이 꼭 알 필요는 없어. 너만 알면 돼. 아빠랑 나 정도면 충분.

하와이풍 노래를 멜레라고 하는데, 그런 건 하와이에서 안 듣는다. 내가 아는 하와이에서는 그렇다. 애플 뮤직에 있는 도시별 인기 음악을 들어본 적이 있는 사람이라면 내가 무슨 말을 하는지 알 것이다. 2020년 겨울, 서울과 베이징과 호놀룰루와 파리의 인기 음악이라는 것은 거의 구분이 되지 않는다. 하와이에 살았던 것은 1998년까지였지만 그때도 크게 다르지 않았다. 여기서 듣는 걸 저기서 듣고, 저기서 듣는 걸 또 여기서 듣는다.

1998년의 나는 음악을 듣는 아이가 아니었고, 우리 집에서도 음악을 듣지는 않았지만, 같은 반 애들은 미국 음악을 들었다. 마돈나나 휘트니 휴스턴이나 셀린 디옹이 부르는 노래들. 언제부턴가 내가 어디에 있는지는 예전만큼 중요하지 않게 된 것이다. 초등학교 때 오아후에서 구독하던 한국의 소년 잡지가 강령처럼 읊어대던 '지구촌 시대'란 이런 것을 말하는 거였나 싶다.

하와이에서 태어났다고 하면 요즘은 이렇게 묻는다. "서핑할 줄 알아요?" 아니면 이렇게 말하거나. "서핑할 줄 알겠네."

하와이에서 살았다고 하면 모두 내가 서핑을 하는 줄 안다.

뭐랄까…… 나는 서핑의 공기 속에서 자랐다고 해도 과장이 아니다. 주변에 서핑하지 않는 사람보다 서핑하는 사람이 많았고, 서핑보드와 서프 뮤직 같은, 서핑에 따라오는 온갖 부산물들이 부표처럼 둥둥 떠다녔다.

둥둥. 정말 그것은 '둥둥'이라고 해야 한다. 공기 중에 서핑이라는 글자가 함유된 듯한 느낌이었기에. 그래서 서핑을 했나?

전혀. 서핑을 해본 적이 없어도 서핑을 하고 있는 기분이 들었던 나는 서핑을 할 필요를 느끼지 못했다. 아니, '서핑을 할 필요를 느끼지 못했다' 정도로는 부족하다. 나는 서핑을 하고 싶지 않았다. 절대로.

바다와 파도와 서핑과 서핑보드와 서핑 잡지로 둘러싸인 곳에서 살다 보면 그렇게 된다. 실제로는 그렇지 않을지도 모르지만, 나와 내 가족 말고는 모두 서핑을 하고 있는 느낌이 드는 곳에서 나는 서핑만은 절대로 하고 싶지 않았다.

나만은 말이다. 모든 사람들이 하고 있는 그것을 할 필요를 느끼지 않았다고 해야 한다. 그래서 좌절당하고 싶어도 좌절당할 수 없는 서퍼에 가깝다고 말한 것이다. 서핑을 해본 적이 없으니까.

그때의 내가 잭 존슨의 노래를 들었다면, 이 노래를 들으며 오아후의 72번 국도를 달리고 싶다고 생각했을 것이다. 지금 달리고 있는 강원도의 7번 국도처럼 바다를 향해 나 있는 게 오아후섬의 72번 국도다.

관광객들이 그러는 것처럼 서쪽에 있는 이올라니 궁전에서 시작해 72번 국도를 달리는 코스도 좋고, 짙은 초록과 계곡이 있는 마우나윌리에서 출발하는 것도 좋다는데, 엄마는 홀푸드가 있는 쪽으로 나와 와이루프 비치를 지나가는 경로로 72번 국도를 달렸다. 운전은 늘 엄마가 했다. 대디는 운전면허도 없었고, 앞으로도 운전을 하겠다는 생각을 해본 적이 없는 사람이었는데, 우리는 아무런 불만이 없었다.

나는 열 살 때까지 하와이에서 살았을 뿐이고, 그때는 이 노래를 알지 못했다. 잭 존슨이 아직 노래를 만들지 않았으니까. 그는 동시간대 하와이에 살았던 동양 여자애의 마음에 이렇게 흔적을 남길 거라는 걸 모른 채 파도를 타는 중이었다.

열 살의 내가 지금의 나와 그렇게 다르지 않다고 생각한다. 나는 커도 내가 될 뿐이니까.

열 살의 내게 운전하고 싶다는 욕망이 있었는지 전혀 기억나지 않지만 내가 아는 나라면 그랬을 것이라고 생각하며 나는 강원도의 7번 국도를 달리고 있었다.

내가 들은 옛날이야기 이야기를 해야 한다. 옛날이야기는 '옛날 옛날에'라고 시작된다고 하던데 '옛날 옛날에'로 시작되는 이야기를 들었던 기억은 없다.

내 부모들이 이야기를 해주지 않거나 책을 읽어주지 않는 사람들이어서가 아니라 그들은 그런 이야기를 믿지 않았으니까. 옛날의 공주와 왕자, 그리고 성城과 두꺼비와 백조와 모험과 가시덤불과 마차가 나오는 이야기를, 드레스를 입은 여자가 나오는 이야기를 내가 읽기를 바라지 않았다.

그런 건 구식이라고 여겼다. 그들은 신식이었다. 내가 본 부모란 그들뿐이었고, 내가 아는 남녀관계도 그들뿐이어서 그들이 신식이라는 걸 알지 못했지만 말이다.

믿지 않는 이야기를 하지 않는 사람들이기도 했다. 그래서 나는 그런 이야기들을 성인이 되어서 동화책으로 읽었다. 대신 '월리월리가'로 시작되는 이야기를 들었다. 그 이야기를 처음으로 들었던 순간을 똑똑히 기억하고 있다.

한 달만에 돌아오기는 했지만 엄마가 사계절 내내 여름인 하와이의 날씨를 견디지 못하고 한국으로 돌아갔을 때였고, 나는 아무리 다 큰 척해도 아직 어린 아이인 나를 버리고 간 엄마와 그런 엄마를 막지 못한 대디에게 시위하느라 입이 나와 있었고, 다섯 살이었다. 그들이 신식이어도 너무 신식이라는 걸 알지 못하던 때였다. 또 겨울이면서, 겨울이 아니었다.

11월이었다. 아직 더웠고, 계속 더웠지만 겨울이 아닌 건 아니었다. 이상할 정도로 유난히 더운 겨울이었던 것으로 기억한다. 폭우가 내리기 전이었다. 한국말을 쓰고, 한국의 양식과 습속대로 살아가던 우리 가족에게 3월부터는 봄이고, 11월부터는 겨울이었으니까.

엄마는 하와이의 겨울을 인정하지 않았다. 20도 가까이 되는 겨울을 보았느냐며 말이다. 미칠 때는 30도까지도 올라가는 이 날씨가 어떻게 겨울이냐고.

코도 안 시린데 어떻게 겨울이야?

엄마는 하와이를 싫어했다. 누군가가 인간이 누릴 수 있는 최적의 온도와 습도를 가진 세상의 유일한 곳이 하와이라고 했다면서, '그게 말이 되니?'라고 거실 창문 밖으로 보이는 야자나무를 노려보면서 말하는 게 엄마였다.

집 밖에서의 엄마와 집 안에서의 엄마는 너무 달랐는데, 나는 집 안의 엄마가 더 나았다. 그때의 엄마가 진실했기 때문이다. 하와이 날씨가 호사스럽지 않느냐는 엄마의 테니스 친구이며 내 친구 엄마이기도 한 여자에게 "엄청!"이라고 말한 엄마보다. 따뜻하고 호사스럽다고? 나는 이게 참 지겨운데. 이렇게 말하는 엄마가.

나는 국어 시간에 했던 희곡 실습에서 엄마를 닮은 인물이 등장하는 희곡을 쓰고 엄마라면 할 법한 말들을 쓰기도 했다. "난 뉴욕의 겨울, 그 뼛속까지 시린 겨울을 원해!" 같은. 이 대사에 객석의 누구도 반응하지 않았다. 처절할 정도로 무반응이었다.

그걸 하와이가 아닌 한국에서 썼기 때문이라는 걸, 하와이에서 돌아온 지 얼마 안 되었던 당시의 나는 알지 못했다. 윌리윌리 이야기 같은 걸 써야 했다. 그런 건 보편적인 이야기니까. 그리고 왠지 모르게 마음이 편해지니까.

윌리윌리 나무로 말이야.

이 이야기는 이렇게 시작된다. 어린아이에게 해주는 옛날이야기로 시작했던 그 이야기를 내가 더 이상 어린아이가 아니게 된 다음에도 대디는 해주었는데 나는 지겹지 않았다. 이것 말고는 아는 이야기가 없는 대디의 사정을 배려해서는 아니고, 윌리윌리 이야기에는 마법적인 순간이 있다.

윌리윌리가 무슨 뜻이라고?

내가 윌리윌리 이야기를 해달라고 하면 일단 대디 는 늘 이렇게 질문했다.

계속해서 구부러진다고.

이렇게 말하고 나면 신기하게도 이야기 속으로 들 어갈 마음의 준비가 되었고, 다시 그 이야기를 처음 들었던 그 순간으로 돌아간 것 같았다.

찰흙을 주욱 늘이는 것처럼 윌리윌리 나무는 주욱 늘어났고, 그 상태로 또 구부러졌고, 휘어졌고, 그래 서 나를 안아주는 느낌이 들었다. 윌리윌리 이야기에 대해서 몰랐던, 그래서 어떤 이야기가 이어질지 기다 렸던 그 순간이 되었다. 양손을 모으고 자신을 바라 보는 나를 보면서 대디는 이야기를 하기 시작했다.

윌리윌리를 보러 갔다가 그들을 처음으로 보았다. 서퍼들 말이다. 하와이에는 도처에 서핑하는 사람들 이 있기에 처음으로 본 것은 아니었겠지만 당시의 내 기분은 그랬다. 귀중한 뭔가를 발견했다는 생각이 들었다.

바다 위에 작은 부목처럼 둥둥 떠 있는 그들이 파도를 잡기 위해 그러고 있다는 걸 알았고, 그건 내가 하와이에서 봤던 가장 아름다운 광경 중 하나다.

벼랑에 매달린 윌리윌리가 거의 바다 쪽으로 엎드리다시피 해서 서 있던 모습을 기억하고 있다. 그게 서퍼를 본 날인지는 알 수 없지만.

왜 저래?

바다로 가고 싶으니까.

대디와 이런 말도 했었다. 서핑이 종교적인 일이라고 말한 사람도 대디였다. 종교적인 사람이라서, 또 서핑을 해본 적 있어서 그런 말을 한 것은 아니었다.

우리 집에는 종교가 없었고, 아무도 서핑을 하지 않았지만 집에서 조금만 걸어 나가면 바다가 있었고, 남쪽 창문으로는 바다가 보였으니까. 바다에 속해 있다는 감각을 늘 갖고 있는 게 나의 가족이었다. 거리에는 맨발로 서핑보드를 들고 바다로 나가는 사람들이 있었고, 무엇보다 대디가 바다에 종사하는 일을 하기 위해 우리 가족은 하와이에 있는 것이었다.

그때, 바다가 나타났다. 내 오른쪽에서 나타난 바다는 나와 함께 북상하기 시작했다. 다이아몬드헤드

산 부근의 구름처럼, 나의 속도에 맞추어 완만한 상
승. 날씨가 흐려서 하늘과 바다의 이음선은 사라진
듯했고, 그래서 더 세상이 열린 것 같았다. 나도 모르
게 소리를 지르기 시작했다.

후우우우우우우우. 우우우우우우우우우우.

3.

해변 아파트

오후 한 시가 넘어 있었다.

깨어나서 보니 그랬다. 아홉 시에 이불을 펴고 누웠으니 열여섯 시간을 잔 것이었다. 죽은 듯이 잘 수 있기를 바랐지만 그러지는 못했다. 사회생활을 하며 몇 번 느껴보지 못한 바로 그 감각, 죽은 듯이 자는 듯한 잠을 소원하며 누웠지만 말이다.

죽은 듯이 자는 잠이란 남국의 산호초 같은 것이라고 생각했다. 환상과 아련한 기억 속에서만 현란하게 존재하는 산호초처럼 그것은 거기에만 있다. 현실의 산호초란 뾰족하고 날카로워서 발을 찢기기 쉬운 불편한 것이라는 걸 오아후 출신인 나는 잘 알고 있다.

서핑을 하고 싶지 않은 백 가지 이유 중의 하나가

산호초이기도 했다. 어린 시절의 나는 서핑을 하다가 산호초에 찢길 것만 같았고, 내가 흘린 피 냄새를 맡고 랄라키아나 리우히가 달려올 것 같다는 생각에 사로잡혀 있었다. 내 악몽의 주된 레퍼토리기도 했다.

리우히는 하와이섬에 사는 상어다. 랄라키아와 함께 윌리윌리 홀라 찬트에도 나오는 상어. 실제로 본 적은 없다. 나는 그 노래 때문에 상어가 이빨이 세 겹으로 되어 있다는 사실을 알게 되었는데, 아마도 이 세 겹의 이빨이 공포의 원인일 것이다.

어제도 리우히에게 쫓기는 꿈을 꾸었다. 마침내 거의 다 쫓아온 리우히가 입을 크게 벌려 내 얼굴을 물려고 하는 순간 아악, 하고 소리를 지르며 깨어났다.

아예 못 잔 것은 아니다. 자다 깨다 자다 깨다를 반복했다. 여러 가지 꿈들을 꾸면서. 마치 불완전하게 만들어진 기계장치의 스위치가 온과 오프를 반복하며 완전한 접지를 이루는 어느 순간까지 도킹을 시도하는 느낌이었다고 해야 하나.

동향의 아파트란 참 고약한 것임을 자는 동안에도 느꼈지만 일어날 수가 없었다. 도저히. 이곳의 해는 아침부터 강렬했고, 감은 눈꺼풀을 뚫고 들어왔지만 말이다. 피부과에서 레이저치료를 받는 기분이었다. 눈을 가린다고 가려줘도 망막을 뚫고 들어오는 레이

저는 막을 수가 없다.

숙면을 방해하는 강렬한 아침 해에 맞서며 누워 있기란 그리 쉬운 일은 아니었다. 하지만 눈이 부시다고 일어나기에는 절대적으로 피곤했다. 등도 아팠다. 자는 동안 누가 몰래 때리고 간 것처럼 아프다며 근육통을 호소하던 캐시의 찌푸린 얼굴이 지나갔다. 짜증이 날 때도 많지만 대체로는 귀여운 캐시의 얼굴이.

누워서도 유튜브를 보고 있으니 그렇지 않냐고 말하고 싶었지만 참았다. 나는 엄마의 착한 딸로 오래 살아왔으니 그런 건 할 수가 없다. 캐시는 뭐랄까, 엄마의 정반대 쪽에 있는 사람이었다. 어떻게 전달될지는 전혀 걱정하지 않고 마음에 있는 말을 다 했다. 말만 그런 것은 아니고 행동도.

주식과 비트코인, NFT와 미술품, 해변 아파트 같은 투자 품목도 있다고, 그런 것들은 따지고 보면 부동산업인 우리의 사업과도 연관이 있지 않느냐며, 그런 데 관심을 기울이지 않는 건 업무태만이라는 식으로는 말하지 않았지만 슬쩍 웃는 것만으로도 충분히 뜻이 전달되게 하는 게 캐시였다.

기분이 좋을 때는 이런 캐시의 순진함이 귀여웠고, 그저 그럴 때는 짜증이 났다는 걸 생각해보면 문제는 캐시가 아니라 나다. 캐시가 귀엽게 느껴질 때 나의 상태는 괜찮은 것이고, 그럴 때의 나는 캐시에게 너그러워졌다.

구시대 유물인 줄 알 거야.

그녀가 이렇게 말해도 기분이 나쁘지 않다. 유튜브를 하지 않는다고 말했더니 캐시는 리히텐슈타인의 팝아트 작품에 등장하는 여자처럼 입을 동그랗게 모으며 말했다.

오…… 마이…… 갓, 느낌표 세 개.

정말 캐시는 '느낌표 세 개'라는 말을 발음했다. '물음표 세 개'라거나 '이모지 흐극흐극' 같은 SNS 세계의 언어로 말하기도 하는 게 캐시였고, 그래서 내가 붙인 별명이 인간 이모지였다.

왜 미국 여자처럼 말씀하세요? 한국에서 태어나서 대학 나온 분이시면서, 캐시 박 님?

캐시 박이라고 하셨습니까, 제이 리 님?

캐시가 꺼내는 화제의 대부분이 투자나 처세, 결국 돈을 버는 방법에 대한 거였음에도 본인의 이름이 '캐시'로 오인되는 것에 민감했다.

성이 박이라서 더 그랬다. '캐시 박'이 '캐시백'을 떠올리게 하기에 더욱 민감한 것 같았다. 캐시는 캐시백을 이해하지 못했다.

왜 캐시백 해야 해?

안 해 그럼?

돈을 안 쓰면 되지, 왜 쓰고 되돌려 받겠다는 건데? 돈을 많이 쓰게 하려는 음모를 마케팅 용어로 만들어놓은 것뿐이잖아. 그런데 내가 왜 거기 동조?

조사를 일부러 빼고 단어들로 말하는 건 캐시의 말버릇이었다. 캐시백은 쪼잔하다고, 캐시는 또 말했다. 캐시백처럼 쪼잔하게 돈 버는 거 말고 큰 걸 노려야 한다고 말하는 사람이 캐시였다.

햇빛은 점점 더 눈을 찔렀다. 동향에 살아본 적이 없다는 사실을, 아직 눈을 뜨지 못한 채로 생각했다. 이 아파트가 동향이라고 들은 것은 아니다. 아직 아파트에 관련된 사람들은 아무도 만나지 못했다. 동해 바다가 끝없이 펼쳐진 광경을 볼 수 있게 지어진 아파트이니, 그것이 거의 유일한 존재 이유처럼 보이는 아파트이니 동향일 수밖에 없지 않느냐고 생각하는 것이다.

나 왜 여기에 누워 있는 거지?

아, 유산.

이 아파트는 내게 남겨진 유산이었다. 내가 '유산'이라는 단어를 말할 일이 있을 줄이야. 어쨌든 여기 와버렸다.

8층에 있는 이 아파트 한 호가 내게 유산으로 남겨졌다는 소식을 들은 게 두 달 전이었고, 올해 전에는 와야 한다고 유산 대리인이라는 사람이 말했던 것도 그때였다.

유산 대리인이 알려준 번호로 키패드를 누르면서 나는 이 집의 문이 열리지 않기를 바랐다. 그래서 이 길로 서울로 돌아간다면 좋겠다고. 나는 인생이 좀 덜 복잡하기를 원하는 사람이다. 새로운 결정을 내리고 새로운 상황에 처하고 싶지 않다.

어느 날 모르는 번호로 전화가 걸려 와 생각지도 못했던 유산이 생겼다고 하면 기뻐해야 하겠지만 나는 그다지 기쁘지 않았다. 심드렁하지는 않았지만 그렇다고 흥분한 기색도 없이 전화를 받는 나를 황당해하는 상대의 목소리가 느껴졌다.

파실 거죠? 잘 팔아드릴게.

부동산 사람은 이렇게 말하고 전화를 끊었다. 어떻게 내 번호를 알게 된 건지 몰라도 내가 받은 아파트를 거래한다는 부동산 사람한테도 전화가 왔었다. 그는 한마디를 덧붙였다. 처분한 돈으로 재투자를 할 만한 곳도 괜찮은 조건으로 소개해줄 수 있다고. 서울 아가씨 아니냐며, 어차피 이런 시골에 살 사람은 아니지 않느냐며 말이다.

처분한다면 몇억은 되겠지만 몇억으로 무엇을 할 수 있을지 몰랐다. 무엇을 할 수 있기나 한가? 10억이 생긴다고 해도 인생이 바뀌기 어려운 시대에 5억이 안 되는 돈은 돈처럼 느껴지지 않는 이 해이한 정신을 가진 게 나였다. 모아놓은 돈이란 지금 사는 전셋집에 깔고 앉아 있는 2억이 전부인 데다 앞으로 유산을 받을 일도 없었는데.

'파실 거죠?'라는 말이 계속 귀에서 맴돌았다. 그리 공격적인 말투도 아니었는데 묘한 반항심이 들었다고 해야 하나.

양양 하조대 근처의 아파트라고만 알고 있던 이곳. 대디와 엄마가 해변 아파트라고 말했던 곳. 풍수적인 것을 믿었을 뿐만 아니라 거의 인생의 지침으로 삼았던 엄마의 언니인 큰이모가 이 아파트의 8층이 매물로 나올 때마다 하나씩 사들였다고 알려진 곳. 하지만 우리 가족과는 아무런 연관도 없는 곳. 여기를 내가 유산으로 받게 된 것이었다.

큰이모를 마지막으로 본 것은 올해 여름이었다. 8월 말인가 그랬던 것 같은데, 몇 번 본 적도 없는 사이였지만 늘 들떠 있는 편인 평소와 달리 차분해서 인상적이었던 이모와 삼성동 파크하얏트의 이탈리안 식당에서 점심을 먹었다.

내가 다니는 회사가 삼성동에 있으니 이모는 거기서 보자고 했다. 화이트 아스파라거스를 썰다가 웨이트리스를 부르더니 너무 눅눅하게 익혀졌다고, 또 아이올리 소스인가에 마늘이 너무 많이 들어가서 밸런스가 깨진다며 트집을 잡는 이모의 모습이 내가 본 마지막 모습일 줄 그때는 알지 못했다.

이모의 대리인이라는 사람한테 연락이 온 게 10월 말이었다. 이모가 돌아가셨다고 했다. 어디로 돌아가셨어요? 네? 오 분 정도 통화한 것 같은데, 대리인이라는 사람이 했던 의례적인 애도의 말은 기억나지 않는다. 애써 정리해보면, 직계존속, 직계비속, 배우자, 형제자매가 모두 없어서 형제자매의 자녀인 내가 상속 대상이 되었다는 말인 것 같았다. 말년까지 여유롭게 쓰던 생활비, 주식이나 잘못된 상가건물에 대한 투자로 인해 생긴 빚을 정리하고 보니 해변 아파트 한 호가 남았다며. 또 부족함이 없는 인생을 사셨던 분이라며.

정확하고, 예의 바르고, 넘치지도 모자라지도 않은 깨끗한 말이었다. 나는 긍정도 부정도 하지 않았다. 의례적으로 한 말에 내가 응답하기를 그녀도 바라지는 않을 거라 생각하면서.

기억을 더듬어 정확히 기억나지는 않는 그 이상한

말을 수첩에 적었다.

김향신 님께서는 죽음을 선택하셨습니다.
김향신 님의 유산은 이제이 님께 상속되었습니다.
이제이 님은 상속에 관련된 일들을 올해 말까지 처리하
셔야 합니다.

큰이모가 죽었다는 걸 실감하지 못했다. 눈물이
나지도 않았다. 우리 사이가 눈물이 개입할 관계는
아니었다.

그저 마음이 답답했다. 사무실이 있는 18층의 화
장실에서, 과시적으로 크게 만들어진 유리창의 의자
처럼 널찍한 턱에 앉아서 나는 아래를 내려다보았
다. 나는 여기에 앉아서 삼성동을 바라보는 것을 좋
아했다.

거기서 길 건너편에 보이는 파크하얏트를 바라보
았다. 룸클리닝을 하는 모습을 멀리서 보니 호텔이
라는 카테고리 안에 만든 하나의 플레이모빌 시리즈
같았다. 머릿수건을 쓰고, 앞치마를 한 룸메이드들
이 일정한 속도와 예상할 수 있는 각도로 신체를 움
직이며 노동하는 모습은 그렇게 보였고, 내가 좀 웃
었다는 것도 이야기해야겠다.

룸메이드 때문은 아니었다. 이모는 내가 파크하 얏트를 볼 때마다 자기를 생각해주기를 바라며 이제 는 꽤나 낡았지만 한때 트렌디함의 상징이었던 저곳 을 약속 장소로 잡았던 것이다. 파크하얏트는 토지 대금을 제하고 취득원가 대비 잔존가치가 거의 남지 않았다고 해야 할지 모르겠지만, 이모의 계산에서는 그렇지 않았던 것 같다. 그리고 파크하얏트는 하얏 트 그룹이 사업을 접지 않는 한 영원히 저 자리에 있 을 거라는 사실도 세상 이치에 능통한 이모는 계산 했을 것이다.

어쩔 수 없이 대디와 엄마를 생각했다. 김향신 님 이 죽음을 선택했다면 김윤신 님과 그녀의 남편은 죽음으로부터 선택되었다. 엄마와 대디는 자동차 사 고로 세상을 떠났다. 엄마가 운전하는 차를 타고 지 방 어딘가에 갔다가 서울로 올라오는 길이었고, 밤 이었고, 비가 많이 오는 날이었다.

사고를 낸 차의 운전자도 죽는 바람에 원인이 무 엇이었는지는 알 수 없게 되어버렸다. 운전자가 죽 지 않았다고 해도, 그래서 대디와 엄마가 죽은 원인 을 알았다고 해도 그들이 죽었다는 사실은 변하지 않았을 것이다. 그래도 나는 뭔가가 억울했다. 대디 의 삶도 억울했다.

이렇게나 오래 바다를 사랑해온 것으로 충분하다며, 상어에게 물릴 수도 있고, 보드 핀에 다리가 찢기기도 하고, 뾰족한 돌 위로 떨어져 머리가 부서질 수도 있다며, 왜 목숨을 내놓고 서핑을 하는지 모르겠다던 대디는 서핑을 하는 사람들보다 일찍 죽었다. 바다가 아닌 길 위에서.

살이 찌지 않는 체질임에도 콜레스테롤이 높은 부계 혈통의 유전적 결함을 그대로 이어받은 대디는 잘 때만 제외하고 의지를 개입시킬 수 있는 시간 내내 건강과 안전을 위해 노력하는 사람이었다.

병아리콩과 퀴노아를 갈아서 두유에 타 먹는 게 그의 아침이었고, 점심에는 이십 분 산책을 하고 다시 연구실로 돌아와 혼자서 책을 보았다. 오전에 보았던 자료나 문서 같은 게 아닌 나보코프나 줄리언 반스 같은 독서용 책을, 오후에도 머리를 맑게 유지하기 위해 도시락으로 준비한 사과와 바나나와 블루베리를 먹으면서 말이다. 그리고 집에 돌아와 안심 약간에 간소하게 요리한 줄기콩, 브로콜리 같은 음식들과 와인 한 잔을 먹고 나서 한 시간 동안 걷고 음악을 듣거나 점심시간에 읽던 책을 마저 보다가 자는 게 대디의 일과였다.

왜 나보코프의 불편함은 견딜 만한데 이언 매큐

언이 주는 불편함은 불쾌하기만 할 뿐이냐는 식으로 책이나 작가에 대한 불만을 이야기하는 것도 그의 하루 루틴이었는데 나와 엄마는 별로 입장이랄 게 없었다. 집에서 책을 읽는 사람은 대디뿐이었다.

사십 대 중반이 되면서 약간의 웨이트트레이닝도 일과에 추가되었는데, 남들처럼 근손실을 막기 위한 목적은 아니었다. 이거라도 하지 않으면 일상에 스트레스가 없다는 게 이유였다. 어느 정도의 스트레스는 건강하고 활기찬 삶을 살게 한다며, 자신의 인생에서 가장 큰 목표는 지금처럼 문제없이 살아가는 거라고. 운동은 독서처럼 대디의 정신 건강을 유지하기 위한 트레이닝이었다. 책을 읽을 때의 기쁨은 없는 것 같았지만.

꿈에서 나는 소리를 지르고 있었다. 비명은 아니었다.

후우우우우우우우. 우우우우우우우우우.

왜 신이 나면 사람들은 이렇게 입술을 모은 채로 내밀면서 소리를 지르는가. 오아후의 해변에서 본 훌라를 추던 사람들도 이렇게 입술을 만들었고, 그러면 이런 소리가 났다. 소리를 지르고 질러도 바다가 계속 이어지는 이 이상한 기분에 대해 나는 어떻게 이야기해야 할지 모르겠다.

상어 꿈을 꾸기 전에 이 꿈도 꿨다는 게 떠올랐다.

강릉에서 양양으로 올라오는 이 길이 나는 마음에 들었다. 그렇게나 오기 싫어 피하고 피하던 날들이 허탈할 지경이라는 생각까지 드는 순간이었다.

그리고 한번 크게 웃었다는 것도 말해야겠다.

서핑과 파도의 고장, 양양에 오신 것을 환영합니다.

이 말을 보았을 때였다. 이 캐치프레이즈는 아주 당당하고도 자신감 있는 필체로 7번 국도 위에 구름처럼 떠 있었다. 양양군청에서 내걸었을 이 표어를 보고 나서 바로 그들을 보았다.

떠 있는 사람들을. 검은 옷을 입은 그 사람들은 더 먼 바다를 향해 몸을 돌린 채 바다에 떠 있었다. 서퍼들이었다.

나는 그들이 왜 그러고 있는지 바로 알아차렸다. 기다리고 있는 것이었다. 파도를.

오아후에서 많이 보던 장면이었다. 하와이의 사람들은 저렇게 온몸을 뒤덮은 슈트를 입고 있지 않지만 그들도 바다 쪽을 향해 몸을 돌리고 있었다. 그러니까 파도 쪽으로.

노스쇼어가 아닌 양양에서도 겨울에 서핑을 하는

사람들이 있는지 몰랐다. 그것도 이렇게나 많이. 겨울에 특히나 큰 파도가 온다고 알려진 하와이의 북쪽 바다인 노스쇼어에는 전 세계에서 온 서퍼들이 있었고, 하와이 사람들이나 하와이에 여행 온 사람들은 그들을 구경하기 위해 노스쇼어에 가곤 했었다.

감히 탈 생각은 하지 못하고 오로지 구경만 한다. 순식간에 빌딩보다도 더 커지는 그 파도를 본다면 '감히'라는 말을 이해할 수 있을 것이라고 엄마는 말했었다.

나중에 지도를 보고서 내가 서퍼들을 처음으로 본 곳이 인구해변이라는 것을 알았다. 양양의 대표적인 서핑 스팟이라는 것도. 그리고 또 죽도해변과 동산해변, 기사문항도 지났다는 것을.

이 바다들 모두에 검은 옷을 입은 서퍼들이 떠 있었다. 새로운 바다로 올라갈 때마다 열 명 정도 되는 사람들의 상반신이 보였다.

차를 갓길에 세우고 잠시 내렸다. 그들을 제대로 보지 않을 수 없어서. 바다는 아주 잔잔했고, 지금으로 보아서는 오늘 그들이 파도를 탈 일은 없을 거 같았는데 나는 어쩐지 응원하고 싶은 마음이 되었던 것이다.

내가 거기서 그러고 있다고 해서 응원이 되는

것도 아니고, 또 바다가 나의 소망에 응답해주는 것
도 아니겠지만.

바다는 여전했다. 평평하고, 잔물결이 일 뿐 탈 만
한 파도가 없었다. 쌩쌩 소리를 내며 지나가는 차들
을 자주 돌아보면서 나는 바다를, 그리고 서퍼들을
바라보았다.

꿈에서 이 장면들이 다시 되돌아왔다.

물 한 잔을 마신다면 좋겠다고 생각했지만 저 냉
장고 안에는 아무것도 없다는 게 떠올랐다. 물이라
도 마시려면 몸을 일으켜 나가야 한다.

잠이 들었다가 깼다가 잠이 들었다가 다시 깼다의
상태가 반복되었다. 일어나서 할 일이 있긴 했지만
아직 내겐 시간이 많지 않다. 무엇보다 이렇게 아무
런 목적 없이 누워 있는 게 얼마 만인가 싶었다. 다시
잠이 들었다.

그렇게 계속 누워 있었다.

4.

베드서핑

공복으로 있은 지 스물네 시간이 지났다. 어제 다섯 시에 강문해변 근처에서 하얀 순두부를 먹은 후로부터 아무것도 먹지 않았으니까.

일어난 지 얼마 안 되었을 때는 목도 마르고, 배가 고팠는데 다시 견딜 만해졌다. 몇 시간째 누워서 인터넷 서핑만 하고 있으니 에너지 소비랄 것도 없긴 하지만 인간의 몸이란 게 신기하게 느껴졌다. 공복 상태가 주는 평화와 고요랄까…….

하긴 일부러 간헐적 단식도 하는데, 얼마 만에 느껴보는 공복감인가. 이 깨끗하고 깨끗한 기분. 나무 위키에서 간헐적 단식을 찾아보았다.

간헐적 단식은 식이요법의 일종으로, 식사와 단식을 정

기적으로 반복하여 일정 수준 이상의 공복 시간을 유지하도록 인위적으로 조정하는 방식이다. 공복 시간과 식사 시간의 비율에 따라 크게 23:1 단식(1일 1식)과 16:8 단식(16시간 공복)이 가장 유명하며, 이 밖에 수행자에 따라 이 비율을 조금씩 바꿔가며 시도하는 경우가 대부분이다.

수행자? 내가 수행자는 아니었지만, 저 문서에 따르면 나는 23:1 단식을 심화한 간헐적 단식을 하고 있는 중이었다. 24시간 이상 탄수화물이 공급되고 있지 않으니 이제 내 몸에 축적되었던 지방이 에너지원으로 활활 타오르고 있을 것이다. 내가 느끼는 몸의 상태는 고요하기만 했는데 간헐적 단식의 이론에 따르면 그렇지만도 않다니, 아이러니하게 느껴졌다.

바로 누웠다 모로 누웠다 자세를 바꾸면서 인터넷 서핑을 했다. 지나치게 높아서 목이 꺾이는 베개는 벨 수도 없고 그렇다고 베지 않을 수도 없어서 자세를 바꾸는 것밖에는 할 수 있는 게 없었다.

누워서 핸드폰을 들고 있으려니 팔도 저려오고 자세도 불편해서 베개에 핸드폰을 기댄 후 가로로 전환되지 않게 화면 고정을 한 다음 오른손의 검지로 스크롤을 내렸다. 사무실에 있다면 이 시간 마우스의 스크롤을 엄청난 속도로 내리고 있었을 텐데.

그녀에게 말하지는 않았지만 유튜브에 세상의 모든 게 있다고 한 캐시의 말은 내 일상에도 영향을 끼쳤다. 유튜브 프리미엄을 가입하는 일은 캐시가 아니라면 하지 않았을 테니까. 파도 소리나 바람 소리, 빗소리, 풍경 소리, 마당 쓰는 소리 같은 것을 들으려고 했었다.

나는 ASMR을 필요로 했다. 먹방 같은 씹고, 빨고, 침을 삼키고 하는 원색적인 소리보다는 좀 조도가 낮은.

광고를 보지 않아도 된다는 것만 알았는데, 다른 화면을 보거나 화면을 끈 상태로도 소리를 들을 수 있다는 걸, 그러니까 멀티 태스킹이 가능하다는 걸 알고 나서 가입한 유튜브 프리미엄이었다. 가입만 해놓고 거의 들어가본 적이 없는 유튜브에 들어갔다.

한참을 보고만 있었다. 직사각형의 시그널 레드 바탕에 이등변 삼각형을 오른쪽으로 90도 회전시킨 플레이 버튼이 있는 유튜브 로고를 말이다. 시그널 레드가 그냥 직사각형이 아니라 모서리를 살짝 둥글린 라운드 스퀘어라는 것을 알게 될 때까지. 누르니 로고가 커지면서 유튜브에 들어왔다.

들어왔는데, 한참을 검색창만 보고 있었다. 뭐를

검색해야 되는지 몰라서.

유튜브를 끄고 인스타그램으로 들어왔다. 내가 올린 게시물은 100개가 안 되고, 내가 팔로잉한 사람은 289명, 나를 팔로우한 사람은 157명. 현재의 수치는 그랬다. 날마다 한두 명씩 줄기도 하고 늘기도 했지만, 의미 있는 수치는 아니었다.

누군가가 하트를 눌러주면 기분이 나쁜 건 아니었지만 방문자 수를 늘리는 것이 내가 인스타를 하는 이유는 아니었다. 게시물을 일주일에 한 개 올릴까 말까 하고, 그걸 보는 사람도 거의 없는 것 같고, 하트를 눌러주는 사람도 많아야 40명 정도였지만 나는 거기에 있는 게 좋았다. 아주 조용히 존재할 수 있었기 때문이다.

구름이나 노을, 사무실이 있는 18층 화장실에서 찍은 테헤란로의 스카이라인으로 나는 거기에 존재했다. 태그는 미리 검색해서 만 명 이상이 이미 올려둔 것을 넣었다. 그렇게 넣어둔 태그는 다른 누군가에 의해 새로 생성되어 불어났고, 구름처럼 흘러갈 뿐이었고, 나를 특정하지 못했다.

몰개성한 게 나의 개성이었다. 현실 세계에서 나는 무엇을 추구해야 하는지, 그걸 추구한다고 해도 무엇을 얻을 수 있는지 몰랐지만 가상 세계에서는 확실히 알았다. 내 인스타그램의 목표가 하나 있다면 이거였다. 현실 세계의 나를 아는 사람이 본다고 해도 나인지 알아볼 수 없을 것.

셀카를 올리지 않은 것은 당연하고, 나를 식별할 수 있는 어떤 단서도 올리지 않았다. 회사 주변의 힙플이나 사무실에서 쓰는 손잡이가 보석 반지 모양으로 되어 있는 아스티에 드 빌라트 머그잔, 지난 시즌의 톰 포드 선글라스 같은 것들을 말이다. 올라프 모양으로 한 네일의 색 조합이 유난히 마음에 들어서 올리고 싶었지만 참았다.

인스타그램에서 가장 마음에 드는 것은 검색을 하는 방식이었다. 나는 인스타그램의 태그와 위치 기반 검색 기능이 마음에 들었다.

와이키키, 오아후, 파도, 구름, 하늘. 맥주, 삼성역, 테헤란로 같은 게 나의 해시태그 목록에 있었다. 나는 이런 단어로 인스타그램에서 검색을 한 후, 어떤 때는 인기순으로, 또 어떤 때는 최신순으로 사진을 정렬해 멍하니 보는 것으로 시간을 때웠다. 요즘 나의 인터넷 서핑은 주로 인스타그램 해시태그를 타고 이루어졌다.

퍼거슨이었나? SNS가 인생의 낭비라고 했던 사람이? "트위터는 인생의 낭비다. 인생에는 더 많은 것들을 할 수가 있다. 차라리 독서를 하기를 바란다"
라는.

나는 손흥민도 호날두도 아니기에 내게 퍼거슨의
저 말은 도움이 되지 않는다. 잃을까 봐 조심해야 할
명성은 내게 없다. 인스타에서 조심할 게 있기는 하
다. 자랑질. 내가 그런 걸 해서 시기를 살까 조심하겠
다는 말은 아니고 자랑질하는 사람을 보고 싶지 않
다. 그런 건 피할 수 있다면 피하려고 한다.

인생을 누리는 듯 보이고 싶어 하는 사람들의 과
시에 기분이 상하고 싶지는 않으니까. 욜로 타령을
하는 분들과 함께 보여줄 부나 인맥이 있는 사람들
을 팔로잉하지 말아야 한다. 함정은, 내가 팔로잉한
얼마 되지 않는 이들이 내가 닿지 않으려고 애쓰는
이들의 게시물을 '좋아요' 한다는 데에 있다. 그러면
나의 타임라인에 보고 싶지 않은 게시물들이 뜰 수
도 있다는 것.

싫어요는 없고 좋아요만 있는 세계. 하트의 반대
는 슬퍼요나 화나요가 아니라 무無였다. 아무것도 하
지 않는 것. 보기만 하고 반응을 하지도 않고 댓글을
달지도 않는 사람들. 나는 중립적인 듯 중립적이지
않고 따뜻한 듯 따뜻하지만은 않은 하트로 이루어진
이 세계를 돌아다니고 있었다.

그리고 이제 나도 책을 본다. 대디가 그렇게 내 인생에서 사라지고 나서 내게 남겨진 대디의 책을 읽기 시작했다. 남겨진 것의 십 분의 일도 읽지 못했지만 그래도 읽고 있다. 그가 저녁을 먹고 나서 했던 질문들이, 어떤 책을 보고 그런 말들을 했는지가 궁금해졌기 때문이다. 그렇다고 읽는 책에 대하여 인스타에 올리지는 않는다. 그건 너무나도 개인적인 것 같고, 내 인스타는 나에 대해 말하지 않기를 표방하고 있기 때문에.

가끔은 마이크로소프트 엣지에서 기본으로 제공하는 스크린세이버 같은 걸 올리기도 했다. 컴퓨터의 전원을 켜면 마이크로소프트에서 제공하는 전 세계 풍경들이 랜덤으로 떴는데, 나는 거기에 자주 마음이 흔들렸다. 암호를 넣고 일을 시작해야 하는데 그러지 못하고 멍하니 보고 있을 때가 많았다. 핸드폰 카메라로 찍기도 했다. 포스트잇과 형광펜이 함께 있는 사무실 내 책상의 풍경과 함께.

시적 허용이라고는 없는 꽉 짜인 좌우대칭에, 포토샵을 어찌나 잘했는지 자연의 색이라기에는 어색할 정도로 쨍하고 대비가 심한 사진은 작게 보면 우스운 데가 있었지만 노트북 화면을 채웠을 땐 그렇지 않았다.

가장 최근에 핸드폰으로 찍은 사진은 샌프란시스코 골든게이트 브리지였다. 금문교라고 불리는 그 다리. 빨간색 다리를 보고 샌프란시스코인가 보다 했는데, 클릭해서 봤더니 샌프란시스코가 맞았다.

미국 캘리포니아주 샌프란시스코 골든게이트 브리지 샌프란시스코를 상징하는 이 현수교는 샌프란시스코와 마린 카운티를 이어주는 것으로, 세계에서 가장 많이 촬영된 다리 중 하나이자 현대 세계의 7대 불가사의 중 하나입니다. 이 다리가 완공 및 개통된 1937년 당시 이 다리는 세계에서 가장 높고 긴 현수교로 기록되기도 했습니다.

세상에서 가장 유명한 다리라는 식의 이런 설명이 있었지만, 사진으로 보는 골든게이트 브리지에는 어떤 매력도 없어서 이 다리가 누리는 세계적인 인기가 납득되지 않았다.

현대 세계의 7대 불가사의라, 그게 뭐지? 네이버에서 검색했다. 뉴욕의 엠파이어스테이트 빌딩, 토론토의 CN타워, 프랑스와 영국을 잇는 해저 터널, 파라과이와 브라질 사이의 파라나 강에 있는 이타이푸 댐, '델타 웍스'라는 이름으로 네덜란드에서 한 대

규모의 토목 공사, 태평양과 대서양을 바로 이어지게 만든 파나마 운하. 알고 보니 토목공학회에서 선정한 거대한 공사들이었다.

초록창에서 다시 나무위키로 갔다. 지금 내가 하고 있는 이것에 대해 사람들은 어떻게 정의했는지 궁금해졌으니까. 베드서핑을 검색어로 넣고 엔터키를 눌렀다.

찾는 문서가 없나요? 문서로 바로 갈 수 있습니다.

항목은 없었고 대신 저 지시문이 보였다. 베드서핑이라는 항목은 없는 모양이었다. 그 위에는 이런 광고가 있었다.

양양 서핑 스팟, 죽도해변 메인 위치, 초보 강습, 게스트하우스, 강습＋숙박 패키지, 양양 서핑 강습 전문, 조아서프 죽도 서핑, 게스트하우스 패키지

내가 양양에 있다는 것을 알고 양양 서핑 스팟을 알려주겠다는 건가? 아니면 '서핑'이 들어간 단어를 검색하는 것만으로 '양양 서핑'이 자동 검색어가 될 만큼 이곳의 서핑은 대단한가? 양양의 한 아파트에

누워 베드서핑을 검색하던 나는 묘한 기분이 되었다.

이 광고들 아래에는 유사 문서로 보이는 것이 8246건이 있었고, 그중에서 관심 있는 단어들을 나는 클릭해보기 시작했다. 웹서핑, 카우치서핑, 에고서핑, 트레인서핑, 그리고 서핑. 8000개가 넘는 다른 것들은 '베드로'나 '베드'가 어간으로 들어가는 단어들을 나열한 것들로, 베드와도 서핑과도 그다지 관련이 없었다.

나무위키에는 아직 항목이 만들어지지 않았지만 내가 알기로 외국에서 베드서핑은 카우치서핑과 비슷한 뜻으로 쓰였다. 여행을 갈 때 숙소를 따로 잡지 않고 남의 집 카우치에서 자고, 카우치를 빌려주었던 사람이 내가 사는 도시에 오면 나도 카우치를 빌려주는 것처럼. 카우치 서핑의 제공자들은 카우치를, 베드서핑의 제공자는 베드를 빌려주는 식으로 엄격하게 구분하는지는 몰랐지만.

베드서핑에는 성적인 뜻도 있었다. 베드서핑을 구하거나 제공해주겠다는 사람은 얼굴을 본 적이 없는 그 미지의 사람과 서로의 몸을 '공유'할 수도 있다는 암묵적 합의가 이 단어에 들어 있다고.

내가 하는 베드서핑은 그런 게 아니었다. 다른 누군가와 베드를 나누면서 몸을 나누는 게 아니라 베드에 누워 하는 서핑, 그게 나의 베드서핑이었다. 나는 이런 뜻이 담긴 베드서핑 항목을 나무위키에 생성하려다 말았다.

그러다 인스타그램으로 돌아왔다. 나는 게시물을 올리는 것보다 나를 팔로우하는 사람들이 올리는 게시물을 보는 데 시간을 쓰는 편이었다. 남들은 차단하는 수익형 인스타라고 하는 것들도 유심히 보는 편이고. 어떻게 하면 돈을 벌 수 있다는지, 뭐라고 꼬시는지가 궁금해서.

집콕하며 돈 벌기, 이십 분에 500만 원, 당일수익 당일정산, 주로 이런 문구들이 가장 많다. 급등주를 사서 돈을 불리는 데도 최소한 하루가 필요한데 이십 분 안에 500만 원은 어떤 방식으로 벌 수 있는지 전화를 해보고 싶기도 했다. AI형이었다.

내가 보기에 수익형 인스타에는 AI형과 선동형, 그리고 감성형이 있었다. AI가 안다면 불쾌할 것 같긴 하지만 AI형이라는 말이 떠오른 건 인간의 흔적이 느껴지지 않아서인지도 모른다. 그다음은 "따라만 해요. 당신도 압구정 자가, 건물주!" 이런 직설적인 방식의 선동형이다. 주로 이렇게 두 가지를 왔다 갔다 하는데, 처음으로 감성형을 발견했다.

투자자는 기자나 의사와 같은 직업들과 비교했을 때, 다음 한 가지 측면에서 뚜렷하게 구분된다.

그것은 학교에서 배울 수 없다는 것이다.

그의 무기는 첫째도 경험이고, 둘째도 경험이다.

번역기로 돌린 듯한 어색한 문장이 카드뉴스처럼 디자인되어 있었다. 웃음이 터졌다. 의사나 기자에게는 학교만 필요하고 경험은 필요하지 않느냐고 반박할 것도 없이 나는 이들의 수익 구조가 궁금했다. 대체 어떻게 하면 그렇게 쉽게 돈을 벌 수 있을지.

그런 게 가능한가? 가능하지 않다는 걸 알기에 우리가 이렇게 힘들게 살고 있는데. 지하철 2호선에서 타인의 숨결과 체취와 싸워가면서, 거기에 짓뭉개지면서, 날마다 출근을 하는데 말이다. 그런 뻔뻔한 거짓말을 할 수 있는 사람들이 궁금했다. 또 그런 거짓말에 속고 싶은 사람들의 마음도.

아, 캐시. 캐시가 전화했던 게 떠올라 발신 목록을 봤다. 부재중 전화는 어제 캐시가 걸었던 두 통이 다였다. 메시지도 한 통도 없었다.

가뿐한 기분이 든 것과 동시에 누구에게 향하는지 모르겠는 서운한 감정도 함께 지나갔다. 연말이라고, 크리스마스라고, 생일이라고, 첫눈이 온다고 사람들이 문자를 보내오던 때가 있었다. 특별한 사이라서가 아니라 그게 예절이라거나 최소한의 인사라고 생각했던 시절이었다. 아무것도 수신되어 있지 않은 핸드폰을 보면서 그때를 잠시 그리워했다.

12월 24일이 되었다는 것도 떠올랐다. 아니, 거의 끝나가고 있었다. 물 한 잔 마시지 못하고 여기 해변 아파트에 누워 있는 동안에.

그때 띠리릭 하고 문자가 왔다는 발신음이 들렸다. 캐시였다.

제9호 투자 품목

이게 다였다. 그러고 있는데 하나가 더 수신되었다.

?

또 캐시였다. 캐시의 스타일대로 물음표를 풀어보면 이런 말이 되겠지.

그래, 그거 제9호 투자 품목이야. 그래? 안 그래? 투자할 만해? 가치가 있어? 그런 거야?

띠리릭. 문자 하나가 더 왔다. 역시 캐시.

?

캐시가 하고 싶은 말은 이것 같다. 나 정말 궁금한데, 언제 얘기해줄래?

잘 이해가 되지 않았다. 캐시가 어떻게 알지? 해변 아파트를 유산으로 받았다는 걸 나는 캐시에게 분명히 이야기한 적이 없다. 왜 휴가를 내냐고 해서 강원도에 일이 있다고 했고, 무슨 일이냐고 해서 '아파트가……'라며 말끝을 흐렸던 것 같은데. 내가 강원도 바닷가에 아파트를 가진 이모가 있다는 걸 말한 적이 있었나?

5.

제9호 투자 품목

앤드루에 따르면 해변 아파트는 제9호 투자 품목
이었다.

경제학자나 실물 투자자 같은 분들이 공식적으로
정의한 것은 아니고, 어떻게 생겨났는지는 모르지만
그의 머릿속에 탑재되어 있는 개념이었다. 경제의
흐름을 이해하는 데는 타고났다며, 부계 혈통이 자
기에게 준 끈적끈적한 DNA 같은 것이라고 그는 말
했다. DNA라고 말하지 않고, DNA 같은 것이라고
이야기하는 게 앤드루의 미덕이기도 했다. 얄미울
정도로 얄미운 데가 없는 사람이 앤드루였다.

있지, 파도를 타는 것과도 같아.

이런 말은 거슬렸다. 세상에서 서핑과 가장 어울리
지 않는 사람을 뽑으라면 나는 바로 그를 뽑을 수 있

었기에. 나는 그에게 서핑보드를 만져본 적이 있기나 한지 묻고 싶었지만 입을 열지는 않았다.

서퍼들이 이런 이야기를 듣는다면 코웃음을 칠 거라고 생각했다. 파도를 타본 적은 없어도 파도를 탄다는 게 얼마나 번거롭고, 귀찮고, 또 손익분기점 같은 거랑은 어울리지 않은 것인지 충분히 알고 있었기에. 그래서 나는 사람들이 파도에 인생을 비유할 때마다 몰래 쓴웃음을 지었다.

창조경제와 공유경제 중에서 어느 것의 주창자인지는 모르겠지만 하여튼 이런 가치에 대해 떠들던 기재부인지 산통부인지의 장관 아들인 앤드루 킴은 보스턴에서 석사를 하고 특이하게도 옥스팜에 잠시 다니다가 돌아와 공유 오피스를 창업했다. 위워크가 한국에 오픈한 것보다 5개월 늦게. 자신의 동문들이 그러는 것처럼 모건 스탠리 같은 투자은행이 아닌 옥스팜에서 일했다는 앤드루의 이력은 그가 어떤 사람인지 말해주는 듯했다. 불평등하며 불공정한 가난을 끝내고 정의로운 세상을 만들기 위한 국제적 무브먼트를 하는 곳이라고 옥스팜 홈페이지에는 써 있다. 그러니까 그는 낭만주의자로 보였다.

위워크 모델의 후발 주자라는 말이 따라붙는 게 썩 좋진 않지만 로컬 마켓의 사정을 제대로 이해하고 있지 못하는 위워크에 비해 자기가 잘하고 있다는 게 앤드루 킴의 자평이었다. 그러니 펀딩을 받아서 싱가포르와 홍콩과 도쿄에도 진출을 할 수 있었던 거라며.

개네는 너무 세련됐지.

그는 한국에서 산 지 오 년쯤 된 미국인이나 재미교포가 그러는 것처럼 'z'의 음가를 길게 내며 '지'를 발음했다. 검머외라고 불리는 검은 머리 외국인과 자기는 다르다는 그의 조크였다. 이 '검머외 조롱 조크'는 그가 자주 선보이는 것이어서 지겹다는 생각도 들었지만 막상 들으면 웃게 되는 매력이 있었다.

그거 혐오 발언 아니에요?

팀원 중 누가 이렇게 물었을 때 앤드루가 이렇게 대답했다는 것도 말해두고 싶다.

몰라? 한국에서는 약자 조롱과 약자 혐오만 피해가면 돼. 그리고 강자 조롱과 혐오는 해학이라고 부른다는 거 우리 국어 시간에 배우잖아?

집안 배경도 배경이지만 이래서 그가 스물다섯 살에 회사를 창업할 수 있나 보다라고 우리는 생각했다. 그런 말을 나눴던 건 아니지만 그 말을 들었던 사람들이 나와 같은 생각을 했다는 걸 느낄 수 있었다.

K가 붙은 거 힙하지 않은데, 한국에서 사업을 한다

는 건 전혀 힙하지 않은 거거든? 국회의원들이 우리 편일 것 같아? 공유경제니 하는 말을 하는 것만 좋아하지. 타다와 우버 사례 봐봐. 정의라는 말은 단어로만 존재해. 그러니까 우리는 이 K에 대해 처절히 이해를 해야 해. 우리가 하는 일이 전혀 힙하지 않은 처절한 일이라는 것도. 위워크 개네는 K를 이해하지 않으려고 하거든. 글로벌 스탠더드, 그런 게 중요하지. 그런데 K는 그런 곳이 아닌데?

또 앤드루는 말했다. 멤버끼리 만나게 해주는 커뮤니티 활동도, 공짜 맥주 같은 것도 공유 오피스 사업의 핵심은 아니라고. 적게는 20만 원, 많게는 60만 원 정도를 지불하는 공유 오피스 이용자에게 일할 수 있는 최적의 공간을 만들어주는 게 이 업의 코어 가치라며 말이다.

캐시를 포함한 아홉 명이 그 회사의 창립 멤버였고, 나도 그 아홉 명 중의 한 명이었다. 나와 캐시는 앤드루가 없는 자리에서 그를 보스턴 킴이라고 불렀는데, 그가 하는 말은 웃겼고, 또 기가 막혔다. 자신의 말이 웃기고 또 기가 막히다는 걸 앤드루가 몰라서 그랬던 건 아니고 그는 정확히 그렇게 보이길 원했다. 미국식 교육을 받았지만 자기는 뼛속까지 한국인이고, 동양인이며, 그래서 큰일을 하기 위해서는 몸을 낮춰야 하는 삼국지의 세계에 대해 부친으로부터 귀에 피가 나도록 들었다면서, 한국에서 살아남으려면 좀 웃기게 보여야 된다고 말이다. 그게 K-수신제가라며, 술자리에서 말한 적이 있다.

내가 우스워 보이는 건 아니지?

웃기는 사람처럼 보이는 것과 우스워 보이는 것의 차이를 아는 앤드루의 말은 흡인력이 있었고, 다 맞는 말 같았다.

한국에서는 부동산 수익률이 주식 수익률을 25퍼센트나 상회하거든. 난 이 상회라는 말이 참 좋아. 부동산이 뭐야? 움직이지 않는 자산. 그게 부동산이야. 안 움직이고 그 자리에 있는 것 같지? 그런데 아니다. 사람들은 움직여요. 사람들이 좋은 부동산이라고 생각하는 데는 움직여. 그러면 부동산이 움직여, 안 움직여?

카페에서 일하는 카공족 비난하고 그러는 건 국론에 전혀 도움이 안 돼. 잘 모르시는 분들이 그런 말씀을 하시지. 우리는 그들에게 고마워해야 해. 스타벅스 때문에 카공족이 생겨나지 않았더라면 우리 사업은 애초에 들어올 수가 없었어. 집이 왜 필요해? 작업실이 왜 필요해? 작업실은 2미터 이상 층고가 있어야 하는 화가가 마련하는 거지. 뭐든지 빌려 쓰는 거야. 이게 국룰이지.

누가 요즘 세상에 별장을 짓니? 그런 건 세상에 뒤처진 애들이나 그러는 거지. 살고 싶은 데 단기 임대로 빌려 살면 되는 거야. 돈 내고, 비용 처리하고. 그렇게 경제가 굴러가는 거야. 나는 그래서 공유경제가 참 좋네?

좋은 자리에서 일할 수 있게끔 해주고 자리를 판매해. 시간당으로 나눠서. 시간당으로 안 쪼개면 어떻게 여기서 응? 삼일대로에서, 테헤란로에서, 여의도에서 이런 건물에서 일할 수 있겠어? 그러니까 우리는 선한 부동산업자인 거야.

툰베리가 요트 타고 미국 갔다고? ESG, 환경투자 중요하지. 그런데 한국은 아직 아니야. 탄소 발자국이라는 말이 나온 게 언젠데 아직도 입에 안 붙잖아. 좀 더 시간이 걸릴 거야. 다음 펀딩받을 때는 ESG 지표 요구받을 것 같지만.

캐시와 나는 그의 이 중독성 있는 말을 따라하곤
했고, 따라하다 보니까 어디까지가 앤드루의 오리지
널이고 어디부터가 캐시와 내가 덧붙인 건지 헷갈
렸지만 계속 따라했다. 아파트가 제1호, 상가 건물
이 제2호, 주식이 제3호, 비트코인이 제4호, 미술품
이 제5호, NFT가 제6호, 펜트하우스가 제7호, 별장
이 제8호, 해변 아파트가 제9호라고 했다. 미술품과
NFT를 쪼갰듯이 펜트하우스와 별장과 해변 아파트
는 따로 놓을 수밖에 없다는 게 그의 입장이었다.

제10호는 선박이었는데, 앤드루에 따르면 한국에
서는 의미가 없는 투자 품목이라고 했다. 선박이 우
리 같은 부동산업에서 투자 품목으로 성립하려면 주
택으로서 의미가 있어야 하는데 우리나라는 집세가
비싸기는 하지만 런던이나 시애틀처럼 호수에 선박
을 대놓고 하우스 보트로 쓰는 개념은 없다면서 말
이다.

십 년 후에는 또 모르지. 한국은 정말 빠르게 변하
는 나라니까. 한강변에 하우스 보트촌이 생길 수도
있어. 오 년이려나?

그는 이렇게 말하면서 미래의 투자 품목에 대해

여지를 남겼다. 그때까지 그가 이 업을 할 거라고 생각하진 않지만.

나는 그가 제9호 투자 품목이라고 했던 해변 아파트를 소유하게 된 것이다. 부동산 사람이 집을 팔아주겠다고 한 말은 그냥 의례적으로 한 말이 아니라는 생각이 들었다. 이 집은 활발히 거래될 가치가 있는 집이고, 앞으로 미래가치도 유망하다는 말이었다. 이런 집은 가지고 있는 편이 유리하다는 말이기도 했다.

이 아파트의 매물을 보려고 네이버 부동산 앱으로 들어갔다. 세 가지 평수의 세 가지 타입으로 된 이 이십 년 된 아파트는 월세는 5건, 매매는 전혀 없었다. 500세대가 넘는 아파트인데 말이다. 매매가는 3억이 안 되었다. 이모가 남긴 여기가 가장 큰 평수 같은데 그랬다.

나는 몸을 일으켜 집 안을 둘러보기 시작했다. 더 누워 있는 게 한계라고 느껴지기도 했을 때였다. 스물네 시간 넘게 누워서 보낸 것이다.

머리가 아팠다. 술 마시고 난 다음 날 겪는 정도의 고약한 두통은 아니고, 뇌의 어느 부분이 장기간 지속적으로 눌려서 생긴 통증 같았다. 혈관이 눌리는 바람에 피가 잘 안 통하는 느낌이 들었고, 머리에도

72

욕창이 생기는지는 모르겠지만 이대로 더 누워 있다가는 정말 그럴 수도 있겠다는 위기감이 들었다.

제일 먼저 한 일은 블라인드를 걷는 일이었다. 한눈에도 튼튼해 보이지 않는 블라인드이기는 했지만 그렇다고 조악한 느낌은 아니어서 이모가 여기에 묵기도 했다는 것을 알 수 있었다. 블라인드는 베란다에도 있고, 안방 창문에도 있었다.

블라인드를 열자 어두워진 밤하늘이 보였다. 별이 보일 정도는 아니었지만 서울의 밤하늘보다는 어두웠다.

해를 막아줄 만큼 튼튼한 블라인드가 아닌 것을 원망하며 잠을 설쳤던 나는 블라인드를 걷으면서야 알게 되었다. 문제는 블라인드가 아니라 해였다는 사실을. 블라인드를 베란다에도 치고, 또 안방 창에다 쳐도 막을 수 없을 정도로 해가 강하게 드는 게 이 집이라는 사실을 말이다.

잠을 설치기는 했지만 그리 나쁜 잠자리는 아니었다.

윌리윌리 꿈을 꾸었고, 윌리윌리 훌라 찬트가 들려왔던 것이다. 꿈 아니랄까 봐 대디는 윌리윌리 훌라 찬트를 능숙하게 불렀다. 하와이 말로 말이다. 하와이 말에 대한 나의 능력치도 현실과 달랐다. 나는 훌라 학원을 오래 다닌 사람처럼 하와이 말들로 된 노래를 듣자마자 그게 어떤 뜻인지 알 수 있었다. 줄줄 암송까지도 할 수 있었다.

홀라를 배우고 싶었던 걸까. 카할라에서 하던 방과후 수업 같은 데에서 홀라를 배우긴 했지만, 그게 다였다. 노래를 들어도 가사가 들린 적이 한 번도 없었다.

베란다로 통하는 안방의 격자 창문을 열고, 거실로 나와서 베란다로 통하는 문을 열고, 또 베란다로 나가 외부로 통하는 유리문을 열었다. 비린내가 훅하고 끼쳤다. 찬바람보다도 먼저 말이다. 바닷가 아파트에 산다는 건 이런 건가 싶었다.

문을 열고 돌아 나오다 깜짝 놀랐다. 어디서부터 시작된 건지 알 수 없는 바다가 일자로 펼쳐져 있었다. 문을 열 때는 미처 몰랐던 것이 몇 발짝 물러서니 보였다. 어두워서 충분히 보이지는 않았지만 한없이 펼쳐진 감람색의 저것은 바다가 맞았다. 길만 건너면 바다가 있다는 걸 알았지만 이 정도로 바다가 훤하게 보일 줄은 몰랐다. 아파트 앞의 바다와 이어진 강원도의 모든 바다가 보이는 듯한 뷰였다.

살지 않고 임대용으로만 돌렸다는 게 티가 나는 집이었다. 아일랜드 식탁 위에 브라운사의 플라스틱 토스터와 플라스틱 주전자, 그리고 달 모양의 노란색 냄비받침이 있었다. 토스터와 주전자는 색깔이 통일되어 있기는 했지만 자세히 보면 자잘하게 긁힌 흔적이 있었고, 끈적끈적했다. 물로 닦는다고 지워질 끈끈함이 아니어서 좀 닦다가 말았다. 실리콘으로 만들어진 게 어떻게 하면 이 정도로 탈 수 있을까 싶은 냄비받침이 있는 걸로 보아 이모의 손길이 닿지 않은 지 오래임을 알 수 있었다.

자세히 보지 않으면 나쁘지 않았다. 몰딩이라든가 문턱 같은 외장재가 최신식은 아니지만 그래도 아주 낡은 느낌이 나지는 않았고, 앞으로 오 년은 더 버틸 수 있을 것 같았다. 내가 집을 고치는 일에 그리 민감하지 않아서 그럴 수도 있지만.

벽지만 바꾸면 괜찮아 보일 거라는 생각이 들었다. 지금의 벽지는 흰색이라 언뜻 보기에는 나쁘지 않았지만 푸른빛이 나는 광택이 집 안에 있는 물건들을 싸구려로 보이게 했다.

밖으로 나가 아파트 인근을 살펴보아야겠다는 생각이 들어서 코트를 입었다. 맨발이라는 걸 알아차리고 양말을 신고 다시 나가려다가 돌아온 것은 핸드폰을 챙기지 않아서였다.

배터리가 1퍼센트였다.

처음 와본 동네를, 그것도 밤에 혼자 걸으면서 곧

꺼질 핸드폰을 들고 걸을 수는 없겠다고 생각했다. 여기는 서울이 아니라는 것을 잊지 말자라고 생각하며.

산책은 내일 하기로 했다. 아파트 단지와 아파트 단지에서 해변으로 이어지는 산책로와 해변, 거기까지 보면 충분하지 않을까 싶었다.

다시 베드서핑을 했다. 양양 송이 축제, 양양 오일장, 양양 서머 페스티벌, 양양 연어 축제, 양양 남대천, 양양공항, 그리고 양양 서핑. 뭐라고 딱 집어서 말할 수는 없었지만 네이버와 구글의 검색 방식에서 공통점이 있다면 조사를 생략한다는 것이었다. 캐시가 말하는 스타일처럼.

사람들의 조사 사용과 띄어쓰기는 제각각이어서 단어 단위로 나열해서 검색해야 원하는 근삿값을 얻을 수 있었다.

이 아파트가 속해 있는 곳의 지역 뉴스를 검색해 실물가치와 미래가치를 살펴보았다. 또 이 주변에 에어비앤비의 가격 등을 조사했다. 휴가를 내고 강원도에 와서 내가 왜 회사 일 같은 걸 하고 있는지는 의아했지만.

'어디로 여행가세요?'라는 글자가 써진 에어비앤비의 검색창 아래에 있는 아이콘들을 다 눌러본 것은 이번이 처음이었다.

섬, 국립공원, 통나무집, 기상천외한 숙소, 해변 근처, 초소형 주택, 디자인, 캠핑장, A자형 주택, 호숫가, 북극, B&B, 동굴, 서핑, 한적한 시골, 복토 주택, 열대 지역, 셰어하우스, Luxe, 객잔, 캐슬, 농장, 멋진 수영장, 저택, 상징적 도시, 최고의 전망, 해변 바로 앞, 골프장, 유서 깊은 주택, 돔하우스, 캠핑카, 키클라데스 주택, 풍차, 와인 농장, 전문가급 주방, 보트, 스키, 카사 파르티쿨라르, 컨테이너하우스, 민수, 창작 공간, 료칸, 트리하우스, 마차, 사막, 타워, 유르트, 헛간, 속세를 벗어난 숙소, 하우스 보트, 그랜드 피아노, 트룰로, 리아드, 담무소, 스키를 탄 채로 출입 가능, 호수.

에어비앤비에 아이콘으로 표시된 숙소의 분류 체계는 이랬다. 객잔이나 풍차는 그렇다 치고 유르트와 트룰로까지 빌릴 수 있다는 데 좀 놀랐다. 유르트는 이동 천막처럼 생긴 중앙아시아의 전통 가옥이었고, 원뿔형으로 돌을 쌓아 지붕을 올린 15세기 이탈리아 스타일의 집이 트룰로였다.

처음 들어보는 단어로 된 생소한 형태의 숙소들을 전 세계의 잠재적 여행자에게 펼쳐놓을 수 있는 사업을 하고 있었다. 에어비앤비는 내가 알던 것보다도 훨씬 잘하고 있었다. 잘하고 있다고 하기에는 부족하다. 클래식을 컨템퍼러리로 끌어들여서 돈으로 바꾸고 있다고 해야 하나.

기간은 6개월 후, 일정은 한 달, 목적지는 양양이라는 검색어를 넣었더니 986개의 숙소가 검색되었다. 동해 바닷가 해안선을 따라 숙소들이 빼곡하게 있었고, 1329달러부터 7000달러가 넘는 것까지 있었다. 더 비싼 것도 있었는데 해안선을 따라 포진한 숙소들의 가격은 그랬다.

7000달러가 넘는 것을 클릭했더니 제목이 '하조대 3룸 아파트'였다. 엘지 원통형 공기청정기, 북유럽 스타일을 흉내 낸 다이닝 세트, 호텔 침구처럼 보이지만 20수 정도 되어 보이는 흰 침구, 다이소에서 산 듯한 사슴 모형 조형물, 이케아 롬마르프 라인의 청록색 장식장을 두긴 했어도 7000달러가 넘는 아파트는 내가 지금 있는 이 아파트와 같은 아파트로 보였다. 집의 구조가 같았고, 아파트에서 바다가 보이게 찍은 뷰가 이 집에서 보는 것과 거의 흡사했기 때문이다.

거실의 바닥은 나무처럼 보였지만 다시 보니 무늬목이었다. 방 세 개 모두 비닐 장판이 깔려 있는 집을 저렇게 해서 한 달 빌려주고 900만 원을 벌 수 있는 세계가 여기 있었다. 청소 비용과 공과금, 세금과 온갖 부대 비용을 넉넉하게 100만 원으로 잡는다고 해도 한 달이면 800만 원의 수익을 낼 수 있다는 계산이었다. 또 느슨하게 계산해서, 일 년에 반만 찬다고 해도 5000만 원 정도의 수익을 얻을 수 있었다.

한 달 단위로 집을 빌려준다면 집을 관리할 사람을 따로 쓰지 않고 내가 주말에 내려와 처리하면 될 것 같았다. 세탁이나 청소나 비품을 채우는 일들 말이다.

차지 않는 달에는 주말에 내가 내려가도 되겠다는 생각이 들었고. 내 마음에 들게 일을 해줄 사람이 있다면 써도 좋겠지만 아는 사람 하나 없는 이곳에서 누군가를 찾아야 한다는 것이 막막하게 느껴졌기에 내가 하는 게 차라리 나아 보였다.

내 연봉보다 더 많은 돈을 벌 수 있다는 말이었다. 나는 아직 실현되지는 않았지만 가능해 보이는 이 예상 수익을 두고 인스타그램에 단기 부수익을 얻을 수 있다고 광고하는 사람들을 떠올렸다.

'하조대 해수욕장', '오션뷰', '양양IC 근처'가 하조대 3룸 아파트의 해시태그였다. 나는 그것들을 핸드폰 메모장에 적었다. 첫 문장은 이랬다. 제9호 투자 품목.

6.

서피 비치

노 스모킹, 노 트래시, 노 튜브.

서피 비치라고 써진 해변에 도착했을 때 가장 먼저 본 것은 세 개의 팻말이 교차되어 있는 모습이었다.

담배 금지, 쓰레기 금지는 알겠는데 왜 튜브 금지라는 건지 알 수 없었지만 서피 비치라고 추정되는 그 해변은 깨끗했다.

청결에 가까운 깨끗함이라고 해야겠다. 왜 이렇게 깨끗한 느낌이 드는지 나는 곧 그 이유를 알았다.

거기에는 아무것도 없었다. 한국의 바닷가에 주로 있는 것들이.

바다 앞을 가득 채운 횟집과 호객하는 사람이 없었다. 커다란 수족관과 거대하게 부풀린 튜브로 된 입간판과 파랗고, 빨갛고, 또 엄청나게 큰 글씨로 간판을 만들어 스카이라인을 채운 횟집들이 없어진 해변은 오아후에서 보던 해변과 비슷하다고 할 수 있었다.

비치로 진입하는 로터리에서 톳 같은 이름 모를 해조류들을 말리는 사람들이 있다는 것 말고는.

로터리는 거대한 사각형으로, 가운데서 공을 차도 될 만큼 커다랗게 비어 있어서 이런 것들을 말리기 좋아 보이기는 했다. 아파트 주차장에도 서핑보드를 실어놓은 차 옆에 해조류를 말리고 있었고, 서핑보드와 해조류를 말리는 풍경이 공존하는 게 이 동네의 정체성 같았다. 오아후에서도, 캘리포니아에서도 볼 수 없는 풍경이랄까.

여름에 말리는 줄 알았는데.

속으로 한 말이 아니다. 목소리를 입 밖으로 꺼내고 싶어서 그랬다.

한국에서 이런 해변을 본 적이 있었나. 제주 신라 호텔에 딸려 있는 중문해변 같은 데 말고. 깨진 유리병이나 담배꽁초, 아이스크림 껍데기 같은 게 보이지 않았다. 이렇게 깨끗한 해변을 본 게 얼마 만인지.

양양 바다의 색은 오아후의 옅은 초록과는 달랐고, 파도는 단차가 거의 없는 계단식 논처럼 밀려올 뿐이었지만. 그래도 모래의 옅은 베이지색과 회색이 많이 섞인 하늘색의 바다, 그리고 바다의 색과 거의 구분이 되지 않는 옅은 하늘의 색으로 가득한 이곳은 내가 한국에서 가본 어디와도 달라 보였다.

나는 거기에 가만히 서 있었다. 모래 해변과 바다와 하늘이 만들어내는 깨끗하고 드넓은 풍경을 보고 있었다.

그것은 온전한 풍경이었다.

아파트에서 해변까지 걸어서 삼십 분이 못 걸린 것 같았다. 네이버 지도로는 도보로 십구 분이 걸린다고 되어 있는 그 길을 아주 천천히 걸어왔기 때문에.

산책로로 만들어진지는 모르겠고, 또 거기를 산책로로 여기는 사람들이 있는지도 모르겠지만, 아파트와 국도로 이어지는 데에는 산책로라고 할 만한 길이 있었다. 직선으로 할 수 있지만 일부러 구불구불하게 만들어 아파트로 진입하는 차들의 속도를 늦추기 위한 용도인 듯한, 인도나 차도와 구분되어 있지 않은 그 길을 천천히 걸어 나왔다.

아무것도 없는 길이었다.

규모가 좀 되는 슈퍼와 간이음식점이 있었지만 간판만 달려 있지 제 기능을 하는 것 같지 않았고, 길의 갈림길에 군부대로 가는 표지가 있었다. 군부대가 아파트 옆에 있다고 해서 경찰서 옆에 있는 것처럼 치안에 얼마나 도움이 되는지는 모르겠지만 어쩐지 보호받는다는 생각이 들었다.

무릎 정도 높이로 조림된 상록수가 군부대로 가는 표지가 있는 길부터 군부대로 향하는 길에 펼쳐져 있었다.

그 길로 걷다가 초소에서 총을 든 군인을 보고 되돌아왔다. 어디로 가느냐고 물을 것이 분명하고, 그가 납득할 만한 말을 내가 할 것 같지 않아서.

걸어서 가기로 한 것은 잘한 일일까?

일부러 차를 두고 말이다. 제한속도는 80이지만 실제로는 100이 넘게 달리는 차들이 지나가는 고속국도 옆으로 걸으면서 나는 생각했다. 내 행동이 옳았던 걸까라고. 차가 달리면서 내는 타이어와 아스팔트의 마찰 소리가 몸을 움츠러들게 했다.

과민한 걸 수도 있었다. 이삼 일을 어떤 소리도 없이, 말하지도 듣지도 않고 생각만 하면서 혼자 보냈으니까. 세상 밖 소음들이 그리웠는데 내가 그리워한 것은 이런 소리는 아니었다는 생각이 들었다.

플러그인. 나는 '플러그 인' 된다는 감각으로 그 길을 걷고 있었다. 텔레비전도 틀지 않고, 누구와도 통화도 하지 않고. 스스로를 '플러그 아웃' 한 지 삼 일 만에 드디어 밖으로 나왔던 것이다. 양양에 온 지 삼

일 만이기도 했다.

왜 사람과 함께 있으면 혼자 있고 싶고, 혼자 있으면 사람이 그리워지는 건지 모르겠다고 생각하면서 걷고 있었다.

혼자 있은 지 며칠이나 되었다고 이러는지 모르겠다며. 평화롭고, 소음이 없고, 나무들이 조용히 출렁이고, 개를 산책시키는 사람들과 행인을 위협하지 않는 개들이 있는 풍경을 산책하고 싶다고 생각하면서 그 길을 걸었다.

산책이란 도시에서나 할 수 있는 것이라고 생각하면서.

이건 리스크였다. 나의 제9호 투자 품목의 전망이 그리 밝지 않을 수도 있다는 위험 신호. 눈앞에 바다가 있는데 걸어서 가지 못하면 그게 눈앞의 바다인가 싶었기 때문에. 걷는 길이 걸을 만한 것도 아니고. 무엇보다 이 아파트 가격이 말해주고 있지 않나 싶었고.

지도에서 보면 길을 한 번 건너게 되어 있는데 그 길을 건너는 방법이 그렇다는 것은 내가 경험해온 데이터베이스에 없었다.

동굴처럼 터널을 만들어놓은 지하 통로로 건너야 한다는 것을, 또 사람만 다니는 길이 아니라 차가 다니는 길이기도 하다는 것을, 그런 형태의 건널목을 굴다리라고 부른다는 것을 그때까지만 해도 알지 못했다. 그런 식으로 길을 건너는 것을 본 적이 없기 때문이었다.

터널은 꽤 길었다. 생각이 깊었다면 미리 예상할 수 있는 일이 아니었을까 싶지만 나는 그런 사람이 아니다. 8차선으로 된 고속국도의 아래에 만들어진 지하 건널목이니 8차선의 너비가 터널의 길이가 될 수밖에. 이걸 알았다면 차를 두고 오지는 않았을 거라고 생각하며 나는 터널 안으로 들어갔다.

들어가기 전에 잠시 숨을 멈추고 터널 안을 보고서. 터널은 어둡고 낮았다. 어두웠지만 낮아서 천장의 얼룩과 곰팡이, 이끼 같은 게 보였다.

계속 뒤돌아보면서 터널을 지나야 했다. 차가 언제 올지 알 수 없었고, 급작스럽게 달려온다면 여기 사람이 있다는 걸 운전하는 사람에게 알려야 할 것 같아서. 하지만 내가 지나갈 때까지 차가 오지 않기를 바랐다.

뒤에서 차가 왔다. 내가 온 쪽에서 말이다. 손을 들어서 조심해달라는 몸짓을 하고 있는데 파란색 차는 경적을 세게 한 번 누르며 지나갔다. 조심하라는 뜻으로 낼 듯 말 듯 하게 내는 그런 소리가 아니었다.

속도도 거의 줄이지 않았다. 차가 지나가는 아주 짧은 시간 동안 저 차와 부딪히면 어떤 일이 일어날지 생각했다. 내가 갑자기 차를 막아선다면, 나는 차 위로 붕 뜰 것 같았고, 저 차는 나를 버려두고 갈 것 같았다. 나는 터널 벽에 거의 붙은 채로 숨을 참으며 차가 지나가길 기다렸다.

나랑 부딪히면 너 죽을걸?

경고의 소리였다. 그래서 차가 지나가고 한참이 지났는데도 그토록 불쾌한 것이었다. 경적 소리는 계속 남아 여진이 내내 귀를 울렸지만 굴다리를 지날 때까지 그 차 말고 다른 차는 오지 않았다.

왜 저렇게 화가 난 건지 궁금했다. 이 굴다리를 지났으니 나처럼 바다로 가는 사람 같은데, 바다를 보면 화가 삭아질까?

사람은 나 말고는 없어서 으스스한 기분이 들 정도였는데, 굴다리의 끝에 도달했을 때 검은색 옷을 입고 노란색 서핑보드를 든 남자가 막 터널로 들어왔다.

남자는 서핑보드를 머리에 이고 있었다. 남자에게서는 물이 뚝뚝 떨어지고 있었고, 그가 입은 검은색 옷은 다시 보니 전신 슈트였다. 전신 슈트 위에는 판초 같기도 하고 숄 같기도 한 커다란 천을 두르고 있었다. 서핑을 하고 막 바다에서 나온 것 같았다.

춥지 않을까? 파도를 타고 나면 춥지 않은 걸까? 그래도 추울 것 같았다. 지금은 겨울이니까.

한국에서도 겨울에 서핑을 하는군요.

라고 말하고 싶었지만 입 밖으로는 내지 않았다. 오른쪽에 해안선을 끼고 양양으로 북상하던 날도 저런 사람들을 많이 봤지만, 이렇게 가까이에서 본 것은 처음이었다. 한국에서 말이다.

바다 위에 떠 있던 사람들은 거의 움직임이 없이 가만히 있어서 나는 그들이 실존하는 인물인지, 아니면 나의 환상은 아닌지 혼동될 정도였던 것이다.

남자와 지나치고 나서 후회했다. 어쩐지 느낌이 좋은 사람이었는데. 하고 싶었던 말을 할걸.

또, 남자의 얼굴을 보지 못한 것에 대해서도. 남자는 어떤 표정을 짓고 있을지 궁금했다. 파도를 타고 난 얼굴은 어땠을지 말이다.

겨울치고는 추운 날이기는 하지만 저렇게 하고 지나가는 남자를 보니 겨울 코트를 입고 있는 내가 잘못된 것 같았다.

시계를 보니 열 시가 안 된 시각이었다.

해변 아파트에서 가장 가까운 해변은 1킬로미터가 못 됐고, 길을 익힐 겸, 또 이 아파트의 투자 가치에 대해 더 파악해볼 겸 걸어서 해변에 가기로 했던 것이다. 낯선 길을 걸으면서 이런 걸 부동산 카페에서 임장이라고 하는 건가 보다 싶었고.

현관문을 열고 나왔을 때 그 밤에 보지 못했던 것을 보았다. 어디가 시작이고 끝인지 모를 융단처럼 세상의 바다가 펼쳐진 베란다에서와 같이 복도에서는 세상의 모든 산이 연결되어 보였다.

바다가 일자로 연결되었다면 산은 뭐랄까, 깊이감이 있었다. 산의 능선과 골짜기, 그리고 봉우리가 연결된 부드러운 곡선들이 연속적으로 겹쳐 보였고, 이런 것을 첩첩산중이라고 하나 보다 싶었다.

앞에는 바다가, 뒤로는 산이 펼쳐진 아파트였다. 바로 앞에 바다가 있는 것도 아니고 또 바로 앞에 산이 있는 것도 아니었지만, 이 전망 안에서는 바다와 산밖에 없고, 도시와 다르게 바다와 산 사이에 아무것도 없어서 산과 바다에 둘러싸인 듯한 느낌이 드는 아파트였다.

이모의 안목에 감탄하며 아파트 복도를 천천히 걸어 나와 엘리베이터를 탔다. 주차장을 보니 현지인보다 외지인의 비율이 훨씬 높은 곳임을 알 수 있었다. 캠핑카, 모터보트, 그리고 서핑보드를 차의 지붕에 얹어둔 차, 서핑보드가 실려 있을 듯한 레저용 차가 주차장의 절반 이상을 채우고 있었다.

양양 사람이 사는 아파트가 아니었다. 경운기 같은 농기구가 주차되어 있는 걸로 보아 원주민이 있기는 하겠지만 해변 아파트로 소유하거나 임대하거나 아니면 에어비앤비 같은 이익 창출의 용도로 쓰고 있는 아파트였다.

외지 사람이 주로 사니 아파트 진입로에 있던 슈퍼와 음식점이 망한 것이었다. 주말에 오는 사람들은 밖에서 끼니를 해결하거나 집에서 먹는다고 해도 장을 봐서 오는 일이 많을 테니까.

앤드루가 해변 아파트라고 지칭한 투자 품목에 맞춤한 바닷가 아파트였다. 네이버 부동산의 매매가는 이 아파트를 현금화해 얻을 수 있는 수익은 그리 크지 않다는 것을 말해주고 있었고, 나는 이 아파트로 천천히 캐시를 창출할 수 있겠다는 생각이 들었다. 연간 임대를 할 수도 있고, 에어비앤비를 해서 수익을 만들 수도 있겠다고.

이모의 눈은 시대를 지나치게 앞서가서 본인의 인생에 그리 보탬이 된 것 같진 않지만 이제 여기는 유망해 보였다. 앞으로 몇 년을 더 갖고 있는다면. 그리고 적절하게 쓸 수 있다면.

나는 그 매력적인 바다를 바라보고 있었다. 이런 바다가 아파트 앞에 있어서 해변 아파트에 투자 가

치가 생긴 것이었다. 차로는 오 분도 안 되어 올 수
있는 거리에 바다가 있었다.

담배 금지, 쓰레기 금지, 튜브 금지라고 쓰인 팻말
앞에서 나는 바다를 바라보고 있었다. 왜 여기를 서
피 비치라고 부르는지 궁금해하며. 그때 그 푯말이
보였다.

S U R F Y Y B E A C H

S부터 H까지 11개의 노란색 알파벳들이 일정한 간
격을 두고 모래 위에 떠 있었다. 알파벳에 이어진 일
자형 지지대 때문에 떠 있는 듯이 보였다.

사람들이 자기보다 훨씬 큰 알파벳에 기대거나 알
파벳 사이에 들어가서 사진을 찍고 있었다. 알파벳
의 좌우에 나란히 서서 함께 알파벳을 끌어안고 사
진을 찍기도 했다.

하긴, 오늘은 크리스마스였다. 크리스마스이브를
같이 보낸 이들이 겨울 아침의 해변에서 어젯밤의
여운을 즐기고 있었다.

여기서는 혼자인 게 그리 나쁘지 않았다. 나는 그들
을 보다가 여기가 서피 비치인 이유를 알게 되었다.

'서프'에 양양의 이니셜인 YY를 붙여 서피 비치라

고 이름 붙인 해변이었다.

서핑을 위해 만들어진 해변으로 보였다. 서핑을 위해 만든 해변이라면 튜브를 금지하는 것도 이해가 되었다.

오아후에서도 그랬다. 서핑을 하는 해변과 튜브를 탈 수 있는 해변이 구분되어 있었다. 서핑을 할 수 있는 해변과 또 부기보드를 탈 수 있는 해변이 구분되어 있는 곳도 있었다. 이곳은 그런 해변에 대해서 잘 아는 사람이 기획한 해변으로 보였다.

하얀색 서핑보드와 그보다 좀 더 길이가 길고 너비가 넓은 노란색과 파란색으로 된 패들보드가 줄지어 서 있는 풍경만으로도 이국적으로 보였다.

원뿔 모양으로 지붕을 만든 보드들 뒤에 있는 공간은 탈의실과 샤워장 같았다. 그리고 하얀색 비닐로 된 빈백들이 모래 위에 충분한 간격을 두고 놓여 있었다.

거기 가서 앉으려다가 이용하는 방법이 있을 것 같아 두리번거렸다. 록페스티벌을 할 때의 부스 같은 게 보여서 다가갔더니 두 명의 여자가 있었다. 얇은 천 머리띠를 이마 중간에 두른 여자 쪽으로 다가 갔다. 서피 패스를 끊을 거냐고 여자가 물었다.

서피 패스요?

그게 뭔지 모르지만 일단 고개를 끄덕였다. 여자
가 다시 물었다.

한 분이세요?

나 말고는 없는데 왜 저렇게 묻는 건가 싶었지만
고개를 끄덕였다. 만 원을 내자 알파벳으로 서피 패
스라는 글자가 조화롭게 나열된 종이 팔찌를 손목에
채워주었다. 검은색 바탕에 노란색으로 된 알파벳이
인쇄되어 있는 팔찌였다.

하루 종일 여기에 있어도 된다고 했다. 빈백에 앉
거나 해먹에 눕거나 의자에 앉거나 하면 된다고, 카
페와 식당에서 할인을 받을 수도 있다고.

따드릴까요?

여자가 내민 것은 병맥주였다. 코로나 엑스트라. 대
학교 일학년 때 많이 마시던 브라질인가 멕시코인가
의 맥주였다. 술집 주인은 원래는 라임 조각과 함께
먹는다고 하면서 레몬 조각을 병목에 꽂아주었었다.

서피 패스에 코로나 한 병이 포함되어 있다고 여
자는 말했다. 나는 여자가 코로나 엑스트라를 따고,
웨지 모양으로 잘라둔 라임을 꽂는 것을 보았다.

서두르지도, 그렇다고 늘어지지도 않는 본인만의
템포로 여자가 그 일을 하고 있다는 게 좋아 보였다.
여자가 나를 보고 한 번도 웃지 않았다는 것도. 자본

주의 미소를 장착하지 않아도 되는 직장인 것이다, 여기는.

코로나의 시대에 코로나 맥주라니, 이것은 유머일까? 아니면 우연일까?

라임이 병목에 꽂힌 코로나를 들고 나는 빈백 하나를 골라서 앉았다. 아무것도 가리는 게 없어 바다를 감상하기에 적당해 보이는 자리였다.

나는 맥주를 해안선 쪽으로 내밀어 라임이 도드라지게 초점을 맞춘 후 사진을 찍었다. 투명한 코로나 엑스트라 병에 희미해진 모래와 바다와 하늘이 층층이 담겼다.

삼단으로 된 근사한 칵테일 같았다. 섹스온더비치와는 비교도 안 되게 괜찮은 이름을 붙여야 할 것 같은 해변의 칵테일 말이다.

인스타그램에 올리고 싶은 사진이었다. 하지만, 나는 그런 것을 하지 않지.

자세를 바꿀 때마다 모래가 서걱거리는 게 느껴져서 꼭 모래 위에 누워 있는 듯한 기분이었다. 그것까지 염두에 두고 이 빈백을 고른 건 아니었지만, 내가 앉은 자리 위에 널따란 캐노피가 설치되어 있어서 더 아늑하다는 기분이 들었다.

해변에 설치해둔 구조물들이 보였다. 저것을 뭐라

고 하더라? 파티오 스타일이라고 하나?

저 멀리 밀짚인지 볏짚인지로 엮은 파라솔들이 있었다. 지붕만 막히고 사면이 뚫린 방갈로에 해먹이 늘어져 있기도 했다. 지금은 아침이라 불이 켜지지는 않았지만 방갈로에 달려 있는 전등갓도 밀짚으로 엮은 것이었다.

오늘은 크리스마스고, 겨울이고, 어쩌면 눈이 올지도 모르는데 여름 나라의 구조물들이 해변에 있으니 여름 나라에서 겨울을 맞고 있는 건가도 싶었다. 하지만 오아후의 12월 같지는 않아서 목도리를 두고 온 것을 후회하며 코트의 옷깃을 세웠다.

바람에 따라 굴곡을 만들며 흔들리고 있는 캐노피는 한순간도 고정되지 않는다는 점에서 사람들이 밟으면서 만들어놓은 모래의 굴곡과도 비슷해 보였다. 캐노피에는 짙은 파란색으로 왕관이 그려져 있었고, 왕관 아래에는 'Corona'라는 글자가 있었다.

코로나였다. 지금 마시고 있는 코로나 맥주와 같은 폰트로 되어 있는 것으로 보아 캐노피도 코로나를 만드는 맥주 회사에서 제공하는 것 같았다. 코로나가 왕관이라는 뜻이었구나.

앉아 있었지만 거의 누워 있다는 생각이 들었다. 모래의 성질이 그랬다. 그래서 해안선이 고정될 수 없는 것이겠지. 금세 늘어났다가 또 금세 쓸려나가는 거겠지.

모래가 든 빈백에 앉으니 모래욕을 하지도 않으면서 거의 모래에 파묻힌 느낌으로 앉은 것도 아니고 누운 것도 아닌 채로 거기에 있었다. 기분으로만 따지면 한 십 년 넘게 거기 누워 있었던 것 같았다.

왜 쉬어도 쉬어도 피곤한 걸까. 회사에서 그리 무리하지 않는다고 생각했는데 이렇게 피곤한 기분은 무엇일까. 무리하지 않기 위해 무리해왔는지도 모르겠다는 생각이 들었고, 눈이 감겼다.

그렇게 좀 잤다. 편안한 자세는 아니었는데 잠이 왔고, 잠을 참아야 할 이유가 없어서 잠시 늘어져 있다가 눈을 떴다.

일어나서 걷기 시작했다. 여기 와서 너무 오래 앉아 있거나 누워 있었다는 생각이 들었고, 모래에 곧 지워질 발자국을 박아 넣는 저 사람들처럼 걷고 싶다는 생각을 했다.

사람들의 발자국 위에 내 발자국을 더하며 걸었다.

걸어보니 알 수 있었다. 내가 발자국을 낸다고 사람들의 발자국이 지워지는 게 아니라 발자국이 더해질 뿐이었다. 모래에 자국을 낸 발자국들의 희미한 집합에 기분이 이상해졌다.

목적 없이 걷다가 중간에 목적이 생겼다. 파도 모양으로 만든 구조물을 가까이에서 보고 싶었다. 구조물 뒤에 커다란 직사각형의 패널이 세워져 있었는데, 외국의 어느 해변을 서핑보드를 든 서퍼가 걷고 있는 사진이 인쇄된 것이었다.

해변에는 쓰레기들이 나뒹굴고 서퍼는 고개를 숙이고 걷는 장면이었다. 그리고 이 글자가 있었다.

이게 사는 건가?

그렇게 번역할 수밖에 없지 않나 싶은 영문이 거기에 있었다. THIS IS LIVING?

패널 앞의 파도 조형물은 폐플라스틱으로 만든 것이었다. 폐플라스틱으로 만든 파도가 거기 있었다. 그리고 코로나와 팔리Parley의 컬래버임을 알리며, 한국의 1인당 플라스틱 소비량이 세계 3위라는 말이 있었다. 한국의 1인당 연간 플라스틱 소비량은 2015년 기준 132킬로그램으로 93킬로그램인 미국과 58킬로그램인 중국을 능가해 세계 최대 수준을 기록하고 있다는 CNN의 보도를 인용한 것과 함께.

"이 플라스틱 파도 제작에 사용된 플라스틱 양은 한국인 1인 연간 사용량인 약 130킬로그램입니다"라는 문장을 보고 좀 놀랐다. 파도를 이루고 있는 플라스틱 양은 하나의 방을 채울 정도로 많았는데, 저

만큼을 한 사람이 배출한다니.

궁금증이 가시지 않아 해먹에 누워서 베드서핑을 해야 했다. 코로나 엑스트라의 제조국은 브라질이 아니라 멕시코였고, 해변의 저 구조물들은 멕시코 해변을 모사한 것들이겠구나 싶었다.

칸쿤이라든가 그런 휴양지로 알려진 해변들 말이다. 코로나를 만드는 회사는 2008년부터 해변과 관련된 환경보호 활동을 하고 있었다.

'멕시코의 아름다운 해변'으로 검색해보았다. 히든 비치라는 곳이 마음에 들었다. 멕시코 서쪽의 푸에르토 바야르타 해변에서 떨어진 마리에타섬에 있다는 그 해변을 구글 맵으로 검색했다. 이 섬에서 코르테스해를 타고 곧장 위로 올라가면 북서쪽에는 샌디에이고가, 북동쪽에는 투손이 있었다.

코로나와 팔리를 같이 넣어 검색해보았다. 두 회사가 협업으로 함께 만든 영상이 맨 위에 나왔다. 바다로 뛰어드는 남자로 시작되는 영상이었다.

걱정과 불안감 등이 있을 때마다 바다로 뛰어든다고 그는 독백하고 있었다. 그러면 근심이 사라지고 현재에만 100퍼센트 집중할 수 있다고. 정말 그럴까?

세 번 숨을 들이쉴 때 그중 두 번의 숨은 바다로부터 와
요.

몇 년 후에는 바다에 물고기보다 플라스틱이 많을 거예
요.

바다 없이 우리는 존재할 수 없어요.

이 말이 좋아서 여러 번 보았다. 그리고 서피 비치
에 얼마나 더 있었나. 그리 오래 있지는 못했다. 바다
를 바라보는 건 좋았지만 바다만 보고 있기에는 좀
지루했고, 그러면 해변을 걸어 다녔다.

서핑보드 두 개가 바다 가까이 대어져 있는 것을
멀리서 보고 다가갔는데 가까이에서 보니 패들보드
였다. 서서 노를 저으면서 타는 보드.

다시 굴다리를 건너서 아파트로 돌아왔다. 이번에
는 천천히 걷지 않기로 했다. 뒤돌아보지 않고 뛰기
로 했다. 굴다리를 전력으로 질주해서 건너편에 닿
을 때까지 어떤 차도 오지 않았다.

이게 사는 건가?

이게 사는 건가?

나는 이 말을 계속해서 머릿속에서 재생하며 아파
트로 연결된 산책로를 걸어 올라왔다. 사는 게 그다
지 힘들지 않다고 생각해왔는데. 이 말은 따라하고

싶은 말이었다. 묘하게 중독적이라서.

후리스를 입은 머리 긴 여자가 서핑보드를 들고
차에 싣는 것까지 보고 엘리베이터를 탔다.

7.

서퍼

크리스마스에 아파트 상가의 술집에서 술을 마시지 않았다면 와이키키 하우스에 가는 일은 일어나지 않았을지도 모른다. 원래는 라면을 먹으려고 했다. 옆 테이블에서 노가리를 먹고 있는 걸 보고 마음이 바뀌었지만.

어서 돌아가 누워야겠다고 생각하며 집으로 가던 길이었다. 그런데 술집에 라면을 판다고 써 붙인 것을 보고 스르르 빨려들어 갔다. 찌그러진 양은냄비에 파와 달걀을 넣은 라면을 떠올리며. 테이블 네 개가 다인 데다가 워낙 좁은 공간이라 어디에 앉아도 모두가 옆 테이블이 되는 작은 술집이었다.

그들은 화이트보드에 적은 메뉴판과 짚으로 엮은 발에 다 먹은 소주병의 뚜껑을 꽂아 초록색 월을 만

들어놓은 벽 옆에 있었다. 발에는 빨간 장미 한 송이
도 꽂혀 있었다. 누가 저렇게 꽂기 시작했는지, 장미
는 생화인지 조화인지, 저기에 주인의 의지가 얼마
나 반영되었는지 궁금해하며 그것들을 보고 있었다.

계속 그들 쪽을 보고 있었기 때문이다. 뭘 시킬지
정하지 못해서 그랬다. 마치 사무실에서 어떤 동작도
하지 않은 채 엑셀 파일을 보고 있는 것처럼. 왜 늘 선
택의 연속인 걸까. 나는 좀 단순하게 살고 싶은데.

두부조림 15,000	닭볶음탕 30,000	어묵탕 12,000
동태찌개 18,000	오징어볶음 18,000	오삼불고기 20,000
골뱅이무침 18,000	오징어순대 20,000	닭똥집 12,000
노가리 10,000	황도 10,000	라면+반공기 4,000

사행 삼열로 된 메뉴판을 계속해서 보고 있었다.
라면을 먹으려고 들어왔지만 그것만 너무 쌌다. 그
래서 라면만 시키면 안 될 것 같았다. 닭볶음탕이 먹
고 싶었지만 혼자 먹기에는 너무 많을 것 같았고 나
머지 음식 중에서는 먹고 싶은 게 없었다. 그렇다고
나갈 수도 없었다. 오늘은 크리스마스고, 집에는 먹
을 게 없다. 계속 메뉴판을 보다가 옆 테이블에 막 나
온 노가리가 눈에 들어왔다.

어디서도 본 적이 없는 입체감이 느껴지는 노가리였다. 그리고 머리가 긴 주인 남자는 노가리를 구운 석쇠째로 가져다주었던 것이다. 직접 잘라 먹으라며 가위와 함께. 접시에 저렇게 석쇠를 턱하고 올린 노가리를 안주로 내주는 집을 본 적이 없었다.

야성 있네.

옆 테이블의 남녀는 노가리를 먹더니 음, 이런 소리를 냈다.

그런 소리를 낼 정도의 노가리였다. 종지의 반에는 마요네즈, 나머지 반에는 간장을 채우고, 간장 위에 청양고추를 썰어서 올린 소스에 찍어 먹으니 더 맛이 좋았다. 사장님은 술집을 할 자격이 있는 사람이라고 생각했다.

나는 음식을 하지는 않았지만 맛있는 것과 맛없는 것은 확실히 구분하는 능력이 있었다. 이를테면, 그럴 때 화가 난다는 걸 말하고 싶다. 마른 멸치를 내주면서 고추장이 아닌 초고추장을 주는 술집 같은 곳에 갔을 때. 왜 초고추장이 아닌 고추장에 멸치를 찍어 먹어야 하는지 논리적으로 설명할 수는 없었지만 아닌 건 아닌 거였다. 그리고 그 음식이 왜 맛있는지에 대해 이야기할 수 있는 능력도 갖고 있었다. 노가리는 크기가 컸고, 두툼했고, 무엇보다 촉촉했다. 반건 오징어처럼 반건 노가리라는 장르가 있는가 싶었다.

마음을 바꾸길 잘했다고 생각하며 테라와 노가리를 먹다가 소주를 시켜서 테라에 타 먹었다. 노가리는 그럴 만한 맛이었다. 좀 더 의욕이 있었다면 이런 노가리는 어디서 파느냐고 물어보고 싶을 만큼. 여태껏 먹었던 노가리는 대체 무엇이었는지 되돌아보게 할 정도의 노가리였다.

음.

나도 속으로 이런 소리를 냈다.

음?

노가리를 좋아하는 것은 아니다. 그다지 원하지는 않았지만 어쩌다 보니 꽤나 노가리를 먹어왔던 것이다. 노 부장 때문이었다. 원래는 김 부장이지만, 노가리가 맛있는 술집에서 술을 마셔야 마시는 것 같다면서 노가리가 있는 집에서만 술을 마시자고 했던 이 년쯤 다닌 전 직장의 아저씨가 노 부장이었다.

어떤 맥주를 마시는지 또 어떤 소주를 마시는지는 전혀 중요하지 않고 그저 노가리를 외칠 뿐인 그는 내게 인간미가 없다고 했었다. 왜요?라고 물어야겠지만 그러지 않자 친절히 그 이유에 대해 말하기도 했었다.

이제이 씨는 화가 없는 건 좋은데 말야. 어쩌면 그

렇게 부모님 이야기를 안 해. 효도해야지. 누가 보면 고아인 줄 알겠다.

고아인데요?

나는 이렇게 말하지 않았다. 대신 이렇게 말했다.

노가리가 맛있네요.

그러고는 "드실래요?" 하고 웃으며 노 부장에게 맥주를 따라주었다. 맥주를 받은 그는 가방에서 꺼낸 무슨 갈색 엑기스 같은 것을 자기 술잔에 탔다. 사람들이 그게 뭐냐고 묻자 그는 깔라만시라고 했다.

깔라만시요?

깔라만시 몰라? 젊은 사람들이 왜 모르지? 트렌드 좀 챙겨라. 이게 디톡스해 주잖아. 간 해독도 해주고. 요즘에 나는 흑염소보다 이게 좋더라.

오빠가 되고 싶지만 아저씨일 뿐일 아저씨는 그렇게 말했던 것이다. 깔라만시를 탄 시큼한 술이 노가리와 어울리는지 어울리지 않는지는 내버려두고, 왜 저런 사람들은 대체의학과 정체가 의심되는 곳으로부터 들은 건강 상식을 저토록 신봉하는지 모르겠다고 생각하며 나는 속으로 비웃었다. 깔라만시를 듬뿍 탄 소주를 원샷하는 그를 보면서.

어쩌면 흑염소일 수도 있었지만. 지금이 흑염소 엑기스를 자랑하면서 먹을 시대는 아니라는 걸 알 정도는 되었기에 나는 그를 미워할 수 없었다. 〈워싱턴 포스트〉와 〈더 타임스〉를 챙겨보는데 어째서 시야가 그 정도인지는 이해하기 어려웠으나.

내가 고아인 건 사실이기도 하지만 그 사실을 밝혀 그를 곤란하게 만들고 싶지는 않았다. 굳이 그렇게 말해서 그를 쓰레기로 만들지 않은 것이 그와 나의 다른 점이라는 사실을 그는 끝내 모를 거라고 생각하니 기분이 좋았다. 나보다 이십 년 정도 더 산 아저씨보다 내가 나은 것 같아서.

아저씨, 말을 하지 않는다고 해서요. 하고 싶은 말이 없는 것은 아니랍니다. 아저씨처럼 다말인 사람들보다 더 하고 싶은 말이 많을 수도 있어요. 아저씨랑 하고 싶지 않은 거예요. 부모가 없는 사람도 있고요. 그게 저예요. 그리고 저 화도 많아요. 지금도 속에서 부글부글하고 있어요. 화가 없는 사람이 이 세상에 어디 있게요.

다정히 아저씨의 어깨를 감싸 안으며 이런 말을 해주었더라면 좋았겠지만, 나는 그 정도로 친절한 사람은 아니다.

그가 얼마나 지루하고, 무능하고, 편파적인지는 말하고 싶지 않다. 나는 그를 싫어하지 않는데……
그는 싫어하기에는 어딘가 짠한 K-아저씨였다. K-

아저씨라는 무책임하고 불성실한 묘사 정도로 끝내고 싶은 아저씨. 그저 노가리가 나오면 떠오를 수밖에 없는 아저씨인데 이 아저씨와 갔던 데에서 이런 걸 먹어본 적은 없었다. 아저씨가 더 불쌍해진 순간이었다.

나는 이런 내가 참 괜찮은 사람인 것 같아서 기분이 좋아졌다. 또 좀 너그러워져서 아저씨도 본인이 그렇게 살고 싶어서 그렇게 사는 건 아닌가라는 생각이 들었다.

그래도 이 아저씨가 내 이름에 대해 말한 건 웃겼다.

이제이라는 좋은 이름을 지어주신 부모님인데. EJ라고도 쓸 수 있고. 디제이 이름 같고 얼마나 힙해? 이이제이 하라는 뜻으로 지어주신 거지? 부모님 세계관 멋져주시고.

한글 이름인데요.

한자 없어?

한자가 있기는 했지만 복잡하게 말하기 싫어 그렇게 말해버렸다. 노 부장이 말하기 전까지는 이이제이의 뜻을 모르기도 했고. 이이제이를 모른다고 하면 또 이래서 어린 시절을 한국에서 보내지 않은 애들이 문제라는 이야기를 길게 할 것이 뻔해서, 나는 가만히 있었다.

이이제이의 뜻을 찾아보고 나는 이 아저씨에게 고마웠다. 적을 적으로 무찌른다라는 이이제이의 뜻은 내 인생관과도 비슷하다는 생각이 들었다. 아니, 내 인생관을 정의한 말이라는 생각이 들었던 것이다.

싸움을 하고 싶지는 않다. 하지만 싸움에서는 이기고 싶다. 이렇게 말도 안 되는 게 나의 인생관이었기 때문에. 그러나 내가 이겨야 할 싸움이 뭔지 모른다는 게 나의 문제였다.

나는 어디로 가고 있는 걸까?

성장의 파도에 올라타야지. 서퍼라고 생각하고. 우린 다 서퍼야. 지금 파도를 타고 있다고. 즐겨, 즐기라고! 카르페 디엠이라고 라틴어에도 있잖아.

으으으, 하지만 이런 말은 정말 견디기 어려웠다. 귀가 썩을 것 같았다. 노가리든 고아든 그런 것들은 얼마든지 해도 괜찮았지만 말이다.

이 아저씨는 여기저기에서 가져온 메타포를 끌어다 붙이며 썰을 푸는 걸 좋아하는 스타일이었고, 그런 사람들의 이야기가 그렇듯이 한없이 늘어지는 장황하고도 지루한 이야기라서 듣고 있기가 쉽지 않았다. 적당한 대목에서 피드백을 해주거나 웃어줘야 했는데 포인트를 잡기가 힘들었다.

묘사 지옥, 그건 묘사 지옥이었다. 아주 지긋지긋

한 클리셰로 이루어진 지옥 말이다.

그런데 소맥은 왜 이리 맛있나? 나는 테라와 카스 맛을 구분하지 못했다. 둘 다 밋밋했고, 언제 마셔도 맛있다는 느낌은 들지 않았다. 뚝불을 시키면 식당에서 같이 내주는 공기밥 같다고 해야 하나. 하지만 소주를 타면 카스든 테라든 어떤 안주에도 어울리는 술로 변신한다는 게 놀라웠다.

왜 다들 파도를 이용하려고 해? 짱나.

옆자리의 여자가 이 이야기를 할 때 나도 공감을 보내고 싶었다.

그런 인간들이 요즘 너무 많아. 시끄러운 인간들 피해서 좀 조용히 살겠다고 여기 왔더니 인간이 더 많아. 로컬 서퍼 간담회는 무슨…… 기관장인지 뭔지가 깔라만시가 몸에 좋다고 계속 술잔에 타주고. 왜 이렇게 눈치가 없니? 난 시어서 싫은데. 세 개들이 세트라고. 몸에 좋은 거라고. 저 몸에 좋은 거 안 좋아하거든요? 쌍.

"쌍" 하면서 여자는 맥주잔에 젓가락 두 개를 수직으로 내리꽂았고, 잔에서 소용돌이가 생기면서 거품이 일었다.

인구 중에 '노 부장 유형'이라는 게 몇 퍼센트 정도 분포되어 있는 걸까. 저 짧은 머리 여자는 뭔가 나와 통하는 사람 같았다. 친구가 되고 싶은 유형이었다.

오아후에 살 때 나는 엄마가 싫어할 듯한 애들과 친구가 되곤 했다. 중산층이 아니거나, 돈이 있어도 뭐를 해서 버는지 알 수 없거나, 아니면 교양이 없어 보이는 가정의 아이와 친구로 지내는 걸 엄마는 지독히도 싫어했다. 저 여자는 엄마가 싫어할 것 같지도 않았다.

어쩌면 저렇게 속이 시원하게 다 이야기하는데 밉지 않을 수가 있지? 웃음이 터지려는 것을 참았다. 저런 걸 걸크러시라고 하나?

옆자리의 손님들은 서핑을 하는 사람이었다. 정확히 말하면 한 사람은 서핑을 하는 사람이었고 다른 한 사람은 서핑을 하려는 사람이었다. 그들의 대화를 듣는 것 말고는 할 게 없는 나는 소주를 거의 한 병째 비우고 있었다. 저 대화에 끼고 싶다고 생각하면서.

난 그게 멋지더라.

뭐가 멋져?

파도 하나에 보드 하나. 그런 질서가 지켜진다는 게 신기해. 땅에서는 안 그렇잖아. 강남대로에서 킥보드 타려면 얼마나 개판이냐?

놀고 있네.

아니야?

킥보드 좀 타니까 서핑하실 수 있을 것 같으셨어
요?

남자는 파도를 한 번도 타본 적이 없는 사람이었
고, 여자는 파도에 대해 아는 게 좀 있는 사람 같았다.

파도 하나에 사람 하나.

남자가 느린 목소리로 다시 말했다.

뭐래? 그렇지도 않다니깐. 무슨 옛날이야기를 하고
있어. 차라리 소주 한 병에 슬픔 하나가 더 그럴듯하다.

왜 맥주 아니고 소주야?

콧소리를 내면서 여자가 비웃더니 자기 잔에 맥주
를 따랐다. 얼마나 급하게 따랐는지 거품이 와르르
쏟아졌다.

와, 파도 포말 같다.

그만해라.

둘은 연인은 아닌 것 같았다. 연인이었던 적도 없
는 것 같고 앞으로도 그렇게 될 일이 없을 것 같은 사
이로 보였다.

언제 적 이야기를 하는 거야? 1960년대 캘리포니
아에서나 그랬지. 꿈꾸고 계세요. 캘리포니아 드리
밍 같은 소리 하고 있네. 바다에 가서도 그런 소리가
나오나 봐. 정신없는 소리 하는 거는 옛날이나 지

금이나 똑같음.

내가 다 속이 시원했다. 샤카 사인이나 알로하 인사, 그리고 저런 파도 하나에 보드 하나, 파도 하나에 사람 하나 같은 바다와 파도와 서핑에 대해 낭만적인 이야기를 하는 소리를 들으면 뭐라 말할 수 없이 짜증이 났기 때문이다. 왜 짜증이 나는지 정확히 말할 수 없었지만 알 수 없는 무엇이 가슴속 깊은 곳에서부터 치밀어 올랐다.

낭만을 싫어하지는 않았다. 하지만 그런 쉬운 낭만은 싫었다. 값싸고 아둔한 낭만 같아서.

파도를 타는 일을 대체 뭐라고 생각하는 걸까?

막상 파도를 타보면 알 텐데. 그게 얼마나 짠내 나는 일인지. 베이지색 스톤 아일랜드 스웨터를 입은 저 남자처럼 사람들은 그런 걸 알지 못했다.

환상을 갖고 서핑을 시작했다. 뭔가를 시작하기 위해서 환상은 필요한 것이었지만 그래도 서핑에는 환상이 너무 많았다. 바다에 대한 환상이 없기 때문에 서핑을 하지 못하는 나 같은 사람에게는 그들의 환상이 너무 잘 보였다.

내가 왜?

남자는 좀 애교가 있는 스타일이었다. 새 소주를 따서 여자의 맥주에 타준 후 뚜껑의 일부였다가 이제는 뚜껑에 붙은 늘어진 끈이 된 부분을 이용해 뚜껑을 발에 꽂았다.

어머.

남자가 하는 행동을 보던 여자가 이렇게 말했고, 남자는 왜냐고 물었다.

이거 리쉬네. 이제 알겠다.

무슨 말이야?

이게 뭔가 했거든? 왜 사람들이 이렇게 죄다 병뚜껑을 발에다가 엮어놓았지? 그랬어. 서핑할 때 보드랑 발목이랑 끈으로 연결하는 장치가 있거든. 그게 리쉬야. 잘 묶지 않으면 위험해져서 단단히 묶어야 돼.

남자가 발에 꽂았던 소주병 뚜껑을 가리키며 여자가 말했다.

사장님, 맞죠?

주방에서 음식을 만들던 남자가 홀 쪽으로 얼굴을 내밀었다. 무뚝뚝한 표정도 아니고, 웃는 것도 아니고, 그 사이 어디쯤의 표정으로.

사장님도 서퍼야.

여자가 작은 목소리로 말했다. 사장은 별말을 하지 않고 오징어순대를 들고 나와 옆 테이블에 놓고 갔다.

안 그러면 여기서 왜 장사하고 계시겠냐? 아침에

파도 타고 저녁에 장사하고.

왜 서핑숍 안 하시지?

해변에 봐봐. 서핑숍 천지야, 건수야. 이게 훨씬 좋아 보인다. 아침에도 서핑, 저녁에도 서핑, 하루 종일 서핑 생각하는 것보다. 좋아하는 일을 직업으로 하면 좋을 것 같니? 사장님, 오토바이에 보드 매달고 서핑 가신다. 간지야.

오토바이에 보드 실을 수 있어?

거치대만 설치하면 돼.

여자는 뭔가 생각났다는 듯이 이어서 물었다.

너 보드 탈 때 어떻게 타?

킥보드?

발 어떻게 올리고 타냐고. 어느 발이 뒤로 가?

오른발……인가? 아닌가, 왼발인가? 왜?

보드 타려면 이걸 먼저 알아야 해. 왼발을 뒤에 놓느냐, 오른발을 뒤에 놓느냐. 뒤에 있는 발로 힘을 쓰는 거거든.

건수 씨는 "그래?"라며 건성으로 고개를 끄덕였다. 그러고는 여자에게 말했다.

나 내일 보드 살까?

무슨 소리야. 타본 적도 없으면서, 뭐 살지도 모르는데 어떻게 사냐? 뭘 살지 알려면 일단 타보기라도 해야 되는 게 아닐까, 건수야? 강습이라도 좀 받고. 일단 와이키키 하우스 가자.

자기 보드가 생겨야 파도 타게 되는 거 같아서.

영화 너무 본 거 아니야? 서핑 영화에서 보면 보드가 딱 생기고, 그러면 파도를 타게 되고, 이런 게 나오니까 너 같은 애들이 정신 못 차리는 거 아냐?

아닌데.

뭐가 아니야. 서핑 영화 하나도 안 봤다고? 그런데 왜 갑자기 서핑이 하고 싶어진 건데? 그래서 여기까지 찾아오시고?

마흔 되기 전에는 한번 타보고 싶어서.

건수 씨가 여자의 눈치를 보면서 작은 목소리로 말했다.

듣자마자 여자는 코웃음을 치더니 이렇게 말했다.

마흔이 요즘 나이냐? 여기 봐봐, 다 늙은 애들이야. 완전 쭈글쭈글. 파도 타면 더 쭈글쭈글.

나 가진 건 피부밖에 없는데.

자기 얼굴을 양손으로 감싸며 이렇게 말하는 남자를 보며 귀엽다고 생각했다. 강아지 같은 남자 스타일이 역시 착 안기는 맛이 있구나 싶었고.

넌 걱정 안 돼? 내년에 마흔인데?

걱정하면, 나이가 안 먹냐? 나 매일매일 얼마나 바

쁜지 알면 너 이런 소리 못 한다.

여자는 기가 막히다는 듯 좀 웃더니 건수 씨에게 묻는다.

갑자기 서평은 왜?

서핑 영화 보다가 궁금해서.

안 봤다며?

안 봤다고는 안 했다? 정신 못 차리는 건 아니라고 그랬지.

됐고. 여기가 하와이고 캘리포니아고 그런 건 아니야. 너의 환상과는 매우 거리가 있어요.

그럼 너는 왜 하냐?

건수 씨가 이렇게 묻자 여자는 갑자기 고개를 푹 숙였다. 그러고 나서 한숨을 쉬더니 말했다.

하고 싶어서 하냐? 너는 다니고 싶어서 회사 다니냐? 부모님이 여기에 터 잡고 나 불렀는데 어떻게 해? 노인네들이 여기 땅 좀 있다고 게스트하우스 하겠다며 전 재산을 박았는데?

혹시 그래서 양미야?

양미라고 불린 여자는 고개를 끄덕였다.

양양에서 태어나서 양미다. 내가 좋겠냐, 근데?

미는 아름다울 미?

일일이 대꾸하지 않는 게 양미라는 분의 스타일

것 같았다.

우리 집 그거 망하면 아무것도 없는 집이야. 잘못하면 하우스 푸어라고. 너 한 몸 챙기면 되는 너랑은 사정이 달라요. 그런데 내가 어떻게 한가해? 서핑은 나한테 직업이라고. 내가 가장이에요. 서핑으로 집안을 일으켜야 된다고, 내가.

이 이야기가 나올 때까지 듣고 있던 게 다행이라고 생각하면서 나는 용기를 내어 양미 씨에게 말을 걸었다.

제가 말을 듣게 됐는데요, 게스트하우스에서 강습도 하시죠?

오아후에 살 때 게스트하우스를 하는 친구네 집들은 모두 서핑 강습도 했었다는 게 떠올랐다.

서핑하시게요?

양미 씨에게 말을 걸었을 때만 해도 나는 서핑을 배우고 싶지는 않았다. 하지만 양미 씨와 그녀의 가족이 꾸려가는 서퍼들을 위한 하우스일 그 게스트하우스가 궁금했고, 그래서 이렇게 말했다.

관심이 있어서요.

서핑에는 관심이 없다고는 말할 수 없었으니까. 그리고 나도 어쩌면 에어비앤비가 되었든 무엇이 되었든 해변 아파트를 어떻게 활용할지 배울 수 있을

116

것 같아서.

건수 씨가 나를 보고는 말했다.

숙박형이랑 강습형이랑 이렇게 있어요. 거기 안에서 초급, 중급, 고급 과정이 또 있고요.

너 어떻게 알아?

나는 강습만 받으면 될 것 같다고 말했고, 언제 시작할 수 있느냐고 물었다. 시간이 많지는 않았다. 오늘이 12월 25일, 그리고 1월 3일에는 돌아가야 하니까.

내일 와이키키로 오세요.

네?

풀네임은 와이키키 하우스고요. 동산해변에 있어요. 차 있으시죠? 소나무 숲 앞에 차 세우고 슬슬 걸어오시면 돼요. 오 분도 안 걸려요.

동산해변으로 내비게이션을 찍으면 바다를 바라보고 있는 소나무 숲이 있다고 했다. 하우스에서 등록을 하셔야 하지만, 강의는 소나무 숲에서 할 거라고도.

수업은 아홉 시에 시작합니다.

양미 씨는 이렇게 말하고서 고개를 숙여 인사한 후, 술이 좀 취한 건수 씨를 챙겨서 술집을 먼저 나갔다.

8.
와이키키 하우스

와이키키 하우스의 문을 열었을 때 '뚜뚜뚜 뚜뚜뚜 뚜뚜뚜' 하며 경쾌하게 노래 부르는 사람의 목소리가 흘러나왔다. 어떤 노래인지는 특정할 수 없었지만 그늘 없이 화사하게만 들리는 게 비치 보이스 같았다. 그늘이 없는 사람은 없겠지만 노래를 부를 때 그렇게 느껴지는 게 비치 보이스의 매력이었으니까.

수강 등록을 하려고 할 때 카운터에 있는 사람은 다른 서핑 스쿨이나 강습보다 와이키키가 이론 수업이 좀 더 긴 편이라고 말했다. 그래도 괜찮으시면 등록을 하시라고.

민트색 야구 모자를 쓴 그의 뒤로 야자수 두 그루가 흔들리고 있었다.

영상이 아니라 실제로 그랬다. 진짜 나무는 아니

고 인조 나무였지만 잎맥에 왁스로 코팅한 듯한 느낌까지도 아주 감쪽같아서 진짜인지 고개를 갸웃하게 할 만큼 정교한 인조였다. 정기적인 업무 중의 하나가 나뭇잎에 코팅용 왁스를 발라주는 건 아닌지 묻고 싶을 정도였다.

그런데 어떻게 흔들리지? 나는 바람의 진원지를 찾아서 고개를 뒤로 젖혀 여기저기로 돌렸다.

천장에 매달아놓은 서큘레이터가 바람을 만들고 있었고, 구석에 한 대가 더 있었다. 천장과 바닥과 같은 색으로 된 데다가 매달아놓은 조명과 비슷하게 생긴 서큘레이터라서 유심히 보지 않으면 눈에 띄지 않았다.

서큘레이터와 조명 옆에 매달린 것은 스피커 같았다. 내가 와이키키에 들어올 때 들었던 비치 보이스는 천장에서 내려오는 것이었다.

진짜 야자수로 착각할 만한 나무를 들여놓을 수 있을 정도로 와이키키는 층고가 높았다. 비행기 격납고로 써도 될 만큼.

직원은 또 말했다.

저희는 체계적인 맞춤형 강습을 하고 있어요. 일단 기본적인 것들을 충분히 익히신 다음에 필요한 것을 하실 수 있도록 하는 게 원칙이에요. 필요하다고 느끼시는 것들을 집중적으로 수련하도록 하고 있습니다.

야자수 뒤로는 모래 해변과 파도가 치는 연녹색 바다와 바다로 서핑보드를 들고 뛰어가는 사람들의 영상이 흘러갔다. 저건 분명히 와이키키였다.

관광객이 많은 카하나모쿠 비치나 알라 모아나 비치 쪽이 아니라 쿠히오 비치 쪽으로 보였다. 조금은 한적한 와이키키. 와이키키의 광활함과 생기는 있으면서 초심자도 서핑 가능한 안전한 바다가 있는 해변이 쿠히오였다.

멍하니 쿠히오 비치로 예상되는 그 해변을 보고 있는데 출입문에 매달아놓은 풍경 소리가 났다. 스탠리 텀블러를 손에 들고 온 그 사람은 강습과 숙박에 대해 물었다. 와이키키에서 숙박도 하면서 서핑을 하려는 사람 같았다.

게스트하우스와 호텔식 펜션 모두 있습니다. 호텔식 펜션은 진짜 호텔은 아니고요. 게스트하우스보다 좀 더 프라이빗한 느낌으로 지내고 싶으시면 호텔식 펜션을 택하시면 됩니다.

듣던 사람은 방마다 샤워실이 있느냐고 물었다.

네, 물론이지요. 화장실도 있습니다. 와이키키에서는 외국식으로 화장실과 샤워실을 분리해두었고요. 손을 씻는 세면대 공간도 따로 배치해두었습니다. 코로나 전에 해둔 건데 지금 이용자분들께서 많이들 좋아하세요.

노르딕풍의 무늬가 있는 회색 터틀넥 스웨터를 입은 그 남자는 게스트하우스를 예약했다. 물론 강습도 함께.

직원은 마침 한 자리가 남아 있다고, 수업은 이십 분 후 시작될 예정이라고 말했다. 나와 눈이 마주친 그가 눈인사를 하는 바람에 나도 어정쩡하게 인사를 했다.

나는 와이키키 안을 돌아다니고 있었다. 와이키키에 들어올 때부터 가장 관심이 가던 보드를 세워둔 공간을 먼저 보았다. 민트색, 초록색, 하늘색, 노란색, 흰색 등으로 된 스무 개가 넘는 롱보드가 줄지어 서 있는 모습은 앞으로 보드를 살 확률이 5퍼센트 미만인, 구매 의욕이 현저히 떨어지는 나 같은 사람에게도 상당히 유혹적이었다. 백화점에서 그램당 덜어 파는 이쁘고 비싼 캔디처럼 보였기 때문이다. 그래서 쇼핑의 욕망을 일깨우는 데가 있었다. 거기에 있는 캔디를 다 사는 것보다도 이쪽의 가격이 비싸겠지만.

롱보드 옆으로는 컬러풀한 서핑슈트를 무슨 작품

처럼 벽에 붙여놓았는데 아마도 이곳 운영자의 의도 같았다. 서핑을 하는 사람들이 본다면 읽을 수 있는 맥락이 있겠지만 내 눈에는 그저 흔한 물건은 아닌 정도로 보였다. 이제는 더 이상 생산이 안 되는 서핑 초창기의 모델이지만 실제로 입고 서핑을 하기에는 내구성이 상당히 떨어지는.

비키니 입은 검은 머리 여자가 해변에 누워 스킨헤드 남자에게 돌고래 모양의 타투를 시술받고 있는 사진과 서핑보드를 차 지붕에 싣고 있는 사람들의 사진이 걸린 바로 옆에 서핑슈트가 있었다. 여자와 남자 모두 라틴풍의 외모라서 그들이 있는 해변은 스페인이거나 아니면 멕시코 같은 라틴아메리카 어디쯤일 거라는 생각도 잠시 지나갔다.

롱보드와 서핑슈트가 있는 벽 쪽의 중앙에는 판매하는 것으로 보이는 서핑슈트와 서핑 브랜드에서 나온 반바지와 스웨트셔츠가 걸려 있었고, 비치타월과 리쉬코드와 보드 케이스, 젖은 옷을 넣는 웻 케이스 같은 서핑이나 해변에 관련된 물건들을 일부러 흩뜨려놓은 것 같았다. 그것들의 일부는 바닥에 깔아놓은 라탄 러그와 캠핑용 의자 위에 놓여 있었다.

오셨어요?

라는 목소리가 들려 뒤돌아보니 건수 씨였다. 그

는 내가 들어온 방향의 출입구 쪽에서 걸어오고 있었다.

출입구 왼쪽으로는 크림슨색 클래식 카가, 오른쪽으로는 민트색 베스파가 세워져 있는 게 눈에 들어왔다. 차와 베스파에 서핑보드가 실려 있던 것도 그제야 보였다. 심지어 차에는 서핑보드가 세 개나 겹쳐져 실려 있었다.

건수 씨는 베스파의 손잡이에 자기가 들고 온 꼬르소 꼬모 에코백을 걸더니 내게 인사를 했다. 사이클을 할 때 쓰는 파리 눈알 색을 닮은 오클리 선글라스를 쓰고 있어서 처음에는 건수 씨인지 알아보지 못했지만. 이렇게 비가 올 정도로 흐린 날 아침에도 선글라스를 쓰는 사람이 건수 씨였다.

거기에 바버샵에서 자른 머리를 하고 있는 그는 내가 아는 어떤 한 유형의 남자였다. 나는 그런 남자들을 꽤 많이 알고 있었다. 본인이 꽤나 세련되었다고 생각하지만 그저 유행의 충실한 추종자일 뿐인 유형.

와이키키에 모인 이들은 소나무 숲까지 일렬로 걸어갔다. 모두 여섯 명이었다. 혼자 걸을 때는 십 분이 안 걸렸던 길이 같이 걸으니 처음보다 멀게 느껴졌다.

여기가 캘리포니아나 하와이는 아니지만, 걸으니

까 좀 느낌 나실걸요? 우리는 지금 바다로 걸어가고 있습니다.

이렇게 말한 사람은 양미 씨였다. 양미 씨가 서핑 수업을 지도한다고 했다.

코트를 입은 나 말고는 모두 패딩을 입고 있었다. 스탠리 텀블러를 들고 들어온 남자, 검은색 롱패딩을 입은 삼십 대 후반으로 보이는 여자, 그리고 오십 대로 보이는 금테 안경을 쓴 여자, 나와 양미 씨와 건수 씨 말고 이렇게 셋이 더 있었다.

세 명은 모두 초면인 듯했다. 친구와 함께 온 사람은 아무도 없다는 말이었다.

크리스마스 다음 날, 이 사람들은 왜 여기 이러고 있는 걸까? 저마다의 사연이 있을 이 사람들이, 아침 아홉 시부터 서핑을 배우겠다고 바다로 걸어가고 있는 이들이 나는 궁금했다.

사람들은 서로에게 눈인사 정도를 한 후 어떤 대화도 하지 않고 있었다. 저마다 자기에게 말을 걸지 않았으면 좋겠다는 분위기를 풍기고 있었으니 아무도 말을 할 수는 없었을 것이다.

비가 그친 한겨울의 바다는 조용하고, 또 조용했다. 그래서 양미 씨의 목소리만이 바다를 채우고 있다는 생각이 들었다. 이 바다는 지금 옥색에 가까웠다. 오아후의 옥색처럼 에메랄드빛이 많이 섞인 옥색은 아니지만 이만하면 맑고 깨끗하다는 느낌이 드는 그런 색. 프러시안블루에 가까웠던, 그리고 방파제 밖으로 곧 넘칠 것처럼 파고가 일렁이던 속초의 바다와는 너무 달랐다.

수강생들은 바다를 바라보고, 양미 씨는 바다를 등진 채 우리를 바라보며 강의를 시작한 지 십 분이 지나 있었다. 우리는 와이키키 하우스에 건수 씨가 가져온 노란색 타탄체크 무늬로 된 피크닉 매트에 앉아서 양미 씨 이야기를 듣고 있었다. 역시나 건수 씨가 나눠준 핫팩을 하나씩 쥐고서.

불만 가지신 분들 많을 거예요. 아니, 시간도 없는데 웬 이론? 빨리 바다로 뛰어들고 싶으시겠죠? 저도 그 마음 아주 잘 압니다. 귀한 시간 내서 여기 왔잖아요. 크리스마스 시즌에요. 오는데 길도 밀려, 몸도 피곤해, 초조한 마음이 드실 거예요.

양미 씨가 강습을 진행할 줄은 몰랐다. 어제의 그녀는 사람을 접촉하는 일을 하기 적당해 보이지 않았다. 하지만 오늘의 양미 씨는 여유도 있었고, 의욕도 있었다. 최소한 그래 보였다. 프로페셔널인 것이다.

한 시간 전 나는 바로 여기에 차를 세웠다. 소나무 숲이 보이는 공터에 차를 세운 후 차에서 내리지 않고 그대로 있었다. 비가 왔기 때문이다. 눈이 온다고 했는데 비가 오는 걸 보니 따뜻한 날씨였다. 우산이 없었고, 비가 오는데 서핑을 할 수 있는지 몰랐다. 첫날부터 바다에 들어간다고 했었는데 비가 오면 어쩌지?

시계를 보니 여덟 시가 조금 넘어 있었다.

와이키키 앞에도 차를 세울 수 있지만 그건 좀 느낌이 없다는 양미 씨의 말을 들어야 할 것 같았다. 시간이 있으시다면 웬만하면 소나무 숲에 차를 세우고 거기서부터 동산해변과 죽도해변에 이르는 길을 걸어오라는 그 말을. 처음 그 길을 걷는 거라면 여행 온 기분이 들 거라고 양미 씨는 말했다.

꼭 그런 건 아니지만, 그런 생각이 드실 수도 있어요.

이렇게 말하는 양미 씨의 말에는 설득력이 있었다.

여행 온 게 아니었음에도 여행 온 기분이 나는 건 그리 나쁜 일은 아니라고, 행인이라고는 나 말고 아무도 없는 그 길을 걸으며 생각했다.

나는 차 밖으로 나가기로 했다. 비가 좀 내리다 말았던 것이다. 소나무 숲 앞에는 잔디를 잘 가꾸어놓은 2층짜리 건물로 된 햄버거집이 있었다. 햄버거집 잔디에 있는 벤치에 앉아 해변 쪽을 바라보고 있었던 것은 그 사람들을 보기 위해서였다.

벌써 강습을 받고 있는 사람들이 있었다. 아직 여

덟 시인데. 검은색 전신 슈트를 입은 열두 명의 사람들이 일사불란하게 준비운동을 하고 있었다. 검은색 옷을 입은 거대한 개미처럼도 보이는 사람들은 마치 아침 공기를 따라 움직이는 듯 자연스러웠다. 어색한 사람이 하나도 없어서 강습을 받는 게 아니라 동호회 사람들이라는 생각이 들었다. 저들의 몸짓 어디에선가 이 한겨울에도 파도를 타지 않고는 못 견디겠다는 집념이 느껴졌다.

파도가 그렇게 좋은가?

햄버거집 앞의 나무 벤치에 앉아 바다를 바라보다가 양미 씨의 말대로 동산해변에서부터 죽도해변에 이르는 길을 걷기 시작했다. 카페와 서핑숍과 밥집과 파타고니아가 있는 그 길은 막 깨어나고 있었다. 가게 주인들이 문을 열고 나와 길을 청소하거나 입간판을 밖으로 가져다 놓았다. 민트색과 분홍색, 보라색으로 된 색깔도 색깔이었지만 평소 한국에서 잘 볼 수 없는 알파벳과 장식성이 있는 폰트들로 된 간판들이 있는 그 거리는 충분히 이국적이었다. surf와 beach와 blue가 넘쳐나는 아침이었다.

한 시간 일찍 나와서 걷길 잘했다고 생각했다. 그때까지만 해도 나 말고는 행인이 아무도 없는 그 거리는 마치 내가 걸음으로써 깨어나는 듯했다.

그러고 나서 한 시간 후 나는 걸었던 길을 다시 되돌아와 소나무 숲에서 다른 사람들과 함께 있게 되었다. 나까지 포함해서 모두 여섯 명의 사람들과.

서핑해보신 분, 손?

양미 씨를 따라서 손을 든 사람은 아무도 없었다. 아직 경직된 분위기가 유지되고 있었다.

모두 초보라는 말이신데요, 와이키키에 오신 것을 환영합니다. 양양의 와이키키에.

그러면서 소리 나지 않게 양손끼리 몇 번 가져다 대며 박수 치는 시늉을 했다.

이게 바로 소리 없는 아우성이라는 건데.

양미 씨가 이렇게 말할 때 몇 사람이 큭 하고 웃었다.

하와이 하면 와이키키고 와이키키 하면 하와이라고, 또 하와이 하면 서핑이고 서핑 하면 와이키키지 않느냐고, 와이키키는 그렇게 바다와 서핑의 대명사 같은 존재라고, 여기가 그런 편한 공간이었으면 해서 와이키키 하우스라고 이름을 지었다고 양미 씨는 말했다. 와이키키 하우스라는 이름을 붙인 이유에 대해서 간략히 말하겠다면서.

편해 보이시지는 않지만요.

그러고는 이렇게 덧붙였다.

빨리 파도 타고 싶으시죠? 어쩌죠? 일단 이론 수

업을 좀 하셔야 나가실 수 있어요. 안 그러면 제가 못 내보내드립니다. 이제부터 제가 드리는 말에 설득이 되셔야 하는데, 저는 되실 거라고 봐요. 왜냐하면 저는 진심을 담아서 이야기하려고 애쓰고 있거든요. 애써서 잘 봐달라는 말씀은 아니고, 제 마음이 통할 거라고 생각합니다. 왜냐하면 제가 마음이 통하게 말할 거거든요.

그러고 나서 양미 씨는 수업을 하기 전에 먼저 어떤 마음 자세 같은 것에 대해 말하기 시작했다.

서핑이요, 스포츠가 아니에요. 스포츠이기도 하지만 스포츠인 것만도 아니에요. 땀을 내고, 근육을 키우고, 에너지를 태우기 위해서만 하는 일은 아니죠. 물론 서핑, 엄청 힘들어요. 그래서 운동이 되기는 하는데 그건 따라오는 거고요. 운동으로만 따지자면 이렇게 비효율적인 운동이 없어요. 가성비? 그런 거 완전 떨어지는 게 서핑이에요. 그런데 왜 서핑을 하냐?

여기까지 말한 후 양미 씨는 일부러 말을 쉬었다.

좋거든요.

스탠리 남자가 큭큭 하며 웃었다. 제일 크게 웃은 것은 건수 씨였다. 나와 눈이 마주친 건수 씨는 고개를 천천히 여러 번 끄덕였다. 동의를 구하는 것 같았다.

제가 제일 싫어하는 말이 '존버'예요. 존나게 버틴

다. 이게 뭡니까. 너무 멋이 없잖아요. 그래서 버티면…… 뭐? 그다음은 안 버텨도 되나요? 안 그렇거든요. 한번 끝장나게 해서 다시 안 해도 되면 존버해볼 수도 있겠죠. 절대 그렇지 않다는 거 다들 아시잖아요. 서핑은 존버의 세계와 정확히 반대쪽에 있습니다.

양미 씨는 내 생각보다도 훨씬 웃기는 사람이었다. 다른 사람들도 그렇게 생각하는 것 같았다. 확실히 호감이 가는 사람이었다.

그런 걸 아시는 분들이 오셨을 것 같아요. 제 말이 맞죠? 이런 언택트 시대에.

몇 사람이 고개를 끄덕이는 게 보였다.

제가 그렇게 생각한 게, 지금 겨울이잖아요. 누가 겨울에 서핑을 해? 추운데 물에 왜 들어가? 이게 일반적인 관점이죠. 그런데, 아마 아시는 분들 계실 것 같은데요. 서핑은 겨울이 제격입니다. 두 가지 이유에서 그런데요. 첫 번째로, 강원도는 겨울 파도가 좋습니다.

여기까지 말한 뒤 한숨을 고르고 양미 씨는 다시 이야기했다. 양손을 입에 가져다 댄 후 좀 작은 목소리로.

양양 여름 파도는 별로거든요.

사람들이 좀 웃었고, 웃음이 공기 중에 흐르자 분위기도 풀어지는 것 같았다.

두 번째 이유는 뭘까요?

아무도 말하는 사람이 없었다.

아실 것 같은데요. 지금 선생님들이 여기 이렇게 겨울에 오신 이유일 것도 같고요.

사람이 없어서.

이렇게 말한 건 나였다. 그러자 사람들이 나를 보면서 고개를 끄덕였다.

네, 그렇습니다. 사람이 없어요. 관광객들은 여름에 비해 정말 없고요. 대신 파도에 진심이고 싶은 사람들이 있습니다. 서핑 없이 못 살겠다, 이러시는 분들이 겨울에 여기서 살면서 파도를 타고요. 선생님들처럼 서핑은 처음이지만 좀 다르게 타고 싶다, 이런 분들이 오십니다. 그래서 겨울에 좀 더 이론 수업 비중을 높이고 있어요.

여기까지 말하고 나서 양미 씨는 와이키키에서 가져온 차를 나누어주었다. 여섯 명의 사람들은 종이컵을 양손으로 안고 차를 마셨다. 엷게 탄 보이차였다.

왜요?

금테 안경을 쓴 오십 대로 보이는 여자였다. 따지는 듯한 목소리는 아니었고, 궁금해서 묻는 것 같았다.

동기부여. 한마디로 동기부여를 위해서입니다.

이렇게 말한 후 양미 씨는 차를 한 잔씩 더 따라주었다.

차 좋죠? 겨울에 보이차만 한 게 없어요. 전 보리차처럼 엷게 타서 계속 마셔요.

그러고 나서 다시 말하기 시작했다.

양양은 겨울 파도다! 이렇게 양양의 서퍼들은 주장합니다. 그런데, 그건 파도에 미친 사람들의 견해이고요. 파도를 처음 타시는 분들은 아무래도 두렵죠. 두려운데 춥기까지 하면 더 두려울 수 있어요. 저는 두려움을 없애고, 편안한 마음으로 만들어드리고 싶어요. 또 엄청 파도를 타고 싶다, 야아, 이제 정말 파도 타고 싶다! 이런 마음이 들게 해드리고 싶어요.

그래서.

납득한다는 듯이 질문을 했던 여자가 작은 목소리로 말했다. 양미 씨는 가볍게 고개를 끄덕였고.

운전면허 따보신 분? 손?

네 사람이 손을 들었다.

전 너무 옛날에 따서 기억이 안 나는데 강의실에서 이론 수업 받지 않았나요, 아닌가? 이론을 합격해야 주행 시험을 볼 수 있죠. 질문을 다시 할게요. 운전면허 학원 다녀보신 분, 손 들어주세요.

양미 씨가 말하자 또 네 명이 손을 들었다. 손을 든 네 명에는 나와 아직 술이 덜 깬 듯한 건수 씨가 있었다. 건수 씨보다 술을 많이 마신 듯 보였던 양미 씨는 아무렇지도 않아 보였다.

몇 번에 붙으셨냐고는 묻지 않겠습니다.

라고 말한 뒤 양미 씨는 팔짱을 끼면서 덧붙였다.

운전면허 딸 때도 그렇잖아요. 이론을 먼저 배우고 실기를 배우죠? 이론 합격 못 하면 실기로 못 넘어가죠? 그 생각 하시면 됩니다. 이론을 먼저 배우시고 우리는 바다로 가겠습니다. 빨리 바다에 가고 싶으시죠? 네, 저도 그래요. 그래서 여기에서, 바다가 훤히 보이는 자리에서 이론 수업을 하도록 하겠습니다.

여기까지 말하고 나서 양미 씨는 돌아서서 손가락으로 바다를 가리켰다.

조용해 보이죠? 아니다. 고요해 보이죠?

꼭 답을 들으려고 한 말은 아닌 것 같았지만 다섯 중의 아무도 대답이 없었다. 조금 더 기다렸다가 양미 씨는 말했다.

그게…… 그렇지가 않아요, 절대로.

일부러 간격을 두었다가 말을 이어가는 게 양미 씨의 강의 스타일인 것 같았다.

내성적인 성격인 분들은 아실 거예요. 내성적인

133

거지 얌전한 건 아니거든요. 욕망이 없는 것도 아니고, 화가 없는 것도 아니에요. 그저 밖으로 표출을 하지 않고 있는 거죠. 내 안에 있는 게 터질 때 보면 굉장하잖아요? 꾹꾹 누를수록 더 많이 터지지 않아요?

양미 씨가 이렇게 이야기하자 수강생들은 고개를 끄덕이며 그녀와 눈을 맞추기 위해 고개를 들었다.

마침내 양미 씨의 이야기를 들을 준비가 되었다는 자세로. 저 강사를 신뢰해야겠다는 마음이 되어서 끼고 있던 팔짱을 풀고 몸을 양미 씨 쪽으로 기울인 사람들도 있었다. 그러니까 바다 쪽으로.

바다는 훨씬 더하죠. 사람도 그런데…… 아휴. 바다는 아주 무시무시해요. 조용해 보이지만 절대 조용하지 않다. 바다는 그런 것이 아니다. 저는 이런 말을 드리고 싶습니다. 아름다워 보이지만 위험하다, 절대로. 절대적으로 위험하다! 그게 바로 우리가 비오는 날 궁상맞게 바다를 보며 여기 있는 이유입니다. 등록하실 때 들으셨겠지만.

그러고는 정말 이제부터 수업을 시작하겠다고 했다. 시작한 지 삼십 분이나 지났지만, 그럴 만한 일이었다며.

9.
파도 잡는 법

서핑이 뭘까요?

파도 타는 거요.

건수 씨가 답했다.

네, 파도를 타는 겁니다. 바다에서 해안가로 밀려오는 파도를 이용해 보드를 타는 거죠. 예전에는 단지 파도를 타는 게 서핑이었다면 점점 파도를 타기 전, 타는 중, 타고 나서의 삶까지도 서핑으로 보고 있어요. 다 그런 건 아닌데, 서핑을 하면서 삶이 변하시는 분들이 있거든요.

그런 다음 서핑의 세 요소로부터 본격적인 수업을 시작하겠다고 양미 씨가 말했다. 아직까지는 몸풀기였다면서.

서핑의 세 요소에 대해 먼저 이야기하겠습니다.

대단한 건 아니고요. 서핑을 하려면 이 세 가지가 먼저다. 이게 꼭 있어야 한다. 이런 말씀입니다. 파도, 보드, 그리고 하나가 더 있습니다. 뭘까요?

바람이요?

검은색 롱패딩이 말했다.

바람도 중요한데, 더 중요한 게 있습니다. 뭘까요?

기술?

금테 안경이 말했다.

기술, 물론 중요하죠. 그 기술을 누가 연마하나요?

양미 씨가 다시 물었다.

사람?

이렇게 말한 건 나였다.

맞습니다. 사람. 파도와 보드와 사람, 이렇게 세 요소가 서핑의 기본입니다. 파도가 있어야 서핑을 할 수 있고, 보드가 있어야 서핑을 할 수 있고, 파도와 보드를 타는 사람이 있어야 서핑이라는 게 이루어집니다. 삼위일체라고나 할까요.

기술도 물론 중요하지만, 더 중요한 건 마음이라고 했다. 파도를 타는 마음. 그런 게 있다고 했다. 그리고 양미 씨는 또 말했다. 말하는 중간에 모르거나 분명히 해야 할 것들을 물어봐주면 좋겠다고. 지금처럼요, 말을 끊는다고 생각하지 않을 테니까요, 라면서.

꼭 그렇게밖에는 말할 수 없는 게 있는데요. 이게 그래요. 줄넘기는 그냥 넘으면 되죠. 줄을 규칙적으로 넘기면서 사이사이에 몸을 넣어서 뛰면 줄넘기가 되죠. 줄넘기를 하기 전에 어떤 마음 같은 걸 갖고 줄을 넘지는 않잖아요.

또 양미 씨는 말했다. 어느 순간 파도와 보드와 내가 하나가 된다는 느낌을 받게 되는데, 그때가 온다면 파도를 타는 마음에 대해 알 수 있을 거라고. 이해하는 것과는 다르다고 했다.

어떻게 다른가요?

금테 안경이었다.

이해는 지금 이 수업을 들으면서 해야 하는 것이고, 바다에 나가서 파도를 타면 알게 된다고. 저는 이렇게밖에는 말할 수 없겠네요.

그러고는 좀 머뭇거리다 덧붙였다.

다시 줄넘기로 말할 수 있겠어요. 줄과 줄의 리듬과 내가 일치되기 시작하면 줄에 발이 안 걸리잖아요? 서핑도 그래요. 하나 된다는 느낌을 받는 순간 뭔가 이루어져요. 거기까지 가기가 힘듭니다. 넘어지고, 넘어지고, 또 넘어지고 그럴 거라서…… 계속 넘어질 거라고 말씀드립니다. 그런데 어떤 마음으로 넘어져야 할까요? 거기에 대해서 말씀드리고 싶어요.

여기까지 말한 후 양미 씨는 시계를 봤다. 애플워치처럼 생긴 전자시계로 보였는데 그건 아닌 것 같았다.

타이드 시계라는 건데. 서핑 전용 시계예요. 100미터 이상의 기압을 견딘다고 하고요. 파도의 높이와 방향, 풍향이랑 풍속, 수온과 기온을 알려주는 기능이 있어요. 기록도 되고요. 라이딩 횟수나 최고 속도, 이동 거리 같은 자신의 서핑 데이터를 기록할 수 있어요.

내가 자기 시계를 보는 걸 알아차린 양미 씨가 말했다. 그러고는 라디오 같은 거라고 했다. 1960년대에는 서핑 라디오 같은 게 있었다고. 서핑이 막 붐업되었던 캘리포니아에서 서핑을 하는 사람들은 모두 서핑 라디오를 들었었다고.

비치 보이스 노래에 이 이야기가 있어요. 제목이 뭐였더라?

꼭 제목이 궁금해서 양미 씨가 그렇게 말한 것 같진 않았는데 수강생 중 하나가 대답했다.

〈서핑〉이요.

네?

비치 보이스 그 노래 제목이 〈서핑〉이라고요. 나우 서프, 서프 위드 미. 밤밤띱띠릿 밤밤띱띠릿.

그 사람은 스탠리였다. 스탠리 텀블러를 든 남자는 크지 않은 목소리로 이야기했다.

그날 집에 와서 나는 〈서핑〉이라는 노래를 찾아보았다. 이 노래의 제목이 서핑인지는 몰랐지만 너무도 많이 들어본 노래였다.

Surfin' is the only life

The only way for me

Now surf, surf with me

Bom bom dit di dit dip

Bom bom dit di dit dip

I got up this mornin' turned on my radio

I was checkin' on the surfin' scene

To see if I would go

And when the dj tells me that the surfin' is fine

나에게 유일한 삶의 방식

서핑 없이 살 순 없어

지금 서핑해, 나랑 같이 서핑해

아침에 일어나서 라디오를 틀고

서핑하러 갈 수 있을지 체크하고 있었어

디제이가 서핑 이즈 파인이라고 하니

이 노래를 듣고 있으니 나도 바다로 뛰쳐나가야 할 것 같은 생각이 들었다. 하지만 그러지는 않았고 이불을 깔고 누운 채로 침대가 있으면 좋겠다고 생각했다. 이렇게 매번 갰다 다시 깔았다 하지 않아도 될 테니.

비치 보이스가 서핑 라디오를 진행하는 것처럼 녹음한 홈 레코딩도 찾을 수 있었다. 그렇게 누워서 서핑을 계속했다. 오늘 배운 서핑의 이론과 바다에 나가서 서핑이라는 것을 시도했던 순간을 떠올리며. 아파트 이름을 넣어서 검색해보다가 이 아파트에 사는 이들도 아침마다 비슷한 걸 하고 있다는 것을 알게 되었다.

파도를 확인하고 있었다. 무수한 파도의 형질이 블로그에 기록되어 있었던 것이다. 그런 사람들의 블로그에는 '서핑 일기'라거나 '파도 일지' 같은 카테고리가 있었고, 그날의 파도와 날씨, 그리고 자신이 파도를 탄 일을 기록하고 있었다. 타이드 시계로 하는 거겠지.

서퍼들이었다. 그들은 라디오를 듣지도 않고 서핑 앱을 확인하지도 않는 것 같았다. 오로지 본인의 눈으로 본 것만 믿는 듯했다. 아침마다 베란다에 나가서 그날의 파도를 확인하기 위해 이 아파트를 샀다고 직접적으로 밝힌 사람의 글도 보았다.

멀리서 보는 파도와 가까이에서 보는 파도는 완전히 다른 것이지만 그래도 아무것도 보지 않는 것보다는 도움이 된다고. 마음의 준비를 할 수 있다고. 그날의 계획을 세울 수 있다고 했다. 서핑에 하루의 얼마를 할애할지, 아니면 그날은 서핑이 아닌 다른 일을 하는 데 시간을 써야 할지.

나는 궁금해졌다. 이 사람들도 나처럼 강습을 받았을까? 아니면 본능적으로 파도에 뛰어드는 것으로 시작했을까? 양미 씨의 말에 따르면 서핑을 배우지 않고 곧바로 시작하는 사람도 많다고 했다.

글로 배워서도 안 되고, 말로 배워서도 안 되는 게 서핑이에요. 해봐야 알 수밖에 없는 게 있거든요. 누구 말처럼 모든 건 필드에 있죠. 하지만 지금 이렇게 이론 강의를 하고 있는 건 제가 그런 사람이라서 그래요. 저는 글로 먼저 배웠거든요.

오전 이론 강습에서 양미 씨는 이렇게 말했다.

다섯 수강생 모두가 웃었다.

저라고 그러고 싶어서 그랬겠어요? 그게 저니까 그런 건데 어쩌겠습니까? 저는 저일 수밖에 없거든요. 나는 나일 수밖에 없어요. 그래서 지금 이렇게 겨울에 혼자서 서핑 배우시겠다고 오신 거 아닙니까?

춥고도 번거로운 이 겨울에요.

양미 씨는 바다를 보고 섰다. 그러니까 우리에게 등을 돌리고서. 다시 몸을 돌린 후 양미 씨는 말했다.

이렇게 배우는 사람이 늦게 배우기는 하지만 더 잘할 수 있어요. 서핑을 잘하는 게 뭐지? 하고 물으실 수 있겠죠. 서핑 챔피언을 꿈꾸면서 배우고 그러시는 건 아니잖아요? 혹시 그러신 분 있으시다면 죄송합니다. 저는 서핑을 하려는 마음을 알기 때문에, 그 마음을 오래 지켜드리고 싶은 거예요. 즐겁게 파도를 타는 그 마음을.

이 말을 하고 있는데 비가 오기 시작했다. 저마다 가져온 우산을 펼쳤다. 양미 씨 말고는.

눈은 안 오고 비가 오네요. 눈 올 때 서핑하면 좋은데.

라고 말한 후 양미 씨는 다시 하던 이야기를 계속했다.

왜냐? 이게 매우 잘 안 되거든요. 정말 안 됩니다. 짜증이 막 나요. 계속 물에 빠지고, 물 먹고. 정말 물을 많이 먹으실 거예요. 물이 맛있기라도 한가요? 짠게 코로 입으로 귀로 막 들어가고, 자려고 누우면 베개에 짠물이 흘러나와요. 생각해보세요. 움직이는 물 위에서 서서 주행을 하는 건데요, 잘되겠어요? 잘안 되니까 되는 순간의 희열이 엄청난 거기도 하지만요.

여기까지 말한 후 양미 씨는 이런 말을 했다.

잘되는 걸 잘하는 건 재미없잖아요?

건수 씨가 '오오' 하면서 효과음 같은 걸 냈다.

제가 서핑으로 유명하신 분이 쓴 책을 얼마 전에 읽었는데요. 거기 그런 말이 있었어요. 매우 공감했습니다. 그래서 들려드리고 싶어요. 서핑을 가르쳐보면 세 가지 유형이 있대요. 빨리 타고 싶어 하는 사람, 다른 사람이 타는 걸 먼저 보겠다는 사람, 마지막은 글로 배우겠다는 사람. 네, 마지막이 저예요. 서핑하러 오신 분들이랑 몇 마디 해보면 어떤 타입이신지 느낌이 와요. 그래서 팀 분위기에 맞게 강의를 하고요. 겨울엔, 주로 마지막 타입 분들이 오십니다.

그러고는 양미 씨는 잠시 할 말이 있다고 했다.

와이키키에 전화하셔서 그런 거 묻는 분들 많이 계세요, 비 오면 안 해요? 눈 오면 안 해요? 비 와도 하고요, 눈 와도 합니다. 해보시면 알겠지만, 금방 젖거든요. 비 와서 젖는 게 무의미해요. 젖지 않고 서핑할 수 있는 방법은 절대 없습니다. 뽀송뽀송할 수는 없어요. 한 시부터 바다에 들어가기로 했잖아요. 걱정하시지 않아도 된다는 말씀 드리려고요. 비가 와도 하고, 눈이 와도 합니다.

143

아홉 시부터 열한 시까지 오전에 백이십 분 수업을 한 후 오후 한 시에 모여 육십 분 동안 파도 실습을 하는 게 그날의 일정이었다. 그리고 두 시부터 여섯 시까지는 혼자서 바다에 들어가 파도를 타면 된다고 했다. 물론 원하는 사람에 한해서.

파도, 보드, 사람. 여기서 가장 중요한 게 뭘까요?

양미 씨가 물었다.

파도요.

건수 씨가 말했다.

아닙니다. 사람입니다. 우리는 사람이니까 사람 본위입니다. 파도가 서핑의 우선 조건이라고, 그래야 파도를 탈 수 있다고 많이들 말씀하시는데요. 그건 너무 이상적인 말이에요. 사람이 있어야 파도가 있습니다. 저는 그렇게 생각해요. 죽으면 파도 못 타요.

그러니 사람에 대해서 먼저 말하겠다고 했다.

레드불 아시죠? 레드불이 축구랑 e스포츠만 후원하는 게 아니라 서핑도 후원하는데요. 미친 자들만 골라서 후원하는 레드불이라는 말이 있죠. 포뮬러원, 아이스하키, 축구팀만 후원하는 게 아니라 무모해 보이거나 이상해 보이는 종목들을 많이 후원해요. 나 좀 한가한데, 재미있는 거 보고 싶다. 이럴 때 유튜브에 레드불이랑 서핑으로 검색해서 보세요. 재미있는 거 엄청 많아요.

이 이야기를 하는 양미 씨는 신이 난 듯 보였다. 아직까지 서핑에 대해서 이야기할 때의 양미 씨는 신이 난다기보다는 진지한 쪽에 가까웠기 때문에 신이 난 게 잘 보였다.

어떻게 이런 걸 아느냐? 제가 마케터였어요. 기획해서 사람들이 물건을 사게 하는 데 한때 미쳐 있었습니다. 너무 재미있는 거지. 지금은 파도를 팔고 있고요.

이렇게 말한 뒤 양미 씨는 헌팅턴 비치라는 서핑의 명소에 대해 이야기했다.

헌팅턴 비치에서는 사람 말고도 파도를 타긴 해요. 원숭이도 타고 강아지도 타던데, 그럼 그건 뭐냐? 이렇게도 말할 수 있으실 텐데요. 사람이 거기 앉혀야 탈 수 있겠죠? 사람의 의지가 개입해야 이루어집니다.

무슨 의지일까요?

금테 안경 여자가 물었다.

놀겠다는 의지. 파도와 놀겠다는 의지. 힘들어도 힘껏 놀아보겠다는 의지. 파도를 타겠다는 의지⋯⋯ 뭐 이런 게 아닐까요?

이 말을 덧붙인 후 양미 씨는 말했다. 운전면허를

딸 때 도로의 규칙을 이해해야 되듯이 바다에서는 파도와 서핑의 규칙을 알아야 한다고. 그래야 자신의 몸을 지킬 수 있고, 다른 사람에게도 피해를 끼치지 않을 수 있다고.

왜냐하면요.

양미 씨는 다시 말했다.

파도가 얼마나 커질 수 있는지 모르시죠? 호주 벨스 비치 같은 곳에서는 빌딩만 한 파도가 와요. 우리가 5층짜리 이런 거를 빌딩이라고 하지는 않죠? 최소 10층이 넘는 건물 높이의 파도가 생기기도 해요. 양양에서는 그런 파도 안 올 것 같죠?

이렇게 물은 후 양미 씨는 답했다.

저는 아직까지 그렇게 큰 파도는 본 적이 없어요, 여기에서는. 그런데 또 모르죠. 여러분이 파도 타러 타이완이나 발리 갈 수도 있고, 멕시코나 호주에 갈 수도 있는 거니까. 그리고 습관은 처음이 중요해요. 처음에 습관을 잘 들이면 쭈욱 그렇게 살게 됩니다.

그리고 또 말했다. 서핑은 급박하게 일어나는 일이기도 해서 이런 것들을 숙지하지 않으면 큰 사고가 날 수 있다고.

정신이랄 수도 있겠고, 에티켓이라고 할 수도 있겠는데요. 저는 이렇게 말합니다. 자기 보호의 기술.

나 말고는 아무도 나를 못 지켜요. 내가 나를 지켜야 살 수 있다. 이게 안 되면 서핑하지 마라. 저는 이렇게 말하고 싶습니다.

그러고 나서 이런 말을 했다.

저희 하우스에 전화 와서 제일 많이 물어보시는 질문이 뭔지 아세요? 수영 못해도 서핑할 수 있냐는 거예요. 참 난감합니다. 원칙적으로는 이게 말이 안 되는 거거든요. 수영을 못해? 그러면 서핑을 어떻게 해? 이게 상식이죠.

양미 씨는 팔짱을 푼 후 보이차를 마시고 나서 다시 말했다.

수영을 다들 하니까. 여기서 '다들'이란 따뜻한 바다가 있는 외국 나라의 사정입니다. 캘리포니아나 하와이 같은 데서 자라면 저절로 수영을 하게 된다고 하더라고요. 그냥 저절로 된다고. 다들 하니까. 나도 하고 있네? 그렇다고 합니다.

아닌데?

나는 속으로 이 말을 했다. 하와이에서 자란 나는 수영을 하지 못했다. 체육 시간에 수영을 배워서 해보려고 했지만 물에 뜨지를 않았다. 간신히 어찌어찌해서 뜬 다음에도 앞으로 나아가지를 못했다. 배운 대로 팔을 휘저어봤지만 앞으로 나가지 않고 그

자리에서 맴돌 뿐이었다.

그러니 어떻게 수영을 할 수 있었겠나. 수영을 잘했다면, 아니 잘하지 않더라도 앞으로 나가는 정도만 됐더라도 서핑을 했을지도 모르겠다고 생각했다. 양미 씨의 저 말을 들으면서 말이다. 하지만 그랬다면 나는 지금 여기에 있을 수 없었다.

양미 씨는 양손의 검지손가락을 펴서 우리에게 보여주었다.

이게 뭘까요?

라고 말한 후 답을 알려줬다.

하나. 하나입니다. 숫자 하나. 원 맨 원 웨이브. 이게 서핑의 기본입니다. 파도 하나에 사람 하나. 파도를 먼저 잡은 사람이 우선입니다. 다른 사람이 먼저 파도를 타고 있으면 그 파도를 타지 않습니다.

이렇게 말할 때의 양미 씨는 어제의 양미 씨와 전혀 다른 사람 같았다. 어제의 양미 씨가 현실의 양미 씨였다면, 오늘의 양미 씨는 파도를 팔고 있었다. 자본주의적인 미소까지는 아니어도 어제 같은 시니컬한 표정은 찾기 힘들었다.

나를 포함한 다섯 명의 사람들은 토요일과 일요일을 묶어서 판매하는 주말 서핑 강습을 신청한 사람들이었다. 양미 씨는 일요일에 하는 수업이 마지막이라고 했다. 올해의 마지막 수업이라고.

이상한 일이라고도 했다. 작년 이맘때는 강습을 신청하는 사람이 없어서 12월에는 거의 수업이 열리지 않았다며.

생각해보세요. 오늘이 12월 26일이고, 토요일이에요. 어제가 크리스마스였고요. 완전 연말이라는 건데, 여기 이렇게 휴가 내고 오신 거예요. 그리고 지금 코로나죠. 저는 대단한 결심이 있었다고 봅니다.

저 다시 오고 싶은데요.

오십 대로 보이는 여자가 머뭇거리다 이렇게 말했다.

4월에 다시 오시면 됩니다. 제가 그때까지는 있을 것 같아요.

선생님, 왜 1월부터 3월까지 오프인가요?

정말 몰라서 묻는 건지, 질문자가 필요한 것 같아서 그 역할을 해주는 건지는 모르지만 건수 씨가 이렇게 물었다.

바다 온도는 육지 온도보다 2~3개월 늦어요. 지금 12월이지만 서핑할 수 있는 이유가요, 물 온도는 9월이나 10월 온도거든요. 바깥 공기보다 물이 따뜻하니까 이게 또 할 만하거든요.

별로 안 춥나요?

금테 안경이 물었다.

안 춥겠어요? 그렇지는 않습니다. 그래도 견딜 만
합니다.

양미 씨는 웃으면서 이렇게 말하고 나서 닉네임을
짓자고 했다. 오후에 파도를 타야 하는데 이름을 부
르는 것보다 그게 낫지 않겠느냐며. 실제 이름을 말
하고 싶지는 않지 않냐며.

수중 생물 중에 아무거나 마음에 드는 걸로 이야
기해주세요.

라고 말한 후 양미 씨는 이렇게 덧붙였다.

선착순입니다. 마음에 드시는 거 있으면 빨리 말
씀해주세요.

해파리. 저는 해파리 할게요.

스탠리가 제일 먼저 말했고, 다음은 건수 씨였다.

저는 돌고래요.

금테는 상어, 그리고 나는 미역이라고 말했다.

수중 생물인지는 모르겠지만요.

라고 덧붙이면서.

살아 있는데 생물 아닌가?

라고 말한 사람은 롱패딩이었고, 그녀는 닉네임을
말하지 않고 머뭇거리고 있었다. 그러다가 그녀가
말한 것은 우뭇가사리였다.

사람들이 웃었고, 나도 웃겨서 크게 웃었다. 우뭇

가사리가 어떻게 생긴지에 대해 생각해본 적이 없었지만 웃긴 건 웃긴 거였다.

네, 왜 그런 아이들로 지으셨는지는 묻지 않겠습니다.

양미 씨는 이렇게 말한 후 오후 수업에는 서로를 닉네임으로 불러주면 좋겠다고 말했다. 이름을 부를 일이 있을 거라며.

선생님, 파도는 어떻게 잡나요?

수업이 끝나고 노란색 체크 매트를 접을 때 건수 씨가 이렇게 물었다.

우선은 잡힐 만한 파도를 잡으세요. 이따 배우겠지만.

큰 파도는 잡지 말고요?

지금은 작은 파도도 커요.

10.

인 더 수프

인헬, 엑세일.

그날 아침 내가 가장 많이 들은 단어였다. 숨을 충분히 들이마시고 나서 잠시 머물렀다가 하나도 남김 없이 내뱉는 걸 잊지 말라는 말도 함께. 채우는 것만큼이나 비우는 것도 중요하다고.

세 번째 날이었다. 월요일이었고, 와이키키가 쉬는 날이었다. 원래는 두 번의 서핑 강습이 다였다. 토요일과 일요일, 이렇게 두 번의 수업이 다였고, 3개월 후에나 수업이 재개된다고 양미 씨가 미리 공지했었다. 그런데 세 번째 수업을 하고 있었다. 서핑 수업이 아니면서 서핑 수업인 수업을.

요가 수업이었다. 빈야사 요가. 해가 뜨기 전에 시작해 해가 뜨는 동안 진행된다고 선라이즈 요가라고도 한다고 했다.

가끔 선라이즈 요가 클래스를 열어요.

양미 씨는 이렇게 지나가는 말로 하며 요가가 서핑에 도움이 된다고 했다.

요가는 안으로 수렴하는 운동이고 서핑은 밖으로 발산하는 운동이라 매우 다를 것 같죠? 꼭 그렇지는 않아요. 요가는 매트에, 서핑은 보드에 발을 단단히 붙이고 있어야 한다는 점은 상당히 비슷하고.

나는 요가를 딱 한 번 한 적이 있었는데 그게 바로 선라이즈 요가였다. 선라이즈 요가라는 말이 있는 줄 그때는 몰랐지만 해가 뜨기 전에 시작해 요가를 하는 도중 해가 떴었다.

이 년 전 갔던 팸투어에서였다. 리조트나 여행업체가 사진작가나 여행 기자 같은 사람을 초청해 관광과 숙박을 제공하는 걸 팸투어라고 한다는 것을 그때 처음 알았다.

내가 간 팸투어에는 그런 작가 같은 사람들은 거의 없었고, 여행사가 자신들의 클라이언트들을 초대했었다. 이 여행사를 통해 워크숍을 외국으로 간 적이 있는 회사의 인사나 총무 담당자가 왔는데, 우리 회사는 이 여행사와 전략적 제휴를 고려하고 있어서 담당자인 내가 가게 되었다.

홋카이도였다. 여름의 홋카이도. 홋카이도 중부 지역인 초원과 산이 많은 지대. 팸플릿을 나눠주며 원하는 액티비티가 있으면 말하라던, 친절이라는 범위를 뛰어넘어 친절한 여행사 담당자의 말에 스포츠머리를 한 남자가 요가를 하겠다고 했었다.

토마무산이었나? 그게 산의 이름이었던 것으로 기억한다. 새벽에 산에 올라 산등성이에서 요가를 하는 프로그램을 지금이 아니면 언제 또 해보겠냐는 게 남자의 말이었다.

그것도 여름 홋카이도에서요. 홋카이도는 겨울에 오지 여름에 오지는 않잖아요? 푹푹, 엄청나게 쌓인 눈을 보러 오는 데가 홋카이도잖아.

처음에는 '남들까지 귀찮게 왜 저래?' 하는 눈빛으로 보던 사람들도 그 말을 듣고는 마음을 바꿨고, 새벽에 일어나는 걸 좋아하는 나는 별 저항이 없었다. 새벽에 일어나서 산에 가는 일에 말이다. 요가를 하는 건 다른 문제였지만 매일 하는 게 아니라 하루쯤은 괜찮을 것 같았다. 그야말로 액티비티.

세 시에 일어났었다. 네 시 전에 산에 올라야 하기 때문이라고 했다. 백야처럼 밤새 환한 곳에는 있어봤어도 해가 네 시 이전에 뜨는 곳도 있나 싶어 신기했다. 이곳의 아침형 인간은 하루를 새벽 네 시 이전에 시작해야 하나 싶었고.

베를린에서 한 달인가 지낼 때 보름 동안 백야가 지속되는 통에 미치는 줄 알았다. 밤이 밤이 아니었다. 하얀 밤. 그래서 블라인드를 뚫고 들어오는 하얀 밤 때문에 나는 베개로 눈을 가리고 잠을 자야 했다. 그때 알았다. 꼭 레이캬비크나 상트페테르부르크에만 백야가 있는 게 아니라는 것을. 벨라야 노치Белая ночь. '흰 밤'이라는 뜻의 러시아어를 아름답게 느끼는 건 아직 백야를 겪지 못한 사람들이라는 것을.

여기는 해가 그렇게 일찍 뜨나요?

내가 이렇게 묻자 담당자가 웃었다. 그건 아니라고 했다. 곤돌라를 타고 올라가야 하는데 일이십 분만 늦으면 엄청나게 늦어지고, 그러면 곤돌라에서 일출을 볼 수도 있다고. 그건 보람이 없지 않겠냐고도.

보람이요?

보람이라는 말을 알기는 했어도 누가 그 말을 쓰는 게 아주 낯설게 느껴진 순간으로 기억한다.

산에 오르는 시간도 있어야 하고요.

담당자는 이렇게 말하며 친절을 넘어선 그 무엇을 짜낸 얼굴로 나를 보고 웃었다. 그러고는 또 말했다. 이왕 요가를 할 거면 구름으로 뒤덮인 산에서 신령스럽게 하는 게 좋지 않겠느냐고. 해가 떠버리면 구름의 바다가 잘 느껴지지 않는다고.

괜히 운카이雲海 테라스라고 하는 게 아니거든요.

이렇게 말한 후 남자는 또 활짝 웃었다. 과장되었
다는 느낌이 들지 않을 정도로 자연스러운 미소라서
더 기분이 이상했다. 밤마다 저런 미소를 짓기 위해
거울을 보고 있을 것 같았기 때문이다. 그 남자는 그
럴 수 있는 사람으로 보였다. 극도로 내성적인 사람
이 대면 업무를 주로 하며 '쾌활함'이라는 가면을 쓰
고 나온다면 꼭 저렇겠지라는 생각이 드는 사람.

저러다 저 사람 죽지 싶어서 나는 마음이 쓰였다.
어쩌면 저토록이나 필요 이상으로 본인의 감정을 혹
사하는지.

새벽 세 시에 이 남자를 생각하며 일어났다. 그의
말이 맞았다. 이미 곤돌라의 줄은 시작이 어딘지도
모를 정도로 길었다.

정말 구름의 바다였다. 그 말이 비유가 아닌 현실
로 느껴지는 장면 안에 내가 있었다. 구름바다를 헤
치며 사람들과 홋카이도의 산에 올랐다. 구름이 흐
르는지 내가 흐르는지 모르겠는 시간이었다.

양양의 새벽에서도 나는 흐르고 있었다.

균형과 근력을 키우기 위해 많이들 하는 게 빈야
사 요가라며 양미 씨는 흐른다는 감각으로 해야 한

다고 했다.

호흡과 아사나를 일치시키셔야 합니다. 물이 흐르
듯 연결이 끊기지 않게 하면서요.

아사나? 그게 뭔지 확실히는 몰랐지만 어쩐지 느
낌이 왔다. 하나하나의 동작들이 아사나이지 않나라
는. 아닌가? 한 시퀀스를 아사나라고 하나?

서핑도 물이 흐르는 거에 집중하는 일이죠. 지금
흐르시면서 이미지 트레이닝을 해보셔도 좋습니다.
매트가 아니라 보드라고 생각하시면서요.

숨을 들이쉴 때는 나도 모르게 고개가 뒤로 젖혀
지는 것 같았고, 내쉴 때에는 어깨가 아래로 내려갔
다. 배를 극단적으로 부풀렸다가 홀쭉하게 만드는
일을 계속해야 했다.

최대한 길게 들이마셨다, 후우우웁. 최대한 길게
뱉으세요, 후우우우우우우우우. 다음 아사나에서는
들이마시는 것보다 내뱉는 걸 더 깊게 한다는 생각
으로 해보세요.

라고 양미 씨가 말했지만 잘되지 않았다. 숨을 쉬
면서 몸을 부풀려야 하는지 아니면 배를 홀쭉하게
해야 하는지 헷갈렸고, 그러다 보면 숨을 깊게 쉬는
게 힘들었다. 말과 행동을 일치시키는 건 얼마나 어
려운 일인지.

스스로 한 말에 행동을 일치시키기도 어렵지만, 동작에 대해서 지시하는 타인의 말을 들으며 그걸 다시 내 몸의 동작으로 변환하는 일은 쉽지 않았다. 일종의 번역이었다. 그것도 중역. 이탈리아어 소설을 영어로 옮긴 것을 다시 한국어로 옮긴 듯한, 그 불완전함…….

숨을 내쉴 때는 몸이 홀쭉해지면서 가벼워지실 거예요. 그리고 몸이 이완됩니다. 튜브에서 바람을 빼는 장면을 생각해보세요. 그렇게 배를 납작하게 만들어주세요.

이 말을 하면서 양미 씨는 숨을 내쉬는 모습을 과장되게 했다. 그러고는 다시 말했다.

하늘의 공기를 들이마신다는 느낌으로 인헬, 숨을 다시 하늘로 되돌려준다는 느낌으로 엑세일.

양미 씨가 이렇게 이야기하자 토마무산에 함께 올랐던 그 요기가 떠올랐다. 그도 이런 말을 했었다. 숲을 빨아들인다는 느낌으로 크게 숨을 들이마시라고, 또 숨을 내뱉을 때는 이렇게 말했던 것이다.

자, 숲에게로 되돌려주세요.

글자로 보았다면 진부했을지도 모르는 그 말은 직접 들으니 꽤나 감동이 있었다. 말보다도 그 말을 하는 순간과 사람이 중요한 거겠지. 바다에서 요가를 했다면 양미 씨는 바다에게로 되돌려주라고 말했을까? 그랬다면 나는 또 감동을 받았을까?

어쩌면 그랬을지도 모른다고 생각했다. 이상한 일이라고도. 영화에서는 예상할 수 있는 결말을 보면서 감동받은 적이 없었으니까.

우리가 지금 바닷가에 있는 것은 아니었다. 겨울이 아니라면 바닷가에서 요가를 한다고 했다. 그게 바로 선라이즈 요가라고. 하지만 그날은 와이키키의 연습실에서 했다. 연습실 정면에 있는 슬라이드에 바닷가 풍경이 영사되고 있었다. 해가 뜨기 전의 바다였다.

지금 이 순간의 동산해변이라고 했다. 동산해변의 모습이 실시간 스튜디오 안으로 전송되고 있다고. 해가 뜨는 모습도 볼 수 있다는 말이었다.

이날 새벽 요가에 다섯 명 모두가 올 줄 몰랐다. 양미 씨가 가끔 새벽 요가를 하기도 한다고 했을 때 별다른 반응을 보인 사람은 없었다. 그건, 바다에 나가기 전의 일이었다. 모래 위에 보드를 놓고 테이크 오프 자세를 배울 때만 해도 나는 아무런 생각이 없었다.

바다에 나가서 제대로 서지 못했다. 서지 못하는 것은 나중 일이었고 일단 푸시업부터가 되지 않았다. 견갑골을 중심으로 해서 양쪽 어깨를 뒤로 열라고, 세상을 힘껏 받아들인다는 느낌으로 활짝 펴라는 말을 들었지만, 들은 건 들은 거고, 몸으로 구현이 되지 않았다. 팔을 잘못 짚었는지 팔도 아파서 더 어려웠다.

푸싱 스루니 터틀롤이니 덕다이브니 하는 어디선가 들어봤던 고급 기술들은 대체 어떻게 하는 건가라는 생각이 들었다. 나는 아마 시도조차 할 수 없겠지.

모래밭에 누워서 시작했다. 춥겠지만 어쩔 수 없다고, 파도도 울퉁불퉁하기 때문에 이렇게 굴곡이 있는 모래밭에서 해야 한다고 양미 씨가 말했다.

이론 수업을 할 때와는 상황이 달랐다. 외투를 입지 않은 채 웻슈트를 입고 해변으로 걸어와서 차가운 모래 위에 누워 있었던 것이다. 보드 위에 누웠지만 그래도 땅의 냉기가 느껴졌다. 슈트에, 장갑에, 모자에, 방한용 신발까지 신었지만 말이다.

겨울용 슈트 중에서도 가장 두꺼운 5밀리미터 웻슈트를 입었어도 추웠다. 몸에 꽉 맞게 입어야 한다고 해서 불편하기도 했고, 말할 수 없이 찝찝했다. 청결하게 관리한다고는 했지만 그래도 남들의 맨살이 닿았던 옷에 몸을 구겨 넣었던 것이다. 옷이라기보다는 두꺼운 전신 타이즈에 가까운 고무 덩어리에 몸을 밀어 넣고 있으니 담이 걸릴 듯한 기분이었다.

패들링, 푸시업, 스탠드 업, 이 세 단계로 이루어지는 테이크 오프를 모래밭에서 연습했다. 손을 뻗어 모래를 패들링하는 것으로 시작했다. 패들링을 하고 있으면 양미 씨가 돌아다니며 손가락 모양이나 팔 동작을 교정해주었다.

더 팔을 힘차게 뻗으라는 주문도 있었고, 그렇게 뻣뻣하게는 뻗지 말라는 가이드도 있었고, 손가락 사이를 너무 벌려도 안 되고 너무 붙여도 안 된다고 했다. 손으로 오리발을 만든다고 생각하라고.

첫날에는 패들링을 하지 않겠다고 했다. 일단 보드에 떠 있는 법과 앉아 있는 법, 그리고 서는 법을 연습하면 시간이 다 갈 거라고.

패들하지 않고 서핑할 수 있어요?

상어가 물었다.

우린 수프에서 할 거예요. 에스 오 유 피. 먹는 그 수프예요. 라인업은 나중에 가는 걸로 하겠습니다.

라고 말한 후 양미 씨는 수프에 대해 이야기했다. 화이트워터와 그린 웨이브, 그리고 비치 브레이크와 리프 브레이크, 포인트 브레이크에 대해서도.

지금 머무는 해안가, 파도가 깨져서 흰 포말이 흩어지는 데가 화이트워터였고, 레벨 업해서 라인업으로 가게 된다면 만나는 파도가 있는 곳을 그린 웨이브라고 한다고 했다. 해저가 모래로 되어 있는 장소가 비치 브레이크, 해저가 바위나 산호로 되어 있는 데가 리프 브레이크, 리프 브레이크 중에서도 바위 등으로 인해 파도가 거세게 부서지는 데가 포인트 브레이크였다.

리프 브레이크에서 왜 해요?

스탠리가 물었다.

파도가 거세거든요. 모래보다 바위나 뾰족한 데 파도가 부딪히면 마찰이 심해지니까요. 비치 브레이크에서 하다가 좀 더 센 놈이랑 상대하고 싶다 이러신 분은 리프 브레이크로 가시면 됩니다.

양미 씨는 이렇게 말한 후 손가락으로 바다를 가리켰다.

수프가 저기예요.

라고 양미 씨가 가리킨 손가락 끝은 해변 가까이 파도가 하얗게 부서지는 곳을 향하고 있었다. 일단은 보드 위에 서는 게 우선이므로 먼바다로 나가는 일은 하지 말아야 한다고 했다. 최대한 힘을 아껴야 한다고.

핸드폰 배터리 없으면 꺼질까 조심하잖아요. 영상 같은 거 안 보면서요. 급하게 카카오 택시를 잡아야 할 일이 생길 수도 있고. 지금 우리가 그런다고 생각하시면 돼요. 무조건 힘을 아끼셔야 합니다.

화이트워터, 즉 수프에서 설 수 있게 되면 그린 웨이브로 가겠다고 했다. 패들 아웃해서 라인업으로 가겠다고. 얼마나 걸릴지는 모르겠지만.

패들 아웃이 뭔가요?

패들링으로 계속해서 가는 게 패들 아웃이에요.

패들 인도 있나요?

아웃만 있다고 양미 씨는 말했고, 이런 용어들에 익숙해지는 것도 서핑을 잘할 수 있는 방법이라고 했다. 그러고는 코팅한 종이를 나누어주었다.

아웃사이드, 오프쇼어, 온쇼어, 임팩트 존, 카빙턴, 컷백, 쿡, 크레스트 같은 서핑 용어와 그 뜻을 풀어놓은 카드였다. 운전면허를 딸 때처럼 시험을 보면 좋겠지만 그럴 수는 없으니 각자 익히라며.

파도가 미끄러집니다.

이렇게 양미 씨가 말하면 패들링을 멈추고 양손을 가슴 아래에 붙여야 했다.

시선 어떻게 하라고요? 보드를 보지 않습니다. 저 멀리를 봅니다. 바다 멀리.

양미 씨는 직접 보드에 누워 시범을 보였다. 보드를 보게 되면 시선이 아래로 떨어지고 그러면 파도를 제대로 볼 수 없을뿐더러 보드가 제대로 힘을 받지 못한다며, 멀리 보게 되면 보드의 노즈가 살짝 들리게 된다고 했다. 시선이 위로 향하면서 가슴도 같이 위로 들리기 때문에 보드가 추진력을 받게 된다며. 정말 바다 멀리로 시선을 두니 가슴이 들렸다.

양손 가슴 아래에 붙이셨죠? 그 상태로 유지합니다. 자, 이제 움직여볼게요. 잘 들으세요. 간단한 것 같지만 그렇지 않고요. 이것만 돼도 일단 파도 위에서 설 수가 있어요.

이렇게 말한 후 양미 씨는 테이크 오프의 두 번째 연결 동작에 대해 설명했다.

가슴 아래에 붙였던 손은 그대로 유지하면서 접혀 있던 팔을 위로 펴주며 보드에 붙어 있던 가슴도 위로 띄워주는 거예요. 요가해보신 분이면 코브라 동작이라고 생각하면 됩니다. 자, 해볼게요. 준비.

양미 씨는 보드를 돌아다니며 손 위치를 다시 교정해주고 나서 이어 말했다.

겨드랑이를 조이면서, 가슴에 실려 있던 체중을 양팔로 옮겨주면서. 팔을 쭉 펴면서 상체를 일으켜 세워보세요. 시선 또한 중요하겠죠? 보드 보지 말고요. 시선은 항상 진행 방향을 봅니다. 자, 그러면 양손바닥과 양발 끝, 이렇게 네 지점만 보드 위에 닿아 있게 되겠죠?

이 상태로 유지할 것을 양미 씨는 주문했다. 손과 발로 보드를 힘껏 밀어낸다는 기분으로 몸을 팽팽하게 만들라면서. 그래야 다음 동작인 서는 자세를 하는 데 추진력을 받을 수 있다고.

'업, 원 투'라고 하면 이제 일어나시는 겁니다. 업이 일어나라는 신호고, 투라고 제가 말할 때 동시에 여러분의 스탠드 업이 완성되어야 합니다. 재빨리 일어나 서야 하고, 무릎을 생각보다 많이 굽히셔야 안정적인 자세가 돼요. 자. 해보겠습니다.

푸시업 상태로 나와 우뭇가사리와 돌고래와 상어와 해파리는 신호를 기다리고 있었다.

업, 원 투.

나와 해파리는 비틀거리면서 균형을 잃고 쓰러졌다. 다섯이 스탠드 업 자세를 완성하고 섰을 때 양미 씨는 내가 구피라고 했다.

구피요?

왼발이 뒤로 가는 사람을 구피라고 한다고 했다. 대부분은 오른발이 뒤로 간다고. 그리고 뒤에 간 발에 힘이 실린다고.

드디어 바다에 들어갈 시간이었다. 누웠던 보드 위에서 일어나 바다로 들어가겠다고 양미 씨가 말했다. 바다에서 테이크 오프를 하겠다고. 패들부터 해야 하지만 그건 둘째 날부터 하고, 오늘은 일단 보드 위에 한 번이라도 서는 걸 목표로 하자고.

처음이 어렵지 바다에 들어가면 그리 춥지 않으니 일단 들어가보라고 했다. 처음에는 한 명씩 들어가겠다고. 업, 원 투의 타이밍을 잡기가 어려우므로 양미 씨가 보드를 밀어주면 올라타서 재빨리 푸시업과 스탠드 업을 하라며.

리쉬코드 잘들 묶으셨죠?

리쉬는 보드와 발을 연결시키는 끈이었다. 나만 왼발에 묶었다. 나만 구피였으니까.

제가 밀어드릴 테니 올라타시기만 하면 돼요. 한 분씩 해보겠습니다. 자, 말미잘 님.

말미잘 님은 없는데요.

이렇게 말한 돌고래부터 들어갔다. 그리고 마지막인 나까지, 첫 번째 테이크 오프에서 푸시업과 스탠드 업을 성공시킨 사람은 아무도 없었다.

바다는 그리 춥지 않았다. 정말이었다. 바다에 발을 집어넣는 순간 짜릿할 정도로 춥다는 느낌이 있었지만 보드 위에서 우왕좌왕하고 있으려니 추위는 곧 사라졌다.

양미 씨가 보드를 밀어주는 순간, 오아후에서 수영 강습을 받던 게 떠올랐다. 내가 킥판을 잡고도 앞으로 잘 나아가지 못하자 강사는 내 다리를 쭈욱 하고 앞으로 밀어주었다. 아예 다리를 잡고 물장구치는 걸 해주거나. 굴욕적이라는 말은 이럴 때 쓴다는 걸 알았다.

보드가 밀릴 때 오아후 시절의 굴욕이 떠올랐고, 나는 고개를 떨굴 수밖에 없었다.

보드에서 일어설 때 제일 중요한 게 뭔 거 같으세요?

양미 씨가 우리에게 물었다.

다리 위치요.

스탠리가 말했다.

시선이에요. 자, 다시 해보죠. 테이크 투 가겠습니다. 영화 찍는 것 같죠? 이런 영화도 있는 거죠. 자, 테이크 투.

첫날, 나를 빼고는 모두들 몇 번 넘어지더니 스탠드업을 성공시켰다. 잠시나마 보드 위에 서서 파도를 탔던 것이다. 처음 테이크 오프를 성공시킨 돌고래는 믿기지 않는다는 듯 계속 '오오' 하는 소리를 냈다.

거의 수업이 끝나갈 무렵 나도 간신히 보드 위에 섰다. 섰다고 하기에는 몇 초도 되지 않는 아주 짧은 순간이었지만. 파도가 나를 스윽 하고 밀어주는 기분은 뭐라고 할 수 없이 이상했다. 발바닥이 간질거렸다.

두 번째 날, 패들부터 해보겠다고 했다. 양미 씨가 더 이상 보드를 밀어주지 않고 우리는 각자의 힘으로 패들해서 파도를 타야 했다.

역시, 들었던 대로 가장 어려운 것은 패들이었다.

패들, 패들, 패들.

양미 씨가 계속 이렇게 외쳤지만 팔을 움직인다고 해서 보드가 앞으로 나아가는 것은 아니었다. 보드는 나가지 않고, 팔은 아프고, 그래서 제자리에서 벗어나지 못했다.

해파리 님 패들, 우뭇가사리 님 패들. 계속 저으세요. 젓다 말지 말고 손을 끝까지 가슴까지 가지고 온다는 느낌으로 저어주세요. 물살을 내 쪽으로 끌고 온다는 느낌으로.

양미 씨는 소리를 높여서 우리에게 동작들을 지도했다.

그래야 물살이 나를 앞으로 밀어주죠.

물살이 나를 밀어준다…… 나도 그런 걸 느끼는 순간이 올까?

양미 씨는 나와 우뭇가사리의 보드를 앞으로 밀어주면서 다시 패들해보라고 했다.

패들하다가 힘이 빠지는 건 나만 그런 게 아닌지 다른 사람들도 푸시업과 스탠드 업을 제대로 하지 못했다. 그날 수업이 마지막이어서 모두들 필사적이었지만 거의 서지 못했다. 새벽 요가에 이들이 와 있는 이유이기도 했다.

파도를 타고 싶어서일까, 아니면 서고 싶어서일까? 서는 것부터가 쉽지 않다는 데 모두들 마음이 상한 것 같았다.

자신의 무능함에 어쩔 줄 몰라 하는게 보였다. 잘할 리 없다고 생각했던 나도 막상 이 정도로 못할 줄은 몰랐던 것인지 기분이 별로였다.

처음부터 잘할 거라고는 생각지도 않았지만 이 정도로 처참할 줄은 몰랐다고 스탠리가 말했다.

처참하죠.

나도 모르게 이렇게 대답을 하고 나서 처참함에 대해 생각했다. 다시 할 일이 없을 거라며 서핑 강습을 받은 나는 왜 처참한 기분이 들었을까. 그리고 왜 두 번씩이나 강습을 듣고, 또 이렇게 다음 날 새벽 요가를 하겠다고 나와 있는가.

푸시업할 때 특히 인헬이 잘되어야 해요. 코브라 자세랑 거의 같아요. 숨을 잘 들이마시면 푸시업은 저절로 되거든요.

우리는 각자의 매트이거나 비치타월에 한쪽 얼굴을 대고 누운 후 이 말을 듣고 있었다. 공용 매트를 대여해줄 수도 있지만, 아무래도 시대도 시대고 좀 그렇지 않겠느냐고. 공용 매트가 찝찝한 분들은 비치타월을 준비하라고 했다.

나는 와이키키에서 파란색 바탕에 하늘색으로 'BING'이라는 글씨가 써진 비치타월을 샀다. 뒤집으면 하늘색이 바탕이고 글씨가 파란색이 되는 타월이었다. 보드 위에 누워 있다는 생각이 들었다. 그러니까 바다 위에서. 빙이라는 글자가 서핑보드 그림 위에 써 있었기 때문일까.

지금 여러분은 서핑을 하고 계십니다.

양미 씨는 첫날 말했던 서핑의 의미에 대해 다시 말했다. 제가 말씀드렸었나요?라고 말한 후 천천히, 그리고 작은 목소리로 이 이야기를 했다.

서핑이란 해안으로 밀려오는 파도를 타는 행위를 말합니다. 하지만 서퍼들 사이에서는 파도를 타는 것만을 서핑이라고 말하지는 않습니다. 파도를 타기 전, 타는 중, 그리고 타고 나서의 변화된 삶 모두를 서핑이라고 말합니다.

앞으로 내 인생에 서핑은 없을 테니 마지막으로 잘 배워보자라는 생각이 있었고, 그래서 양미 씨가 하는 말 하나하나를 새기려고 했다. 해변 아파트를 어떻게 운용할지 알아보겠다며 와이키키에 발을 들였지만,

본래의 목적은 잊고 나는 서핑에만 집중하고 있었다.

그럴 수밖에 없었다. 서핑 말고 다른 것을 생각할 여유가 있을 정도로 서핑은 만만하지 않았다.

파도는 잡을 수 없었다. 잡을 만한 파도가 존재하지 않았기 때문이다. 나와 돌고래와 상어와 해파리와 우뭇가사리에게는.

큰 파도가 아니라고 해서 쉬운 것은 아니었다. 그렇지. 세상일에 쉬운 일은 없었지. 여기에도 만만한 파도는 없었다. 세상에 그런 영역은 존재하지 않는 것이다.

우리 중에는 잭 런던 같은 사람이 없었다.

양미 씨는 실기 강습을 하면서 그에 대해 이야기했었다.

잭 런던이라는 작가가 있어요. 이름에 런던이 들어가는데 샌프란시스코 사람이에요. 샌프란시스코에 가면 잭 런던 광장이라고 있어요. 오클랜드라고 해야 하나? 샌프란시스코에서 페리를 타고 들어가거든요.

상어가 가봤다며 조용한 목소리로 말하고는 살짝 웃었다.

서핑숍도 있고 해산물 식당도 있고 사람들이 많이 가는 덴데. 굴이랑 해산물 접시 같은 거를 시켜서 사람들이 광장에서 먹고 있어요. 얼마나 사람이 많냐면요, 지나가다가 운이 나쁘면 레몬즙이 튈 수도 있어요. 제가 그랬습니다.

이 이야기를 하면서 양미 씨는 손으로 레몬을 짜고, 레몬즙이 묻은 자신의 어리둥절한 상황을 과장된 동작으로 흉내 냈다.

이분이 어떤 책을 써서 엄청나게 돈을 벌었대요. 개인지 늑대인지 그런 게 나오는 내용일 거예요. 커다란 배를 사서 여기저기를 다니다 하와이에 갔는데, 서핑하는 걸 본 거예요. 그때만 해도 샌프란시스코나 캘리포니아에서는 서핑을 안 했거든요.

언젠가요?

스탠리가 물었다.

아마 1910년대의 일인 것 같다고 양미 씨가 대답했다. 아닌가? 잘 모르겠네요. 1900년대일 수도 있겠고.

이렇게 말한 후 양미 씨는 말을 이어갔다.

이분이 서핑계에서 뭘로 유명하냐면, 서핑보드를 타자마자 바로 섰다는 거예요. 깨끗하게 테이크 오프 했을 뿐만 아니라 우아하게 라이드까지. 바이브가 좋았나 봐요. 이게 거의 말도 안 되는 거거든요. 그래서 하와이 사람들이 잭 런던을 바로 추앙하고 그랬대요. 하와이에서는 서핑을 잘하는 게 멋진 것 이상이거든요.

그 이야기를 들으면서 우리는 모래밭 위에 누워 있었다. 한쪽 얼굴을 서핑보드에 대고. 바다에 들어가기 전에 실기 강습을 받고 있었기 때문이다.

가장 중요한 건 패들링이라고 했다. 팔로 물을 저어 보드를 나아가게 하는 동작이 패들링인데 이게 되면 시작이라고. 서는 건 그다음 일이라고.

그날 들은 양미 씨의 말 중에서 가장 인상적인 것은 이 말이었다.

테이크 오프가 매번 성공하면 좋겠지만 절대 그럴 리가 없죠.

나는 이 말을 떠올리며 선라이즈 요가의 아사나를 따라가려고 애쓰고 있었다.

처참하죠.

이렇게 말했을 때의 내 기분과. 잘하지 못해도 상관없다고 생각했지만 그래도 이건 너무하지 않나 싶어서.

영원히 이어질 듯한 인헬과 엑세일을 들으며 전사 자세를 하고 있을 때 동산해변에 해가 떠오르기 시작했다.

어어.

누구라고도 할 것 없이 이렇게 소리를 질렀다. 해가 떠올라서만은 아니었다. 눈도 내리고 있었다. 아주 희미해서 잘 봐야 눈이라는 걸 알 수 있었지만 그건 눈이었다.

눈이 오네요. 해도 뜨고요.

이렇게 말해주는 양미 씨가 있어서 마음이 이상해졌다. 벅차오른다는 말은 이런 때 써야 하는 걸까?

손끝을 해변을 향해서 뾰족하게 내밀어주세요. 찌른다는 느낌으로. 그런데 너무 경직되지는 않게 손끝을 해변을 향해서 뻗어줍니다.

나는 손바닥을 엎어서 해변을 향해 뻗었다. 눈송이를 담는다는 느낌으로. 아주 소중한 무언가를 담는다는 기분으로 손을 옴폭하게 만들어서. 정성을 다해 손을 뻗었다. 그러고 있는데 눈앞이 뿌예졌다. 코끝이 매웠고.

인헬, 엑세일.

174

11.

에고서핑

위로는 금지입니다. 서로서로 위로하고 이런 거. 이런 거는 절대 금지입니다.

이게 에고서핑의 단 하나의 규칙이라고 말한 후 양미 씨는 이 말을 덧붙였다.

어른들한테도 캠프파이어가 필요하거든요.

우리가 에고서핑을 하고 있는 이유가 바로 그런 거라고 양미 씨는 말했던 것이다.

저, 어른 아닌데요.

돌고래가 말했다.

여기 어른인 사람이 누가 있나요?

이렇게 말한 건 스탠리, 아니 해파리였다.

남의 마음까지 어떻게 아세요?

상어가 있었다면 이렇게 말했을 텐데…… 그녀가

없어서 아쉬웠다. 나는 사람들이 깐깐하다거나 까칠하다고 말하는 그런 여자 어른한테 끌렸다. 남들은 다 좋은 사람이라고 말했던 우리 엄마 같은 사람이랑 오래 살다 보니 그런지 몰라도.

이래서 그런 말이 나온 건가? 사람은 반대되는 사람한테 끌린다고. 내가 엄마와 다른 사람이라고 부정할 정도로 위선적이지는 않다. 그건 너무 엄마 같고, 나는 엄마 딸이니 닮긴 했을 것이다. DNA 같은 걸 말하자는 게 아니다. 그건 너무 운명론자 같지 않나? 사람들한테 속마음을 내보이지 말라고 누누이 강조했던 그녀의 교육을 받았고, 나는 엄마 말을 잘 듣는 온순한 아이였으니.

스탠리, 해파리, '운이 맞는군'이라고 나는 생각했다. 해파리는 뭐 하는 사람일까? 어쩐지 몇 마디만 하면 자기가 무슨 일을 하는지 주르륵 읊을 것 같은 사람으로 보였다. 많이 배운 것 같았고, 자랑할 게 있어 보였다. 그런 사람들이 주로 그렇듯이 본인의 '썰'을 풀기 좋아해 보였다.

자기 말 말고 다른 말들은 들을 가치가 없다는 식의 속마음이 내보이는 사람들을 나는 몇 알았다. 그들의 특징은 그런 마음을 감출 생각도 없다는 점이었는데, 그러고 보니 엄마한테 고맙다는 생각이 들었다. 엄마가 아니었다면 내가 속으로 그러는 것처럼 누군가가 나에게 경멸 어린 시선을 보내고 있었을 테니.

직장 생활을 오 년 넘게 한다는 건 그런 것이었다. 사람의 얼굴을 보면 견적이 나왔다. 견적이라는 말은 좀 상스럽지만, 특히나 엄마는 무슨 그런 말을 쓰냐고 질색했겠지만, 난 지금 엄마가 없었고, 견적 말고 뭐라고 말해야 하는지 알지 못했다.

그쵸. 어른이면 겨울에 못하는 서핑하겠다고 설치고 안 그러죠.

다시 해파리가 말했다.

어른은 안 무모해? 난 아무래도 어른 아닌가?

마치 혼잣말을 하는 것처럼 돌고래가 말했다.

촛불도 있어야겠죠? 모닥불은 아니더라도.

양미 씨가 촛불 모양의 램프를 하나씩 나눠주면서 말했다.

이거 LED예요?

돌고래가 물었다.

LED인지는 모르겠고, LED려나?

뭐면 어떤가 싶었다. 촛불을 켜지는 않고 촛불 모양 초로 대신한다고 했을 때 조금 실망스러운 마음이 들었는데 막상 촛불 등을 받아 들고는 기분이 좋아졌다.

아니, 이상해졌다고 말하는 게 더 정확할 것 같다. 저 불꽃은 일 초에 몇 번 움직일까? 꼭 촛불이 탈 때처럼 불꽃이 계속 움직였다. 불꽃 같으면서도 불꽃 같지 않은 게 묘해서 계속 눈이 갔다.

혹시 시간이 되시거나…….

누구한테 하는지 모르겠는 이 말을 양미 씨가 했을 때 우리는 그 누구가 되기를 자처했다. 다섯 명 모두. 새벽 요가를 마치고서였다.

모두 외로웠던 거다. 안 그런 척하고 있었지만. 아마도 상대가 말 거는 걸 싫어할지도 모른다고 생각해서 그랬던 거겠지만.

혹시 맥주를 원하시거나…….

원해요.

내가 말했다.

원합니다.

해파리가 말했다. 상어도 오고 싶다고 말했다. 하지만 상어는 오지 못했다.

혹시…… 오늘은 안 되겠죠?

내일 밤에는 서울로 돌아가야 한다며 상어는 물었다.

토요일과 일요일, 거의 하루 종일 강습을 받고, 월요일 새벽 요가를 한 뒤 양미 씨는 말했던 것이다. 내

일인 화요일은 많이 아플 거라고, 수요일도 아직 아플 거지만 어쩌면 맥주는 한잔하고 싶을지도 모른다고.

제가 꼭 그렇거든요.

그러니 수요일이 좋지 않겠느냐고.

목요일은 올해의 마지막 날이니 아무래도 그렇지 않겠어요?

이렇게 덧붙이면서.

내가 보기에 올해의 마지막 날에 스케줄이 있을 것 같은 사람은 없었다. 우뭇가사리, 돌고래, 해파리, 양미 씨 모두. 하지만, 어떤 것들은 지켜져야 하는 것이다. 연말을 함께 보낼 사람이 아무도 없는 사람이라는 것을 굳이 서로가 확인까지 할 필요는 없으니까.

그리고 정말 그랬다. 양미 씨의 말이 맞았다. 화요일이 되지 않았지만, 아직 월요일 오전일 뿐이었지만 나는 그저 눕고만 싶었다. 아침 여덟 시가 안 된 시각이었는데.

이 정도로 체력이 형편없었나? 어찌 보면 당연한 일이었다. 고등학교를 졸업한 이후로 십수 년째 어떤 체육 활동도 하고 있는 게 없었고, 하루 종일 회사에 앉아 있다가, 집에 와서는 시체처럼 누워 있는 게 나의 루틴이었으니까. 심지어 회사는 지하철역에서 300미터가 안 되니 강제로 걸을 수 있는 구간도 없었고. 필요는 느끼지만 그 필요를 실천할 의지가 없고 여건도 안 되는 날들의 연속이었다.

나는 말이에요. 우리 회사가 회사라기보다는 느슨한 공동체 같은 거였으면 좋겠어. 이익이라는 공동 목표를 갖고 있는 느슨한 공동체. 워라밸도 지키면서.

저건 또 무슨 개소리인가?

개소리를 내고 있는 앤드루는 팔짱을 낀 채로 온화하게 웃었다. 관자놀이 부분은 바짝 치고 정수리 부분에 머리숱을 부풀려 연출한, 바버샵에서 자른 그의 머리는 아무래도 실패작이라고 생각했다.

얼굴보다는 머리에 더 시선이 가는 것이다. 그는 마이바흐 딜러가 아니라 피칭을 해서 투자를 받아야 하는 스타트업 대표인데. 마크 주커버그 이래로 언제부턴가 스타트업 대표라고 하면 후드티를 입고 다니는 게 업계의 룰처럼 되어버린 촌스러운 악습이 보기 좋지는 않았지만 그래도 앤드루보다는 나았다. 블루 셔츠 바깥으로 보이는 까르티에 탱크가 보여서 또 웃음이 났다. 파텍 필립 같은 건 집에 모셔두고, 애플워치를 차지 않을 때에는 겸손하게 까르티에의 보급형 모델인 탱크를 차고 오는 그의 서민적 감각이 웃겨서.

물론 여기서 '서민적'을 말하는 순간에는 앤드루처럼 양 손가락의 구부린 검지와 중지를 머리 위로 올려 깡충깡충거려야 할 것이지만. 나는 직접 인용 혹은 강조 혹은 비아냥의 의미로 그 깡충깡충을 쓰는 소위 해외파에게 여전히 적응이 되지 않았다.

나 하와이서 살았었는데, 아닌가? 꿈이었나? 나, 로컬인가?

깡충깡충을 볼 때는 가끔 이런 생각을 했다.

앤드루 킴님, 본인은 지키세요, 워라밸?

나는 이렇게 묻고 싶었다. 안 그런 척, 여유 있는 척, 놀 거 다 노는 척을 하지만 나는 그가 자는 시간 빼고 사업 생각을 하는 사람이라는 걸 알았으니까. 우리 회사에서 제일 워라밸을 안 지키는 사람이 그였다. 그러니까 가장 회사 일에 열심인 사람도 그라는 이야기.

아니, 왜 한국인들은 일만 해? 일만 생각해? 나도 한국인이지만. 정말 왜 그래?

이런 말이 단골 멘트인 앤드루이니 자기가 내추럴 본 한국인 이상으로 일에 과몰입하고 있다는 걸 보여주고 싶지 않다는 건 알지만. 그래, 앤드루. 세상일 중에 쉬운 게 어디 있겠니? 놀면서 성공하고 그런 건 없단다, 앤드루.

나는 아메리카노를 쪽쪽 빨면서 워라밸에 대해 생각하고 있었다. 종이컵을 들고 마실 기운이 없어서.

쭐대라고 하나? 남들은 커피에 설탕을 넣고서 젓는 스틱으로 나는 아메리카노를 빨고 있었다. 나와 해파리만 핫아였다. 다른 사람들은 모두 아아.

와이키키의 직원이 어떤 커피를 원하시는지 물었을 때 돌고래는 말했다.

얼죽아요.

얼어 죽어도 아이스 아메리카노라는 뜻의 저 말을 듣고 해파리가 뭐라고 하면 어쩌나 생각했다. 일로 만난 어떤 대학교수라는 인간이 내가 아아를 시키자 잔소리를 퍼부었던 게 떠올랐다.

이제이 씨, 얼음은 몸에 안 좋아요. 일본 사람들도 얼음물 안 마시잖아. 그런 거 마시지 말고 따뜻한 거 마셔.

제가요? 거의 핫아거든요? 가끔은 아아를 마셔요. 너어어어어어무 화가 날 때. 당신 같은 사람이 앞에서 꼰대질할 때가 그럴 때인데요. 좀 조용히 해주시겠어요?

라고 말하고 싶었지만 나는 그저 웃었다. 아주 희미하게. 그때를 생각하니까 또 웃겨서 웃는데 양미 씨가 무슨 기분 좋은 일이라도 있는지 물었다.

그래서 나는 그 말을 했던 것이다. 얼음 꼰대질에 대해. 일본의 습속이 무슨 세상의 온갖 지혜를 터득

182

한 사람들이 행하는 것이라고 믿고 있는 그 협소함에 대해. 자기가 먹고 다니는 오마카세 사진을 보여주면서 "조금씩만 나오는 게 나는 좋더라. 많이 나오면 지루하잖아"라며 잘난 척하려 했으나 결과적으로 못난 척이 된 그 지질함에 대하여.

참고로 '지질하다'의 사전적 정의는 이렇다. '싫증이 날 만큼 지루하다.'

제가 대신 사과합니다.

스탠리였다. 사람에 대해서 편견을 가지면 안 된다고 배웠는데 역시 이 사람은 편견이 얼마나 유용한지 알려주는 그런 사람이었어. 자기가 교수라는건가. 아니면 배울 만큼 배운 사람을 대표하겠다는건가.

이건 뭐지?

우리 교수들이 좀 그래요. 뇌가 비대해져서. 전두엽이 쪼그라들어서 뇌가 별 기능을 안 한다고 하더라고요. 대학원생 유머라고. 하하하. 전두엽, 전립선이랑 비슷한 느낌 나고, 너무 별로잖아요. 하하.

어머, 왜 저렇게 호탕한 척? 나는 얼굴이 찌푸려지려고 하는 것을 애써 참았다. 대학원생이 교수인 자기한테 이런 말을 할 정도로 자기네는 평등한 관계라고, 그러니까 자기는 꼰대가 아니라고 말하고 있는 거겠지. 그리고 지저분하게 어디다 전립선을 묻히니? 신성한 에고서핑 자리에서.

저도 그래서 교수 안 하려고 했는데. 집사람이 푸시하고…… 집안에서 물려받은 것도 없고. 그죠, 뭐.

해파리가 이어서 말했고, 나는 생각했다.

티엠아이를 실천하고 계신 교수님이시여, 아아. 어서 아아를 드세요. 그 입 좀 다무세요, 아아.

그래서 선생님은 전두엽 괜찮으세요?

이렇게 묻고 싶었지만 또 참았고.

이걸 보니 알겠네요. 진짜와 가짜의 차이.

우뭇가사리가 말했다. 우뭇가사리는 거의 말을 한적이 없어서 엄청나게 신선하게 느껴졌다.

와, 이런 목소리셨구나.

라고 건수 씨, 아니 돌고래가 말했다.

뭘까요?

내가 말했다.

뭔데요?

해파리가 물었다.

가짜가 훨씬 정밀해. 그리고 열심히 해.

우뭇가사리는 어디를 보는지 알 수 없는 눈빛으로, 눈을 엄청나게 빛내며 이렇게 말했다.

오오.

내가 말했다. 듣고 보니 정말 그랬던 것이다.

얘 정말 열심히 타고 있네요.

해파리가 말했다.

가짜라는 거 들통 날까 봐 그러는 거니, 너?

돌고래가 LED 촛불에게 말했다. 마치 귓속말이라도 하듯이 입가에 손을 가져다 댄 채로.

그런데 선생님, 에고서핑이 정확히 뭐예요?

해파리가 물었다.

그게 원래는 인터넷으로 자기 검색하는 거래요. 유명인은 자기 이름 검색하고, 저 같은 사람은 와이키키 하우스에 대한 인터넷 평판을 검색하죠. 네이버 별점, 블로그, 트위터, 인스타그램…… 페이스북은 거의 안 봐도 되고요. 거기는 지식 셀럽이나 셀럽되고 싶으신 분들의 아고라 같은 거니까.

자주 안 하세요?

우뭇가사리가 물었다. 어쩐지 침울한 기분이 느껴지는 목소리였다.

설마요.

양미 씨가 웃으며 말했다.

얼마나 자주 하세요? 하루에 몇 번?

해파리가 물었다. 나는 한숨이 나오려는 걸 애써참았다. 이분은 물어야 할 것과 묻지 말아야 할 것의 경계를 모르는 분일까? 아니면 눈치가 없는 걸까?

해파리 님은 하루에 열 번 더 하죠?

이렇게 물으면 나만 쓰레기가 되는 거겠지.

이런 거 자주 안 하려고 하는데, 자주 하게 되거든요?

양미 씨가 마지막에 한숨을 휴 하고 쉬고는, 죄송하다고 했다.

왜 선생님이 죄송하세요?

우뭇가사리가 물었다.

남이 한숨 쉬면 같이 힘 빠지잖아요. 저도 한숨 쉬는 사람이 제일 싫고.

사람들이 고개를 끄덕였다.

저는 이 에고서핑이라는 말뜻을 좀 확장하고 싶어요. 자기나 자기가 하는 일에 대해 검색하는 것 말고.

양미 씨가 이어서 말했다.

자아 성찰 같은 건가요?

돌고래는 양미 씨에게 반말을 하기도 했다가 존대를 하기도 했다.

사람들이 자기에 대해 어떻게 생각하는지 알아보기 위해 계속 검색하는 거잖아요? 저는 그러지 말고, 스스로에 대해 알아보자. 내가 생각하는 나에 대해 알아보자. 나 스스로 알아보자. 이런 거예요.

말해야 하나요?

우뭇가사리가 말했다.

말하고 싶으면 말해도 좋고요. 마음속에만 있던 이야기들은 말로 하면 정리가 되거든요. 내가 이런 생각을 했었구나, 그러면서. 그리고 밖으로 나온 말은 힘을 가지죠.

양미 씨의 말을 듣고 내가 물었다.

강습 끝나고 이거…… 에고서핑을 늘 하셨어요?

거의 처음이에요.

거의 처음은 뭔가요?

해파리가 물었다.

해보려고 했는데 잘 안 됐어요. 그때 알았죠. 이런 건 의욕으로 하는 게 아니라…….

아니라?

마음으로 하는 거구나, 라고요. 마음이 맞아야 하거든요. 이런 걸 다 하고 싶어 하시는 것도 아니고.

이 말을 한 후 양미 씨는 이렇게 덧붙였다.

자아 성찰? 아니, 그런 말은 너무 거창하고. 거창하면 부담스럽잖아요. 본인에 대해 생각할 때가 있잖아요. 나 지금 잘하고 있니? 너 지금 괜찮아? 이런 혼잣말들을 하는데, 저는 서핑하러 오시는 분들 중에 이런 사람들이 꽤 있다고 보거든요. 그런 분들은 얼굴 보면 딱 알고요.

뭐가 달라요?

우뭇가사리가 물었다.

좀 어두워요.

양미 씨가 말을 고르고 고르다 이 말을 했을 때 모두들 크게 웃었다. 그리고 웃음이 멈추지 않았고, 눈물까지 찔끔 날 정도였다.

좀을 붙여주셔서 감사합니다.

해파리가 이렇게 말했다. 이 아저씨, 센스 있는 척은. 온갖 좋은 거 다 하고 싶으시구나 싶었고.

전 하루에 스무 번 해요. 더 할 수도 있어요.

해파리가 말했다.

네?

양미 씨가 물었다.

에고서핑이요. 제 이름 검색.

해파리가 이렇게 말하는 순간 모두들 크게 웃었다.

그게 그렇게 웃긴 일인가?

이분, 솔직한 분이었다.

에고서핑을 너무 하다 보니까 지치는 거예요. 제가 그렇게 유명한 사람이 아니라서 할 때마다 뭐가 걸리는 것도 아니고. 그런데 안 할 수가 없어요. 안 좋은 거 올라오면 바로 조치를 해야 해서.

해파리의 말을 듣고 있던 우뭇가사리가 작은 목소

리로 말했다.

저도 그래요.

하지만 이 말은 와르르 쏟아내는 해파리의 말에 묻혀버렸다.

그게 저예요. 저는 독자들이 제가 쓴 책 보고 악평 달면 디엠 보내요. 그거 지우라고.

그래도 돼요?

내가 물었다.

저도 그러면 안 되는 줄 알았어요. 그런데 어떤 소설가를 만났는데, 그 남자가 그러더라고요. 자기는 그런 걸 못 참는대요. 악의적인 별점 테러. 현피를 뜬 적도 있다고. 왜 그러느냐고 물어봤더니 자기 작품을 자기 아니면 누가 지켜주냐는 거예요? 그렇게 미온적인 태도로는 아무것도 할 수 없다고.

나도 모르게 고개를 끄덕거리게 되었는데, 다른 사람들도 동의하는 것 같았다. 우뭇가사리 말고는. 우뭇가사리는 얼굴을 무릎에 파묻고 있었다.

뜨거운 것 좀 마시라고 내가 따뜻한 차를 내밀자 우뭇가사리는 그걸 안고 있다 울어버렸다. 거의 우왕 같은 소리를 내면서.

왜 그래요, 우뭇가사리 님?

양미 씨가 물었다.

따뜻해…… 너무 따뜻해서요.

우뭇가사리는 그렇게 말했고, 우느라 차를 마시지는 못했다. 진정하려고 하면 또 울음이 터지고 또 울음이 터지고 했기 때문에.

죄송해요. 제가 멀티가 안 돼서…….

나는 우뭇가사리를 안아주고 싶었다. 하지만 그러지는 않았고, 안아주고 싶다는 마음을 그녀에게 보냈다. 참고 참던 울음이 누군가의 따뜻한 말 한마디에 터진 적이 나에게도 있었다. 그 사람에게는 나를 위로할 뜻도 또 울릴 의도도 없는 것 같았지만.

나는 그 밤을 생각하며 우뭇가사리를 보고 있었고, 아마 나와 비슷한 생각으로 그녀를 보고 있을 다른 사람들과 함께 거기에 있었다.

대신 우뭇가사리에게 귤을 내밀었다. 내가 먹으려고 데우고 있던 귤을. 나는 차가운 귤을 못 먹어서 귤을 손에 한참 쥐고 있거나 아니면 배에 넣고 있거나 했다. 온기에 귤이 쪼글쪼글해졌을 때 귤을 까곤 했다.

우뭇가사리는 여전히 흑흑대면서 내가 준 귤을 까기 시작했다.

귤 냄새, 너무 좋아요.

라고 말한 뒤 우뭇가사리는 내게 귤의 반을 다시 내밀었다.

12.

분홍 코끼리

핑크, 오렌지, 토마토, 하늘색, 그리고 회색이 있었다. 낙조가 지고 있는 서피 비치의 하늘에 말이다. 우리는 코로나를 마시고 있었고, 코로나에 저 낙조를 담기라도 할 듯이 빈 병을 하늘 쪽으로 가져갔다.

몇 병째인지 세다가 더 이상 세기를 포기하고는 늘어져 있었다. 서핑, 서핑, 하고 서피 비치에 흘러나오는 노래를 들으면서.

내가 왜 여기에 있냐? 와이키키에서 마시다가 우리는 서피 비치로 2차를 왔던 것이다. 2차를 빙자한 에고서핑일지, 에고서핑을 하기 위한 2차일지는 모르겠지만. 그리고 좀 취했고.

에고서핑의 장소를 옮겨보면 어떨까요?

와이키키에 양미 씨가 준비해둔 맥주가 더 이상

없었다. 이렇게 잘 마실 줄은 몰랐다고 했다. 우리는 소시지와 나초 같은 스낵과 과일을 집어 먹으며 빅 웨이브 골든 에일을 두세 병씩 마셨다.

나는 라 갈비가 왜 이렇게 좋지?

돌고래가 말했다.

아, LA 갈비도 있었다. LA 갈비를 라 갈비라고 한 다는 것을 그때 처음 알았다. 언젠가 뼈 부스러기를 씹고는 먹은 적이 없는 음식이 LA 갈비였다. 그래서 맥주만 홀짝이고 있었는데 돌고래가 왜 안 먹느냐고 해서 먹지 않을 수 없었다. 먹는 순간 왜 먹으라고 했 는지 알 수 있었다.

맛있네요?

안 좋아하시죠?

돌고래가 만든 갈비였다. 이 맛있는 걸 남기고 갈 수 없다며 그가 큰소리를 내서 알게 되었다.

우리는 운 좋게 낙조 시간에 맞춰 서피 비치에 도 착했다. 돌고래는 결국 남은 갈비를 갖고 왔고.

걸어갔으면 좋겠는데.

해파리가 이렇게 말하자 양미 씨가 눈을 동그랗게 떴다.

못 걸어가요?

못 걸어갈 거리는 아닌데, 두 시간 걸리는데 괜찮

192

아요? 술 다 깰 수도…….

그래서 걷지 않았다. 서피 비치에서 낙조를 보면서 맥주를 마시는 게 우리의 목표였으므로.

양양콜을 불렀는데 안 와서 와이키키 직원이 데려다줬다. 민트 모자를 쓴 직원은 오늘은 빨간 모자를 쓰고 있었다.

시카고 불스 모자였다. 빨간색 바탕에 빨간 황소를 스티치해서 표현한 그 모자를 나는 보고 있었다. 별 성적도 내지 못하고 그저 그런 구단으로 추락한 시카고 불스를 응원하는 건 어떤 기분일까.

어, 시카고?

돌고래가 말했다.

시카고 불스 좋아해요?

내가 빨간 모자에게 물었다.

아뇨, 동생 건데요.

좀 맥이 빠졌다. 한때 화려한 성적을 내는 구단이었지만 이제는 매번 지는 걸로 유명한 시카고 불스를 응원한다는 것은 어떤 일인지에 대해 들을 수 있으리라 기대했기에.

겨울의 서피 비치에는 사람이 아주 많지는 않아도 우리 같은 그룹이 세 무리 정도 있었고, 그래서 쓸쓸하지 않았다. 혼술이나 혼밥이 아무렇지 않은 나 같은 사람도 여기에서는 힘들 것 같았다.

겨울에도 열리는 바다라니. 해수욕장 시즌에만 열리는 바다와는 다른 바다에 앉아서 우리는 술을 마시고 있었다.

우뭇가사리는 시카고 불스 모자를 쓴 직원이 가져다준 연두색과 갈색이 주로 섞인 마드라스 체크 모양의 담요를 덮고 있었다. 입가에는 미소도 보이는 것이 이제는 마음이 안정된 것 같았다.

기분 어때요?라고 묻는다면 아마 이렇게 말했겠지.

따뜻해요.

그때, 그 남자를 보았다. 우뭇가사리의 시선을 따라가다가. 남자가 혼자 해안가를 거닐고 있었다. 호리호리하다고 할 수밖에 없는 뼈가 가는 체형의 남자를 나는 보고 있게 되었다.

남자가 걷기만 하는 것은 아니어서. 걷다가 잠시 멈추고, 허리를 굽혔다가 또 폈다가 다시 해변을 걸었다.

뭐 하는 거지? 조개껍데기를 줍고 있나? 조개껍데기로 작업하는 아티스트든가?

아까 왜 시카고에 반응했어요?

나는 돌고래에게 물었다. 아마 내가 그에게 한 첫 번째 질문이었을 것 같다.

아, 시카고에 제가 좋아하는 맥주 회사가 있거든요. 한국에 들어온 그 회사 맥주는 다 먹어봤는데 시카고 가서 직접 먹어보고 싶어요. 갓 생산한 신선한 맥주는 얼마나 맛있을지. 구스 아일랜드라고.

맥주 좋아하세요?

아니요.

돌고래가 말했다.

안 좋아하시는데……?

다 좋아하지는 않고요. 맛있는 맥주만 좋아해요.

돌고래가 이렇게 뭔가에 대해 열렬한 입장을 갖고 있는 사람이라는 것을 그때 처음 알았다. 하긴 그렇지 않은 사람이 어디 있겠나.

말해도 돼?

양미 씨가 돌고래에게 물었고, 돌고래는 고개를 끄덕였다.

돌고래 님께서 맥주를 만들고 싶으시대요. 서울 생활 접고 여기 내려와서. 쉴 때는 서핑하면서 맥주를 만들겠다는 꿈을 꾸고 계세요.

제가 그래서 갈비도 연구하고 있거든요. 안주로요.

돌고래가 쑥스러워하면서 말했다.

맥주 안주로요? 원래 요리를 좋아하세요?

안주는 제가 만들어요. 맥주가 맛이 다 달라서 밖

에서 먹으면 만족이 잘 안 되어서요.

맥주가 맥주 맛이지 뭐 특별할 게 있나. 하이네켄과 필스너 우르켈 같은 맥주를 좋아하는 정도였지만 나는 동감이라는 듯 고개를 끄덕였다.

저는 학교를 다니고 있어요.

돌고래가 말했다.

학교 다녀?

양미 씨가 물었다.

맥주 학교 다니고 있습니다.

그런 것도 있어요?

우뭇가사리가 물었다.

서핑 스쿨도 있는데요. 학교든 스쿨이든 뭐든 배우면 좋은 것 같아요.

해파리가 말했다.

어떤 맥주 만들고 싶은데?

양미 씨가 묻자 팔짱을 끼는 돌고래를 보면서 나는 돌고래가 이 순간만을 기다렸다는 생각이 들었다. 그는 소매까지 걷어붙이고 이야기하기 시작했다.

멍하게 벨기에 어느 거리를 걷다가 간판을 보고 빨려들어 간 적이 있어요. 파란 간판에 분홍 코끼리 두 마리가 춤을 추고 있는 거예요. 뭐지? 이게 뭐지? 하면서 들어갔는데 맥줏집이었어요. 네 시간밖에 없었는데 거기서 술 마시다가 비행기 못 탈 뻔했어요. 벨기에에서 스톱오버 중이었거든요.

돌고래가 홀린 듯한 표정으로 이야기를 했다.

무슨 맥준데요?

내가 물었다.

위그 데릴리움 트레멘스Huyghe Delirium Tremens 라고. 데릴리움 트레멘스가 알코올중독에 의한 환각 이래요. 헛게 보이고 몸이 덜덜 떨리는 현상이라고.

그러면 분홍 코끼리가?

양미 씨가 물었다.

술에 많이 취하면 보이는 섬망을 분홍 코끼리로 그린 거야. 용은 달 위에서 서커스를 하고, 악어는 서 핑보드를 타고 있어. 그때 계시가 왔어. 아! 이런 브 랜드를 만들어야지. 너무 너무 너무 귀여운 맥주. 귀 여움에 저항할 수 있는 사람이 어디 있겠어?

그치. 난 사람 아니라고 본다. 그거 사람 아니야. 사람 못 돼.

돌고래가 고개를 끄덕이며 이어서 말했다.

맥주를 좋아하기는 했어도 만들겠다는 생각은 안 해봤는데 그때 느낌이 왔어요. 난 이런 맥주가 마시 고 싶었구나. 그런데 한국에 없어. 그러면? 어떻게 해? 내가 만들어야지. 분홍 코끼리를 보는 순간 알았어요.

양미 씨가 웬일로 돌고래의 의견에 깊이 공감해주고 있었다.

분홍 코끼리 보이냐?

돌고래가 양미 씨에게 이렇게 말하는 걸 들으면서 나는 돌고래가 한 대 맞을 줄 알았는데 양미 씨는 실눈을 뜬 채 기분 좋게 웃고 있었다.

크리스마스 시즌에는 분홍 코끼리가 산타클로스 모자를 쓴 버전을 판매해요. 이 절기감! 스타벅스에서 하는 홀리데이 마케팅은 너무 징그럽잖아.

신이 난 돌고래가 이어서 말했다.

자본의 폭격이죠. 대자본의 폭격.

해파리가 동조했다. 내가 아는 사람 중에서 가장 스타벅스에 대해 적대감을 가지고 있는 사람의 얼굴이 그 순간 지나갔다. 앤드루 킴. 그는 이렇게 말하곤 했다.

우리 가장 큰 라이벌이 어딜 것 같아? 위워크 아니야. 스타벅스야. 스타벅스는 카페가 아니라 임대업이야. 우리처럼 매출 영수증에 임대업이라고 찍히진 않지만 대단한 임대업이지. 시간을 분 단위로 쪼개서도 파니까. 오천 원짜리 한 잔 마시면서 거기 세 시간 앉아 있을 수도 있겠지. 그런데 굿즈 팬들이 있잖아. 할로윈, 크리스마스, 설날, 광복절, 개천절까지도…… 동서양의 명절에 온갖 국경일 다 동원해서 계속 굿즈가 나오고, 리저브 굿즈도 따로 만들고. 계속 다른 브랜드들이랑 협업해. 힐튼도 아니고 하얏트도 아니면서 어메니티를 판매해. 임대업이면서 숙박업도 겸하는 거지. 잠자리 서비스는 제공하지 않지만.

그러면서 말하곤 했던 것이다. 우리가 추가 이익을 어떻게 창출할 수 있을지에 대해 계속 생각해야 한다고. 또 스타벅스 같은 충성고객을 가져가기 위해 어떤 방법을 써야 하는지도 생각해야 한다고.

덜 취한 건가? 회사와 떨어져 있어도 앤드루의 목소리가 들려오니…… 앤드루가 분홍 코끼리인가?

그런데 이 정도 귀여움은 좋잖아. 이런 귀여운 자본주의는. 나는 이런 건 팔아도 좋다고 생각해. 왜냐하면 행복해지니까. 어디 가서 만 원 한 장으로 행복을 살 수 있겠어? 스타벅스 굿즈 사는 사람들도 그래. 바보라서 사는 게 아니냐. 간편하게 행복을 사는 거지.

기분 좋은 목소리가 된 돌고래가 꿈꾸듯이 말했다.

부라더 소다였나요? 대마초 잎을 디자인에 썼잖아요.*

해파리가 아는 척을 했다.

그런데 한국에서 대마초 잎사귀를 누가 알아? 맛은 연한 밀키스나 암바사 같고. 그게 대마초와 무슨 관계가 있는지 모르겠어. 아직 그런 히피풍 시장이 무르익지 않았는데…… 좀 생뚱맞지.

그러고는 이렇게 덧붙였다.

하긴 문명화가 되어야 반문명화를 외치는 사람들이 나타나고 히피즘 유행하고 그러는데 여기는 문명화 중이니까, 아직.

돌고래와 내가 고개를 끄덕였다. 좀 관성적으로.

선생님은 왜 오신 거예요?

돌고래가 해파리에게 물었다.

제가 왜 서평하면 안 되는 사람으로 보이나요? 하하.

해파리는 사람 좋은 웃음을 웃으면서 팔짱을 끼고 생각하는 척을 했다.

선생님, 전공이 어떻게 되세요?

양미 씨가 묻자 해파리는 말을 하기 시작했다.

필드 워크라고, 저희 쪽에서 현장에 가서 부대끼면서 연구하는 학문적 방법이 있어요. 뭐 답사 같은

---

* 실제로는 단풍나무 잎사귀를 형상화했다고 한다. 부라더 소다를 출시한 보해양조의 주력 제품인 잎새주에도 부라더 소다에 있는 단풍나무 잎이 그려져 있다.

거라고도 할 수 있고.

아, 필드 워크 오셨다고요? 제가 사회학과 나와서.

양미 씨가 이렇게 말하자 해파리는 반가워하며 말을 이어갔다.

저는 문화인류학과. 뭐 학부제다 BK21이다 무슨 무슨 코리아다 계속 교육부 정책이 바뀌면서 과 이름이 바뀌는데요. 제가 입학했을 때는 문화인류학과였어요.

왜…… 여기로 필드 워크를?

한국에서 서핑을 한다는 것은 무엇인가.

네?

이게 제 연구 주제입니다. 한국에서 서핑을 한다는 것은 무엇인가.

해파리가 이렇게 말하자 모두가 '오오' 소리를 내며 해파리 쪽으로 몸을 기울였다. 마드라스 체크 담요를 목까지 덮고 덱체어에 늘어져 있던 우뭇가사리도 몸을 일으키고는 담요를 무릎에 두었다.

〈폭풍 속으로〉라는 영화 아세요?

해파리가 묻자 양미 씨가 바로 반응했다.

서핑 영화의 전설이잖아요. 당연히 봤죠. 키아누 리브스랑 패트릭 스웨이지 나오잖아요.

그 영화가 개봉했을 때 제가 미국에 있었거든요.

1990년대 초였을 거 같은데. 영화에서 사람들이 일은 안 하고 서핑보드 들고 바다로 뛰어드는데 나는 기가 막힌 거라. 내가 있는 데는 바다가 없었거든요. 가도 가도 그냥 평야. 땅 땅 땅. 땅밖에 없어요.

어디 계셨는데요?

물어야 할 것 같아 내가 물었다.

오스틴이요. 텍사스 오스틴.

그러고는 바로 해파리가 말을 이었다.

제가 그 영화서 가장 재미있었던 게 뭔지 아세요?

우리에게 답을 구하기 위해 한 말은 아닌 것 같았지만 그래도 해파리는 이 말을 덧붙였다.

변호사는 서핑을 하지 않는다는 말이었어요. 그때 알았지. 아, 이게 계급을 가르는 스포츠구나. 하위문화의 일종이구나 싶었어요. 내가 그래서 관심을 갖지 않았어. 하위문화, 소위 서브컬처가 싫은 게 아니라 난 히피즘이니 68혁명이니 장발족이니 하는 것들이 너무 지긋지긋했거든요. 그런데 오스틴이 완전 히피 도시야. 히피즘에서 갈라져 나온 것들이 도시 도처에 있네? 다 먹고살 만하니까 그러는 거잖아요. 한국 할머니, 할아버지들은 얼마나 불쌍해요. 힘든 시절 겪으니까 일단 살아야 하는 거잖아…… 나는 그게 너무 마음이 아팠어요.

이 말을 그야말로 폭풍처럼 쏟아낸 해파리는 '후우우' 하고 긴 한숨을 내쉬었다. 그리고 눈에 살짝 뭔가가 맺힌 것으로 보였다.

내가 노태우가 집권한 해에 대학에 들어갔는데 데모가 엄청났어요. 서울 시내가 화염병 연기로 자욱하고…… 나는 피해 다니느라 바빴어. 운동도 말이에요, 먹고살 만한 게 있는 애들이 한다고 난 봤어요. 서울 애들. 의식 있는 중산층 부모 아래서 자란 애들. 교양 있는 집안에서 자란 애들. 그런 애들이 공장에 위장 취업해. 그런 거는 명예로운 훈장 같은 거거든.

코로나 병목에 꽂힌 라임을 쭈욱 짜서 입안으로 털어 넣더니 맥주를 들이켜고 해파리는 이어서 말했다.

난 그럴 여유가 없었거든요. 먹고살아야 했으니까. 어떻게든 국비장학금을 타야 됐으니까 수업을 절대 빠질 수가 없지. 데모하러 나가는 애들 시선에 등이 따가웠지만 그냥 모른 척하고 앉아 있었어요. 미국에 갔더니 히피니 뭐니 그러면서 사는 애들도 있고, 여피라고. 지금은 잘 안 쓰는 말인데 번지르르한 증권맨들 같은 애들이 여피야. 난 둘 다 진저리가 나더라고. 우리는 독재 타도니, 고문이니, 인권 탄압이니 이런 걸로 데모하고 사람 죽어나가고 하는데 너무 한가하잖아요? 미국 애들.

그는 내가 거의 들어본 적이 없는 이야기를 하고 있었다. 해파리가 말하는 시기의 나는 오아후에서 태어나 영아기를 보내고 있었고, 그래서 모른다고 하면 무책임한 말이겠지만 난 정말 그 시대에 대해 아는 게 없었다.

저는 90년대생이라서…… 죄송해요.

우뭇가사리가 말했다.

태어난 각자의 시대를 누리는 거죠. 제가 그런데 요즘 한국에서 가만히 보니까, 미국에서의 서핑이랑 완전히 다른 거예요.

해파리가 말하자 양미 씨가 크게 웃으며 말했다.

변호사가 서핑을 하는 거지.

돈이 들죠. 많이 들죠.

돌고래가 말했다.

한국에서는 돈이 많이 드는 스포츠더라고요. 그런데 엄청 많이 해. 우리 대학원생 애들 봐도. 아르바이트 힘들게 하길래 내가 물어봤어. 학교에서 나오는 티에이 비용이 부족하냐고. 아니래. 차를 사야 한대.

해파리는 양손으로 자신의 머리를 쓸어 넘기면서 수줍게 웃었다. 저 사람한테 저런 얼굴도 있었나?

아, 부럽다. 정말 부럽다, 싶었어요. 나는 미국 애들을 엄청나게 질투하고 있었구나…… 그런데 젊은 세대들이 한다는데 신기한 거야. 한국이 옛날 그 시절 미국처럼 풍요롭나? 안 그런 것 같은데…… 그런데 서핑을 왜 하지?

코로나를 많이 마셔서인지 자기 이야기에 도취되어서인지 모르겠지만 해파리는 표정이 풀려 있었다. 계속 넘어지다가 제대로 파도를 타고 난 이후의 키아누 리브스 얼굴 같았다. 외모가 그렇다는 게 아니라 어딘가 풀어졌다는 의미에서. 처음으로 파도를 타고 난 그의 얼굴은 수면에 비치는 햇볕만큼이나 반짝거렸다.

서피 비치에서 그의 이야기를 들을 때 나는 〈폭풍 속으로〉를 몰랐지만 나중에 영화를 보고 나서 다시 서피 비치에서 해파리의 얼굴을 떠올렸던 것이다.

아, 짠한 아저씨.

서핑하려고 차 산다는 거죠?

양미 씨가 말했다.

서핑에 완전히 미쳐 있는 거예요. 차가 있어야 한다고 하더라고요.

고개를 끄덕이며 해파리가 말했다.

그렇죠. 아무래도 짐도 많고, 맨날 서핑숍에서 렌탈해서 하기도 불편하고…… 보드를 들고 버스 타고 다니기는 그렇죠.

양미 씨가 말했다.

차가 일단 있어야 돼.

돌고래도 말하며 고개를 끄덕였다.

그치, 영화에서 보면 갑자기 보드가 생겨서 주인공이 바다에 들어가게 되잖아. 여기는 그런 게 성립 자체가 안 되는 곳이거든.

양미 씨가 말했다.

왜요?

해파리가 물었다.

여기가 캘리포니아도 아니고, 하다못해 일본도 아니고 떠내려온 서핑보드나 버려진 서핑보드 같은 건 없거든요.

이렇게 말한 후 양미 씨는 해파리에게 물었다.

한국 서핑 신에서 어떤 게 궁금하신 거예요?

의식 구조죠. 왜 서핑을 하고 싶을까? 주로 어떤 세대나 계층에서 하나? 소득 수준은 어떠한가? 이들이 추구하는 라이프스타일의 가치는 뭔가? 인생의 가치는 뭔가? 나는 이 서핑 대중이 궁금하다. 감정 공동체가 궁금하다. 간단하게 말하자면 이런 거죠. 제가 하는 공부가 사람들의 의식 구조를 연구하는 거라서. 한국만큼 세대 격차가 심한 나라는 잘 없거든요. 십 년 안에도 몇 번씩 획획 바뀌어요. MZ세대 같은 게 그래. 80년대 초반생도 MZ이고, 90년대 생도 MZ라는데, 말이 안 되지.

맞아요. 제가 여기서 와이키키를 연 게 이 년 전인데 그때는 꽤 힘들었어요. 버텨야 해서 버티고 보니 서핑하러 오는 사람들이 정말 많이 늘어난 거예요. 예전에는 외국에서 살았거나 외국 가서 서핑해본 사람들이 전부였는데, 지금은 전혀 아니거든요. 해본 적 없는 사람들이 오는 거예요. 세대가 달라진 것도 영향이 있는 것 같아요.

어떤 게?

돌고래가 물었다.

난 서핑 처음 할 때 슈트 입는 게 싫더라고. 이게 몸에 달라붙으니까 신체 구조가 드러나잖아. 가슴 크기나 다리 길이, Y존도 적나라하게 보이고. 엄청 부담스러웠어. 서핑하다 보면 머리는 물미역처럼 죄다 붙고…… 남들한테 어떻게 보일까 신경이 많이 쓰였어. 나만 그랬던 건 아니었을 거야. 요즘은 다르더라고. 예전 같으면 스스로 뚱뚱하다고 여기는 사람들은 아예 쳐다보지도 않는 옷들이 있었어. 우리나라 분위기 있잖아. 특유의 왜…… 남의 외모 평가질하고 훈장질하고 그러는.

요즘은 안 그럽니까?

해파리가 물었다.

그런 경계가 별로 없는 것 같아요. 자기가 뚱뚱하다고 생각하는 것 같지도 않고. 자유롭게 남의 시선 의식 안 하는 이십 대 분들 보면 좋아 보여요. 난 안 그렇다고 생각했는데 꽤나 보수적이었구나, 사회적 시선에 갇혀 있었구나, 반성도 되고요. 내가 여혐이었어.

어떤 상황을 떠올리는 것처럼 눈을 가늘게 뜨고 양미 씨는 이 말을 했다.

아. 재민이가 그랬어요. 인싸들만 하는 운동인 줄 알았다고.

재민이가 누구예요?

저희 알바.

여기 보세요. 인싸가 있나요?

양미 씨가 이렇게 말한 후 바로 사과했다.

죄송합니다. 제 생각만 하고 말했는데 인싸이신 분 계시면…….

해파리는 인싸가 뭔지 모르는 것 같았지만 이 정도를 모른다고 하면 안 될 것 같았는지 가만있었다.

인싸는 인사이드, 아싸는 아웃사이드. 인싸 중에서도 인싸는 핵인싸.

해파리가 모를 것 같았는지 우뭇가사리는 빠르게

208

이렇게 말했다. 그러고는 해파리에게 질문을 던졌다.

교수님은 어떻게 생각하세요?

뭐가요?

저 인싸 같아요, 아싸 같아요?

해파리가 말을 바로 못 하자 우뭇가사리는 다시
물었다.

교수님은요?

13.
빗질하는 법

그런데 서피 비치에서 왜 코로나를 팔아? 코로나 때문에 죽겠는데 웬 코로나? 무신경한 게 아닌가 싶네.

돌고래가 불만 섞인 목소리로 말했다. 내가 그 이유를 말하려는데 해파리가 먼저 말했다.

저 계속 궁금한 게 있었는데…… 왜 여기서는 마스크를 안 써요?

양미 씨에게 묻는 것 같았다.

여기는 그런 거 안 써요. 확진자도 별로 없고…… 아무도 안 쓰는데 쓰려니 이상하시죠? 바다에 들어가면 젖어버리니까 그런 것 같아요. 서울에서는 안 그러죠?

여긴 딴 세상 같네. 하긴. 마스크 쓰고 서핑한다고 생각하니 이상하긴 하다.

이렇게 이야기하면서 해파리는 마스크를 벗었다. 아직까지는 술을 마실 때에만 마스크를 벗고 마스크를 다시 쓰곤 했다. 나는 기분에 따라 쓸 때도 있었고 벗을 때도 있었고.

제 친구가 제주도 한달살기 갔다 와서도 그랬어요. 제주도에서는 마스크를 거의 안 쓰더라고. 서귀포 같은 데서는 안 그러겠지만 얘가 돌집 얻어서 김녕인가 하는 시골에서 살았었거든요.

양미 씨가 말하자 라탄 의자에 늘어져 있던 해파리가 몸을 세우고 말했다.

한달살기! 그것도 제 연구 주제예요.

한국에서 한달살기란 뭘까?

돌고래가 팔짱을 낀 채 한 손을 턱에 괴고 이렇게 말하자 해파리는 '맞아요'라면서 웃었다. 여전히 풀어진 얼굴을 유지하고 있는 그는 내가 처음에 알던 그 사람이 아닌 것 같았다.

인생 뭘까? 그거 같네요.

조용히 듣고 있던 우뭇가사리가 말했다.

올해 열 가지 트렌드에 한달살기가 포함됐잖아요. 좀 늦은 게 아닐까요?

이렇게 말한 것은 나였다. 아는 체를 하려고 했던 건 아니고 요즘 내 머리를 채우고 있는 이슈여서 그랬다.

워케이션이라는 것도 있고.

내가 이렇게 말하는 순간 돌고래가 '어?'라고 말했다.

제가 그걸로 지금 여기 있는 거예요.

양양에 워케이션 오셨어요?

양양은 아니고 강릉이요. 양양 오려고 알아봤는데 양양에는 공유 오피스가 없더라고요. 양양, 도시 같죠? 아닙니다. 인구해변이랑 죽도해변에 놀 것들은 많은데…… 스타벅스가 하나도 없어요. 강릉에는 시내에도 있고 바닷가에도 있고, 속초에도 스타벅스가 여러 개 있거든요.

돌고래의 이 말을 들으며 나는 그 순간 뭔가를 깨달은 것 같았다. 지방에서 공유 오피스 사업을 하려면 최소한 스타벅스가 있는 상권이어야 한다는 것이었다.

스타벅스가 있다는 것은 커피 말고도 앤드루의 말대로 시간을 구매하는 소비자가 있는 상권이 있다는 말이었고, 공유 오피스는 스타벅스 옆에서 해야 하는 것이라고 말이다. 스타벅스에서 일하던 사람들이 스타벅스로만으로 안 될 때 공유오피스를 신청하게 되는 것이라고.

스타벅스가 공유 오피스의 라이벌이라고 했던 앤

드루의 말에 나는 이견을 보태고 싶었다. 스타벅스 때문에 공유 오피스 시장이 생겨나게 된 거라고. 물론, 거기에 스타벅스의 어떤 선의라든가 이 생태계의 포식자로서의 책임 같은 게 더해져서 그렇게 된 것은 아니지만. 스타벅스 때문에 생겨난 시간제 부동산 시장과 갑자기 어디선가 나타난 코로나가 합해져 상승장을 이어가고 있는 것이었다. 그리고 꽤 오래전부터 한국인의 트렌드이자 위시리스트 중 하나가 된 한달살기까지 더해져.

회사에서도 한달살기와 관련한 상품을 출시하려고 준비 중이었다. 한 달의 숙박과 한 달의 공유 오피스를 연계한. 일단 지방 상품부터 개발하고 나서 서울 상품을 준비하기로 했었다.

우리 고객들 중에서 집 없는 사람 있어? 아니잖아. 숙박과 일터는 분리되어야 능률이 오르잖아. 워케이션 하려는 회사원이나 회사도 노려볼 수 있겠고.

앤드루는 이렇게 말했던 것이다. 앤드루의 사업 감각이랄지 트렌드를 읽는 눈이랄지에 대해 의심하는 사람은 없었다. 앤드루의 문제는 너무 빠르다는 것이지만. 시장보다 앤드루가 늘 빨랐다.

강릉 공유 오피스 근처에 스타벅스 있었죠?

내가 묻자 돌고래는 바로 답했다.

어떻게 아셨어요?

그런데 어떻게 강릉에?

나는 돌고래에게 물어볼 것이 많았다.

제가 한 달짜리 휴가를 처음 낸 사원인데요. 아, 한국 지사에 한해서요. 외근 다니다 강릉에 공유 오피스가 있는 걸 우연히 봤어요. 흑염소 팔고 개소주 파는 그런 건강원 있고, 고미술인지 잡동사니인지 뭔지 알 수 없는 그런 거 파는 골목 있잖아요. 그 거리를 지나는데 서핑보드가 보이는 거예요.

돌고래가 장난기 어린 얼굴로 말했다.

길거리에요?

그는 고개를 저으면서, 커튼을 쳐놓은 2층에 서핑보드의 노즈가 삐쭉하고 튀어나와 있었다고 했다.

그때는 그 부분을 노즈라고 하는지 몰랐지만요.

애가 강릉을 거점으로 잡고 땅을 보러 다닌 거예요. 이번 달에. 맥주 만들 땅.

양미 씨가 말했다.

양양으로요?

돌고래는 고개를 저었다.

제가 양양 맥주 만들 거니까 그럴려고 했죠. 그런데 양양 땅값이 너무 올라서 힘들겠더라고요. 강릉 변두리나 삼척, 아니면 위로 올라가서 고성까지도 보고 있어요. 속초도 너무 비싸졌고요.

속초에 뭐가 있다고 속초가 올라요?

해파리가 물었다.

선생님, 요즘 거기 옛날 속초 아니에요. 이십 년 전에 속초 가보시고 안 가보셨죠? 칠성조선소도 있고 동아서점도 있고, 문우당서림도 있고…….

양미 씨가 이렇게 말하니 해파리가 다시 말했다.

서점이랑 조선소 있다고 땅값이 올라요?

그런 데가 젊은 사람들을 끌어들이거든요. 그러면 뜨는 여행지가 되고, 핫플 같은 게 생기고…… 이 모든 게 인스타그램에서 이루어져요.

양미 씨의 말을 들으면서 해파리는 고개를 끄덕였다.

삼척이나 고성은 한 번도 가본 적이 없는 곳이었다. 돌고래의 말을 들으니 삼척은 강릉 아래, 고성은 속초 위인 것 같았다.

인스타그램 안 하시죠?

내가 물었다.

하셔야 돼요. 서핑이랑 한달살기 연구하시려면요.

양미 씨가 웃으며 이렇게 말하자, 우뭇가사리와 돌고래는 동의의 뜻으로 고개를 끄덕거렸다.

워케이션은 어떠셨어요?

내가 이렇게 묻자 돌고래는 할 이야기가 엄청 많

다고 했다.

저는 저 말고는 없을 줄 알았어요. 워케커가.

워케커? 요즘에 그런 말을 쓰나요?

제가 지금 만들어봤는데, 이상하죠? 무리였다…… 강릉 공유 오피스에 다 워케이션 하는 사람들인 거예요. 휴가인지 일하는 건지 잘 모르겠는 패턴으로 일하는 사람도 있었는데, 저처럼 테헤란로가 직장인데 거기서 원격으로 일하는 사람 너무 많은 거 있죠. 개발자나 디자이너만 있는 게 아니라 기획자도 있더라고요. 출판사 하시는 분이랑 건축하시는 분도 있었고. 제가 놀란 게요, 이분들 거의 서핑하시는 거 있죠.

돌고래의 이 말을 듣고 나는 해파리에게 물었다.

서핑 연구, 늦은 거 아닐까요?

해파리의 기분을 거스르는 게 아닐까 싶어서 조마조마했는데 그는 웃으면서 "에이, 아니에요"라고 말한 후 이어서 말했다.

그렇지만도 않아요. 학계가 원래 늦잖아요. 붐업이 일어나고 한참 있다 들어가는 경우가 많아요, 우리는. 너무 빠르면 그건 예언이지 연구가 아니라는 말이 있어요. 우리가 점쟁이 거북이야? 막 이러면서…… 뭐 거의 자조죠.

216

이 말을 하고 해파리가 또 코로나를 콸콸 소리가
나게 들이켜서 너무 많이 드시는 건 아니냐고 양미
씨가 말했다. 해파리는 이 정도는 괜찮다고 했고.

언제부턴가 사람들이 막 쓰기 시작했는데…… 뭐
가 시작이었는지 추적해보려고요. 한달살기라는 신
조어가 사멸하지 않고 계속 쓰인다는 건 사람들이
계속 한달살기를 하러 가고 있다는 거거든요? 한달
살기가 파생한 산업이 있을 거예요. 서핑 신에서 지
금 붐업이 일어나고 있는 것처럼요. 한때의 맨체스
터 신, 함부르크 신 그런 것처럼요.

아직…… 한국 서핑 신이라고 하기에는…… 그럴
만한 게 딱히 없는데요. 양양 신이라고 할 만한 게 있
을까요?

양미 씨가 이렇게 말하자 해파리는 손을 내저으며
이렇게 말했다.

그럴 것 같죠? 아니에요. 빅데이터 잡히는 것만 봐
도, 서핑 관련 단어로 검색해서 유입되는 게 엄청나
요. 제가 생각하기에 여기는 리틀 이태원이에요. 작
아서 리틀이 아니라, 리틀 이탈리의 그 리틀이요. 리
틀 이탈리가 이탈리아보다 더 북적북적하잖아요?

신이 난 해파리가 이렇게 말했다.

돌고래 님이 하려는 게 파생 산업일 수 있겠네요.

양미 씨가 말했다.

아, 제가 그래서 양양 맥주를 만들려고 하거든요. 양양 서핑 신의 맥주.

양양에서 서핑해야만 마실 수 있나요?

그럴 리가요. 빅웨이브도 서핑 맥주가 정체성인데, 요즘 한국에서도 많이 마시잖아요? 저도 그런 걸 꿈꾸죠. 서핑 맥주면서 빅웨이브처럼 대중적인. 서핑 대중들만 마시는 맥주가 아니라요.

좋은 거 다 갖다 붙여라. 서핑 대중 그건 뭐야? 이상한 말 어디서 배워 왔니. 분홍 코끼리 맥주 만든다며?

양미 씨가 웃으면서 핀잔을 주었다.

분홍 코끼리는…… 브랜딩 관점에서 그렇게 하고 싶다는 거고. 정체성은 서핑 맥주를 만들겠다는 거지. 맞은 또…….

돌고래가 여기까지 말하는데 해파리가 끼어들었다.

서핑 대중이라는 말이 원래 있어요. 캘리포니아 서핑 신에서. 정작 서핑은 하지 않으면서 서핑 브랜드에서 옷을 사고 서핑 브랜드 잡지를 읽고 하는 사람들을 서핑하는 사람들이 비웃는 말이었대요. 그런데…….

그런데?

원래 말이란 게 확장되고 변화하잖아요. 지금은 서핑 대중을 고마워하고 있죠. 서핑 신에서. 프로 서퍼들과 서핑하는 사람들 말고 서핑하지 않는 서퍼들, 이 서핑 대중이 서핑 산업을 이끌고 있다는 거예요. 정작 양양 서핑 신은 가혹한데…… 아무리 겨울이라지만 춥잖아요. 그런데 겨울 파도가 제일 좋대고…… 너무 가혹하잖아.

해파리가 웃으면서 말했다.

서핑하는 사람들은 그냥 하지 않으면 안 되겠으니까 어떻게든 하는 건데, 그걸로 돈을 버는 사람들이 있어요. 서핑을 가르치거나 서핑 브랜드를 만들거나 여기서 술집이나 밥집 하는 것도 그렇고. 저도 그렇지만요.

양미 씨가 말했다.

맞아요.

우뭇가사리가 말했다. 우리 이야기를 듣는지 아닌지 코로나를 손에 쥐고 일어나 주변을 둘러보던 우뭇가사리가 이렇게 말해서 시선이 모였다.

정말 그렇다고요.

이제는 우뭇가사리의 에고서핑 시간인 듯했다.

저…… 에고서핑 해도 될까요?

고개를 끄덕인다든지, 양손을 우뭇가사리 쪽으로

모은다든지, 아니면 해파리처럼 "하시죠"라거나 "하시든지요" 하며 모두 우뭇가사리의 말을 기다렸다.

이게요, 제가 팔던 거거든요?

우뭇가사리는 자기가 입고 있는 검은색 롱패딩을 가리켰다.

쇼핑몰을 했었거든요. 롱패딩이 잘 팔려서 1000장을 떼어 왔어요. 한 번도 그런 적이 없었는데 너무 잘 팔리니까 뭐가 눈에…….

원래는 몇 장 정도 사셨어요?

해파리가 물었다.

50장이요. 그런데 검정 롱패딩이 워낙 잘 팔리니까…… 100장 사는 거랑 500장 사는 거랑 1000장 사는 거랑 한 장당 가격이 너무 차이가 나는 거예요. 그래서 확 질렀죠.

해파리의 이 말을 듣고 나는 작년 테헤란로의 풍경을 떠올렸다. 거리는 정확히 검정 롱패딩을 입은 사람과 입지 않은 사람으로 나뉘었다. 전철에서는 검정 롱패딩밖에 보이지 않았고.

2019년까지 핫했죠. 롱패딩.

내가 말하자 해파리가 고개를 끄덕였다.

2019년에 팔고, 올해도 계속 팔아보려고 했었는데…… 아, 바이럴 업자들이 숏을 밀기 시작한 거예

요. 그것도 파스텔 톤이나 빨강 같은 화사한 색깔을
요. 대절망.

자기 이야기를 하면서 해파리는 계속 침울해졌다.

개발자, 디자이너, 포토, 모델, 그리고 회계랑 매출
관리해주는 시스템…… 이런 데 돈을 정산하고 보니
남은 게 하나도 없는 거예요. 아…… 나 우뭇가사린
가 봐. 생각했어요.

우뭇가사리가 이렇게 말하자 돌고래가 물었다.

그래서 우뭇가사리를…… 우뭇가사리가 어떤데
요?

젓가락만 대도 부서지잖아요.

그러고 나서 우뭇가사리는 이 말을 덧붙였다.

깨달음을 얻었어요. 너 옷 좋아해? 응. 그런데 너
옷 잘 알아? 아니. 그런데 왜 옷 팔려고 했어? 몰라.
그건 아닌 거예요. 저는 옷을 잘 모르는데 옷을 팔고
있었던 거예요. 남들이 쇼핑몰 해서 대박 쳤다 이런
소리 듣고서. 해보니까 너무 어려운 거지. 심지어 그
걸로 돈을 벌려 했다니…… 돌았었나 봐요.

분위기가 가라앉는 느낌이어서 무슨 말을 해야 하
지 고민하고 있을 때 돌고래가 말했다. 꼭 수면 위로
튀어 오르는 것처럼.

죄송하지만, 저는 맥주를 무척 좋아합니다.

그래야 할 것 같아서 돌고래의 말을 듣다가 내가 물었다.

어떤 맥주를 만들고 싶으신 거예요?

골든에일이랑 아이피에이요. 양양 골든에일과 양양 아이피에이.

돌고래가 말하는데 차마 흥을 깨기 싫어서 그게 뭐냐고 묻지는 않았다.

파이크 아이피에이Pike IPA라고 찰스 핀켈이라는 사람이 1980년대 후반 시애틀에서 만든 브랜드가 있어요. 저는 그런 맛이 나는 맥주를 만들고 싶어요.

어떤 맛인데?

양미 씨가 물었다.

홉 맛이 진하게 느껴지고, 강렬한 쓴맛이 나요.

홉이 뭔데?

효모.

근데 효모가 뭐야? 오렌지랑 자몽 맛 나는 그런 거 정말 넣는 거야?

그럴 때도 있고 안 그럴 때도 있고. 와인이랑 같아. 와인 양조할 때 체리향이 난다고 해서 체리를 넣는 건 아니잖아?

어디 와인에 맥주를 비교하니? 근데 넌 맥주가 왜 좋아?

양미 씨는 와인을 좋아하는 것 같았다.

기분 좋은 쌉쌀함?

왜 분위기 잡지?

아이비유IBU라고 맥주의 쓴맛을 나타내는 단위가 있어. 보통 아이비유가 50에서 80 사이거든. 난 85 정도 되는 걸 만들고 싶어. 양양 페일에일.

이렇게 막 누설하고 그래도 되냐?

듣는다고 다 만드냐?

양양서 서핑하고 마시는 맥주가 양양 페일에일이지. 서피 비치에 있는 저 YY처럼, YY 비어라고 해도 좋고. 여름에는 양양 섬머를 만드는 거야. 겨울엔 양양 아이피에이, 여름에는 양양 서머. 하와이 빅웨이브 골든에일처럼 그런 걸 만드는 게 목표예요.

해파리가 이렇게 말하고 나자 우뭇가사리가 말했다.

와! 저 양양 맥주 마시고 싶어요. 맛있게 마시려면 서핑하고 마셔야 할 테니 서핑 정말 해야 할 것 같고.

우뭇가사리에게 고맙다고 한 후 돌고래는 말했다.

서핑하는 정신 뭘까?

위로하는 정신 아냐?

양미 씨가 이렇게 말한 뒤 한마디를 덧붙였다.

스스로를 위로하는 정신.

그리고 계속 말했다. 한 번에 이어지지는 않았지

만, 양미 씨는 서핑을 하면서, 또 가르치면서 배운 것을 우리들에게 알려주기 위해 그걸 말로 만들고 있었다.

위로는…… 남한테 받는 게 아니거든요. 적나라한 것도 아니고요…… 위로 장사꾼들은 힐링이니 치유니 하면서 위로를 팔고 있지만…… 나는 그래서 치유 요가니 힐링 요가니 이런 거는 딱 질색이에요.

양미 씨의 말을 듣고 해파리가 덧붙였다.

그러게. 요즘에 명상 장사꾼도 극성이잖아요. 그렇게 얄팍하게 돈을 벌더라고. 스님이랑 무슨 철학자랑 시인이랑 같이 동업도 하대.

해파리의 말을 듣고 양미 씨가 다시 말했다.

뭐, 아무것도 안 하는 것보다는 도움이 되겠죠. 스스로 할 수밖에 없어요.

결국에는, 그렇지.

돌고래는 독백하듯이 말하고 이렇게 덧붙였다.

그치. 자기가 자기한테 해줄 수 있는 게 위로야. 너 잘하고 있다. 앞으로도 잘할 거다. 살자, 살자, 살아야겠다.

지금 우리가 하고 있는 거네요? 에고서핑.

우뭇가사리가 말했다.

위로 금지 아녔어요?

해파리가 말했다.

서로서로 위로 금지라고 했죠. 셀프 위로는 환영입니다.

양미 씨가 웃으면서 이렇게 말했고, 그때 우뭇가사리가 일어나면서 말했다.

우리 저기 가봐요.

그러면서 손가락으로 해안과 바다의 사이를 가리켰다. 우뭇가사리의 손끝을 따라가 보니 몸을 구부렸다 폈다 하면서 산책하는 남자가 있었다. 호리호리한 남자.

저거 해봐요.

우뭇가사리가 말했다.

저분 보이시죠? 제가 뭐 하는 거냐고 물어봤어요.

뭐 하시는 거예요?

비치 코밍 하는데요.

제가 못 알아들으니까 그분이 다시 말하셨어요.

쓰레기 줍는데요.

아르바이트하시는 거예요?

우뭇가사리는 일인이역을 하면서 해변 남자와의 대화를 재연했다.

아아, 나 뭔지 알겠다. 플로깅하는구나! 해요, 해요.

갑자기 적극적이 된 해파리가 몸을 일으키고는 어

서 일어나라고 독려했다.

제가 이래서 가짜 초를 켜잖아요, 이제. 탄소 배출 때문에…….

양미 씨가 말했다.

무슨 얘기야?

건수 씨, 아니 돌고래가 물었다.

저도 줍거든요. 안 할 수가 없어요. 괜히 그러는 게 아니에요. 서핑하다 보면 온갖 쓰레기들이 떠밀려 오거든요? 물고기와 부딪힌 적이 있는데, 물고기 몸에 뭐가 달려 있는 거예요. 비닐 빨대였어요.

거기로…… 떠밀려 온 거예요?

우뭇가사리가 물었다.

뭐, 바다에 버렸을 수도 있고, 해변에 버린 게 떠밀려 갔을 수도 있고.

양미 씨가 이렇게 말했고, 다시 이어서 말했다.

산책하면서 쓰레기 줍는 건데, 플로깅이라고 하더라고요. 왜 플로깅이라고 하는지는…….

양미 씨가 말하자 검색을 하면서 돌고래가 이렇게 덧붙였다.

줍깅이라고도 한다는데? 아아…… 쓰레기 주우면서 스쿼트도 하는 거구나. 우리 같이해볼까요? 재밌겠네.

어떻게 스쿼트를 해요? 쓰레기를 주우면서?

해파리가 이렇게 묻자 양미 씨가 덧붙였다.

선라이즈 요가 했을 때 전사 자세에서 허벅지 구부리잖아요. 기역자로요. 이게 힘들지 않으려면 스쿼트가 잘되어야 하거든요. 아니면 허벅지 근육이 있거나. 서핑할 때도 스탠드 업 하는 순간에 꼭 필요한데…….

왜 이렇게 잘 아시느냐고 우뭇가사리가 묻자 양미 씨는 정기적으로 하는 일이라고 했다. 양양에서 서핑업에 종사하는 사람들의 모임이 있는데, 그 회원 자격을 유지하려면 월 4회 플로깅을 해야 한다고.

지겹겠구나?

돌고래가 묻자 양미 씨는 긍정도 부정도 하지 않았다. 아마 긍정이겠지.

코로나 한 병씩 들고 갈까요?

좋은 생각!

코로나를 한 병씩 들고 가려고 하다가 우리는 코로나를 내려놓았다. 우리는 쓰레기를 줍기로 한 것이다. 산책과 스쿼트를 하면서. 한 손에는 쓰레기봉투를, 한 손에는 집게를 들고.

맨정신이라면 절대 하지 않았을 일이었다. 우리는 코로나와 예거밤을 있는 대로 마시고 플로깅하기 시작했다. 분홍 코끼리와 하는 해변 산책. 산책하면서 스쿼트 하기. 그러면서 쓰레기가 보이면 주웠고. 또 많이 웃었다.

분홍 코끼리가 저기 있네?

해파리였다. 하지만 자신이 없다. 내가 그 밤에 많이 취해서 사람을 분별하지 못했을 수도 있다.

포틀랜드 애들이 잘났다고 까부는데, 이상한 도시 원조는 오스틴이거든. 내가 거기서 한 가장 아름다운 행사가 있어요. 각국에서 모인 애들이 자기 나라 시를 자기 나라 언어로 읊어. 영어로 번역된 걸 낭송하는 게 아니라. 무슨 말인지도 모르면서 그냥 듣고 있는 거야. 너무 좋은 거야. 저도 거기서 낭송했잖아요. 내 후배가 꽤 유명한 시인인데, 걔 시를 읊는데 마음이…… 여기가…… 막 찌르르한 거야. 김수영처럼 막 찌르는 시를 쓰거든요. 난 그런 시에만 막 미쳐. 와, 나 너무 좋았잖아. 그런데 그 시 왜 한 줄도 생각 안 나냐?

오스틴에서도 주말마다 친구들과 쓰레기를 주웠다며, 놀이처럼 그러고 있으려니 너무 좋았다며 이 말을 덧붙였다.

이게 기분이 되게 좋아요. 새마을 운동과도 느낌이 다르고.

저러다 쓰러지는 건가 하고 해파리를 보고 있었는데 그는 그저 비틀거릴 뿐이었다. 자기가 하고 싶은 말을 한마디씩 하면서. 대화에 관계 없이, 혼잣말인지 아닌지 알 수 없게.

아직까지도 감동이 밀려오네.

이런 말들을 말이다.

머리 빗으세요?

나는 돌고래에게 물었다. 마침 내 옆에서 쓰레기를 줍고 있어서.

거의 안 빗는데. 해변의 머리를 빗기고 있으니까, 이렇게 빗기니까 저도 하고 싶네요. 우리 고양이 단장하는 것처럼.

그루밍 말씀하시는 거예요?

발이랑 여기저기 핥는 거요.

그게 그루밍이에요. 그리고 두 개의 손과 두 개의 발 아닌가?

비치 코밍을 하고 있으니 내가 카밍되는 것 같지 않아요? 막 안정되면서 고요해지네.

다시 신이 난 우뭇가사리가 말했다.

그러게요, 코밍하니까 카밍해지는 것 같네요.

이렇게 말한 건 양미 씨였다.

그치. 해변 정화하면서 마음도 씻고. 허벅지 근육

도 키우고, 산책도 하고. 좋구나. 이게 사는 거지.

이게 사는 거지.

우뭇가사리가 말했다.

이게 사는 거지.

돌고래가 말했다.

14.

파도 타는 법

돌고래에게 왜 서피 비치에서 코로나를 파는지 말해주지 못했다. 멕시코의 맥주 회사인 코로나가 펼치고 있는 해안과 바다 보호에 대한 일들과 서피 비치의 쓰레기로 만든 파도에 대해서도. 바닷가에서 마시는 맥주는 코로나라고, 코로나가 해안과 코로나를 접목한 브랜딩을 하고 있다는 것에 대해서도. 코로나 바이러스와는 관계가 없는 일이라고. 코로나 맥주는 어쩌면 피해자일 수도 있다고. 세상일이 그렇듯이 어쩌다 그렇게 된 것뿐이라고.

서피 비치에서 만났던 날 이후로 본 적이 없었던 것이다. 그날 우리에게는 해야 할 말이 너무 많았고, 나는 내 이야기를 하는 것보다 듣는 게 좋았다. 늘 그렇듯이. 하지만 그렇다고 내게 할 말이 없는 것은 아니고, 지금 이렇게 하고 있다.

하지 못한 이야기는 언젠가는 하게 되어 있다. 그리고 해야 한다. 그게 세상이 돌아가는 이치라고 대디는 말했다. 저기 보이는 파도처럼 밀려가면 밀려온다고. 어떤 파도는 너무 커서 밀려갔다가 다시 밀려오기까지 아주 긴 시간이 걸리기도 하지만 돌아온다고. 결국은 돌아오게 되어 있다고.

그동안 뭘 하면 되겠어?

파도를 기다려.

하던 일을 하면 돼.

대디는 고개를 저으며 이렇게 말했고, 어린 시절의 나는 이 말을 이해할 수 없었는데, 지금은 알 것 같다. 파도를 기다리는 일은 지루하고 우리에게는 할 일이 많으니까. 파도를 보고 있을 시간은 없다. 파도를 보는 일은 대디 같은 사람이 하는 거고.

서피 비치에서 걸어 나오면서 해파리가 말했다. 동창회를 하자고. 기분이 좋았던 그 밤의 사람들은 좋다고 환호했고, 서울에서도, 또 양양에서도 보자고 했다. 어떤 동창회에도 나가지 않을 것 같은 사람들이 그러고 있었다. 카카오톡에 단톡방을 만든 것도 해파리, 가장 적극적인 것도 해파리였다. 단톡방 이름은 분홍 코끼리였다.

집에 돌아와서 서평하는 법에 대한 책을 한 권 샀다. '사진과 도해로 완성하는 서평의 모든 것'이라는 부제가 붙은 그 책의 이름은 『서평 교과서』다. 양미 씨가 그랬던 것처럼 동작 하나하나를 끊어서 설명하고, 그에 대한 사진들이 들어가 있는 그 책은 내가 원하던 책이었다.

나는 위대한 서퍼나 아니면 유망했던 커리어 우먼이 갑자기 인생의 좌절을 경험한 후 어떻게 서핑을 시작하게 되었나 같은 책에는 별로 관심이 없었다. 언젠가 관심이 생길 수도 있었지만 그게 지금은 아니라는 것을 알았다. 보통 사람이 보통의 삶을 살면서 보통의 서핑을 하는 것에 관심이 있다.

나는 보통의 사람이므로. 보통의 삶을 살기 위해 보통 이상으로 애쓰고 보통 이상으로 힘들어하고 보통 이상으로 출근하기 싫어하는 보통의 사람. 보통으로 단순하고 보통으로 고뇌하고 보통으로 기뻐하고 보통 이하로 슬퍼하고 보통 이상으로 사랑을 느끼는.

그 책을 나는 지하철에서 읽는다. 선바위역에서 사당역까지 4호선을 타고 와서, 사당역에서 삼성역까지 가는 대환장 구간의 십오 분 동안. 아무 데나 펼쳐보기도 하고, 아마 글을 쓴 사람일 스포츠머리 남

자가 파도를 타고 있는 표지를 가만히 보고 있기도
한다.

눈이 시릴 정도로 푸른 바다를. 그러면 좀 숨이 쉬
어지는 기분이 든다. 표지에 있는 고딕체의 글자를
보다가 생각했다. 인생에도 적용할 수 있겠다고.

보드, 패들링, 테이크 오프, 노즈 라이딩, 그리고 파도 읽기.

'SURFING'이라고 크게 써진 글자 아래에 있는
단어다. 정신이 채 돌아오지 않은 몽롱한 아침이라
서 이 단어들이 무척이나 심오해 보였던 걸까.

이것들로 운을 띄워서 생각을 정리해봐도 좋겠다
싶었다. 그러니까 나의 에고서핑. 서피 비치에서 하
지 못한 에고서핑을 뒤늦게 이렇게. 먼저 보드부터.

보드

양양으로 떠난 지 일주일 만에 집으로 돌아왔다.
에고서핑을 한 다음 날 누워 있다가 길이 더 밀리기
전에 출발해야겠다 싶어서 벌떡 일어났다. 2021년은
집으로 돌아가 맞아야겠다는 생각이 들었던 것이다.

올라갔던 길을 내려오면서 바다를 보았다. 이번에는 바다를 왼쪽에 두고. 저 위에 둥둥 떠 있던 서퍼들을 보았던 그날처럼 또 그렇게 떠 있는 서퍼들을 보면 좋겠다고 생각했으나 그날의 바다에 서퍼는 없었다. 양양의 서핑 시즌을 오프하고 따뜻한 나라로 파도를 타러 간 걸까.

누워서 지낸 이틀 말고는 서핑을 하며 지냈다. 이렇게 지내려고 한 건 아닌데…… 해변 아파트를 앞으로 어떻게 할 것인지 결정하려고 갔던 게 그렇게 되어버렸다.

서핑 영화를 보면 서핑보드가 생기는 바람에 서핑을 시작하던데, 나는 해변 아파트가 생겨버렸고, 그렇게 서핑을 하고 있었다. 그런 것도 서핑이라고 할 수 있다면.

2회의 강습과 새벽 요가, 그리고 서피 비치에서의 에고서핑까지, 중간에 혼자 지낸 하루를 빼고는 모두 서핑을 하며 지냈다. 바다에 들어간 시간은 거의 없었지만 서핑이 아니라면 뭐라고 해야 할지 나는 모르겠다. 또 우리가 했던 해변에서의 에고서핑도 서핑이니까.

그리고 2021년이 되었다. 다시 마스크를 쓰는 일상으로 돌아왔다. 강남 방향으로 가는 출근길 지하철 2호선의 참을 수 없는 혼돈 속으로. 두꺼비 배만큼이나 부른 백팩을 절대로 가슴 쪽으로 메지 않는 이기심 가득한 사람들과 그 사람들에게 밀려 최소한의 공간을 사수하고 있는 사람들과 펜스룰을 이해하고 무서워하는 사람들과 그게 뭔지 이해하고 싶어 하지 않는 사람들이 동시간대에 존재하는, 전혀 다른 시공간에 사는 것 같은 이들이 동시간대에 존재하는 초현실적 공간 속으로 말이다.

겨울 외투를 입은 그들이 내뿜는 이산화탄소 속에서 나는 호흡하고 있었다. 지하철에 있던 다른 사람들이 그러하듯이.

단톡방에서 가장 활발한 것은 돌고래와 해파리였다. 자기에 대해 말하기도 하고 우리가 알아야 할 것들이라고 생각하는 현실의 이슈에 대한 링크를 올리기도 했다. 수시로 바뀌는 거리두기 규칙 같은 걸 알기에 그곳보다 유용한 곳은 없었다.

뜬금없이 이런 이야기를 하기도 했는데 나는 그게 싫지 않았다.

스미노프, 분더버그, 조니 워커, 페르넷, 탱커레이, 기네스, 라가불린, 수정방. 공통점이 뭔지 아세요?

모두 자기가 팔던 술이라고 했다. 돌고래가 일하던 영국에 본사가 있는 다국적 주류 회사에서 취급

하던 브랜드라고.

지오지아? 수정방도 지오지오아 거예요? 수정방 짝통 많은데 오리지널이랑 어떻게 구분해요?

해파리가 물었다.

네. 아니요, 지오지아 아니고 디아지오. 제가 제일 술 잘 파는 사원이었어요. 월드 마스터였나 뭐 그런 비슷한 이름의 상도 두 번 받았고요. 좀 재수 없나? 제가 말 안 하면 누가 이런 거 알아주나요? 제가 챙겨야죠.

구독과 팔로잉을 추가한 유튜브 계정과 인스타그램 계정들이 내 일상 속으로 들어왔다. 서핑과 서핑 숍, 서퍼들이 거기에 있었다. 해안가에서 부서지는 파도를 보면서 저 정도 화이트워터라면 다시 한번 테이크 오프를 시도해봐도 좋겠다고 생각했다. 파도 위에서 제대로 서보고 싶다고.

엘리베이터를 타거나 길을 걷고 있으면 바텀 턴이라든가 행텐, 덕다이브, 패들링, 백 사이드, 오프 더 립 같은 단어들이 지나갔다. 차가운 스테인리스 상자 안이나 형형색색의 간판들 위로. 양미 씨가 준 서핑 용어들이 써 있는 코팅된 종이를 책갈피로 써서 그런가.

그 뜻이 뭐였지? 어떻게 하는 포즈였지? 하며 나는 힘차게 패들링해서 파도를 향해 전진한 후 테이크 오프를 성공해서 파도를 타는 나를 상상했다. 골프를 배우기 시작했을 때 대디가 여기저기서 골프채를 휘두르는 동작을 하며 이미지 트레이닝하던 것이 떠올랐다. 나와 엄마가 추하다며 말렸었다는 것도.

열정적이고 과격하게 파파파팟 펌핑을 하면서 파도 위에서 돌고래처럼 활활 뛰기도 하는 내가 나는 좋았다. 자유롭게 파도를 가지고 노는 내가. 이미지 트레이닝을 하는 내 머릿속에서 나는 꽤나 괜찮은 서퍼였다.

파고가 높은 파도를 피하기 위해 푸싱 스루나 덕다이브를 했고, 재빨리 보드를 뒤집고 바다 안으로 들어가 보드 안에 매달려서 내가 감당할 수 없는 큰 파도가 지나가기를 기다리기도 했다. 이 동작의 이름은 터틀롤.

터틀롤이 나는 특히 마음에 들었다. 물을 가득 받은 욕조 안으로 스르륵 미끄러져 잠수할 때의 평화로운 기분을 떠올리게 했기 때문에. 욕조에 들어갈 때처럼 스르륵 미끄러지는 것과는 거리가 있었지만. 푸싱 스루나 덕다이브처럼 다른 사람의 눈에 화려해 보이지는 않아도 잠시 바다 위에서 사라진다는 감각이 나를 매혹했다. 사람들은 볼 수 없는 무언가를 나는 보고 있고, 그런 나를 사람들은 볼 수 없을 거라는 어떤 은밀한 희열이.

『서평 교과서』의 터틀롤에 대한 설명에서 내가 좋아하는 것은 이 부분이다. 잘 이해가 안 되는 부분이기도 하면서. "눈을 떠서 파도가 지나가길 기다린다."

바다 안에 들어가 있으면서 눈을 뜨는 게 어떤 건지 나는 몰랐다. 물에 제대로 뜰 수도 없었지만 또 물속에서 눈을 뜰 수 없어서 나는 결국 수영을 배울 수 없었기 때문이다.

물속에서 눈 뜨는 거 고통스럽지 않나요?

물속에서 눈 뜨는 법으로 검색을 했더니 나 같은 사람이 이미 질문한 기록이 있었다. 댓글을 달아준 사람들의 글을 읽으니 기분이 좋아졌다.

두려움만 이기면 아무것도 아니라는 사람은 어쩐지 본인도 해본 적이 없을 것 같았다. 영화니까 가능하다고 말한 사람은 순진해서 웃겼고, 집에서 물 받아놓고 익숙해지는 훈련을 하라고 조언을 한 사람은 그런 경험이 있는 것 같았다. 가장 마음에 들었던 대답은 이거였다. 누구나 아파요. 나는 그 문장을 소리 내어 읽어보았다.

누구나 아파요.

말발굽처럼 평평하면서 좁은 무언가가 내 왼쪽 가슴을 꾸욱 하고 누르는 기분이 들었다. 숨이 잘 안 쉬어질 정도로 꾸욱. 마치 현실의 일 같았고, 나는 잠시 거기에 손을 가져다 대었다.

　이 자세의 이름이 터틀롤이라는 것에는 적응이 되지 않았다. 거북이가 구르는 자세를 닮아서 터틀롤이라고 한다지만 나는 거북이가 어떻게 구르는지 본 적이 없어서.

　거북이가 어떻게 구르는지 알아요?

　분홍 코끼리에서 내가 이렇게 묻자 해파리는 링크를 보내왔다.

　실제 거북이는 아니고, 〈닌자 거북이〉 애니메이션이었다. 나도 어렸을 적에 〈닌자 거북이〉를 본 기억이 있었다. 해파리가 보낸 영상에서 닌자 거북이들은 구르고, 구르고, 또 구르고 있었다.

　코와붕가.

　해파리는 이 말을 덧붙였다.

　코와붕가.

　우뭇가사리도 이 말을 했다.

　최초의 도시 서퍼가 아닐까 싶네요. 랜드 서핑을 하는 거북이들. 하수구 서퍼라니…… 내가 환경운동가라면 하수구 서핑하는 닌자 거북이 사진으로 밈 만들겠구만.

　해파리가 이 말을 하자, 돌고래가 반응했다.

저 안 그래도 랜드 서핑보드 샀는데.

'그게 뭐예'까지 타이핑을 하고 있는데 돌고래가 랜드 서핑보드를 타고 있는 자신의 영상을 보내주었다.

왜 이렇게 흔들거려요?

우뭇가사리가 묻자 일부러 흔들거리게 만든 거라며, 늘 바다에서 서핑할 수 없다면 이런 것도 나쁘지 않다고 말했다. 또 돌고래는 말했다.

흔들리는 보드를 원했다고. 그래서 자기를 흔들어줄 보드를 원했다고.

땅 위에서도 말이에요.

패들링

코와붕가가 뭐예요?

라고 분홍 코끼리에 남기고는 곧 메시지 삭제 버튼을 눌렀다.

그러지 말걸.

글은 사라졌지만, 대신 흔적이 남은 게 지질해 보였다. 딩벳 기호 같은 느낌표와 '삭제된 메시지입니다'라는 알림 내용이.

단톡방은 한 달 후면 흐지부지되다가 6개월 안에

폭파될 거라고, 돌고래 말고는 다시 양양으로 가는 사람은 없을 거라고 생각했다. 처음에는 오프 모임을 언제 할지, 어디서 할지 뜨겁겠지만 곧 이 열기는 식고, 각자의 현실로 돌아갈 거라고, 파도나 서핑은 그 겨울에 양양을 스쳐 지나간 오호츠크해기단 같은 게 될 거라고. 냉대에서 발생한 습윤한 그 기단처럼 훑고 지나갈 뿐이라고.

분홍 코끼리 방은 한 달도 안 되어 시들해졌다. 하지만 돌고래는 맥주를 만들기 위해 여전히 땅을 알아보고 있었고, 랜드 서핑보드를 타면서 지상에서 서핑하고 있었고, 양양으로 간 사람이 또 있었다. 해파리였다.

온갖 나무들이 적재되어 있는 창고 사진을 어느 날 해파리가 보냈다.

목공 배우세요?

내가 물었다.

중년 남자들은 왜 이렇게 목공에 끌리는 걸까. 내가 아는 얼마 되지 않는 남자 중에 목공을 하는 사람은 왜 이리 많은지. 책상에만 앉아 있어서 그런 걸까. 톱질을 하고 나무를 다루고 하며 일어나는 육체노동에 어떤 경외심이 있어 보였다. 몸을 쓰는 일이되 그나마 어느 정도는 정신적인 일이라서 그럴 것이라고 나는 생각하고 있다.

　자신을 벗어나려고 해봤자 결국은 자신의 테두리 바깥으로 한 발짝 나갈 뿐인 것이다. 아니면 한 발짝 안으로 들어오거나.

　보드 만들려고요. 우디 보드.

　이 말을 듣자마자 생각했다. 아, 도시를 떠났구나. 그는 오래전의 하와이에서 윌리윌리 나무로 만들었던 보드 같은 걸 만들려는 것 같았다. 그런 일은 어떤 각오 없이는 할 수 없는 일이라는 생각이 들었다. 도마도, 의자도 아니고, 보드라니.

　해파리는 후자였다. 그러니까 자기 안으로 한 발짝 들어온 사람.

　양미 씨였나 돌고래였나가 해파리에게 올해가 연구년이냐고 물었다.

　연구년은 무슨…….

　해파리는 임기가 올해까지였다고 했다. 재계약이 되지 않았다고도.

　연구 교수였거든요, 제가.

　이렇게 말해도 사람들이 잘 알아듣지 못하자 해파리는 이렇게 덧붙였다.

　이 년짜리 교수요. 겸임이다 연구다 뭐 초빙이다 전공이다 이런 말들 붙은 교수들은 교수 아니에요.

교수라고 생각할 수도 있겠는데…… 대학의 희망 고
문이죠.

그러다가 임용되기도 하지 않나요?

돌고래가 묻자 해파리는 이렇게 답했다.

누군가는요. 될까……? 되겠죠.

그러고는 이 말을 들려줬다.

그런 말을 하더라고요, 누가. A트랙이랑 B트랙이
있는데, B트랙으로 시작했으면 끝까지 B트랙으로
가는 거라고. 정년 트랙, 비정년 트랙 뭐 이렇게 말씀
하시는 잔인한 교수님들이 계시죠. 종신 보장되시는
테뉴어 받은 분들. 다 아는걸…… 인격이 참 그렇죠?

도시로 돌아왔지만 생각할 수밖에 없었다. 일주일
동안 양양에서 지냈던 그 겨울에 대하여. 패들링을
시도하던 12월 말의 동산해변 바닷가에 대하여. 그
사람들과 나에 대하여. 바다에서의 서핑과 도시에서
의 서핑에 대하여.

서핑은 끝나지 않는 것이다.

이 사람들이 서핑을 하는 게 아닐까?

코인 열차에 탑승하지도 못하고, 전 재산을 털어
서 서울 부동산은커녕 경기도나 지방에 갭투자도 못
하고, 배포 있게 베팅하는 사람들과는 다른 방식으
로 세상을 견디고 있는 사람들…… 돈을 버는 방법

은 배우지 못한 사람들이.

왜 그런 거 있잖나. 모든 걸 떨쳐버리고 바닷가로, 바닷가가 아니더라도 시야가 툭 트인 어디로든 달려가고 싶은 마음. 창 내고자, 창 내고자, 이 내 가슴에 창 내고자…… 이런 마음 말이다.

에고서핑을 하던 장면도 떠올랐다. 떠올린 게 아니라.

양양에서 서핑한다는 건 그런 거지. 존나 가혹해요. 헬조선 아니고 헬서핑이야.

돌고래가 말했다.

파도도 잘 안 오는데, 사람은 엄청 많아. 물 반 고기 반이 아니라 물 반 서퍼 반이야. 여름의 양양은 정말 헬이에요. 그나마 파도가 오는 게 겨울인데. 이렇게 슈트로 꽁꽁 싸매고 해야 하죠.

양미 씨가 말했다.

양양이나 제주서 태어나서 살고 있는 로컬이 아니면 주말마다 여기 오는 건 엄청난 거거든요? 일상생활 다 희생하고, 좋아서 오는 거겠지만.

다시 해파리가 말했다.

저…… 잘은 모르겠지만, 한달살기랑 서핑이랑 비슷한 현상이 아닐까요? 한국에서 말이에요.

이야기를 듣다가 내가 말했다.

말이 돼요. 한달살기의 심리학, 한국에서 서핑하기의 심리학에 대해 공통점을 찾자면, 학자가 되어가지고 미리 예단하고 그러면 안 되겠지만, 가설을 세워보자면요. 이 한마디로 정리될 수 있을 것 같아요.

해파리가 말했다.

뭔데요?

양미 씨가 물었다.

오죽하면 그러겠어?

이 말을 듣자마자 우리 모두 웃었다.

이게 사는 건가?

나는 웃으면서 이렇게 말하지 않을 수 없었다. 그렇게 웃음은 점점 더 커졌던 것이다.

이 장면을 떠올리면 자꾸 그때처럼 웃음이 났다. 코가 간질간질해졌고 큭큭거리는 내가 있었다. 나는 웃다가 컴퓨터를 열어서 이 글자를 타이핑했다.

한달살기 품목을 판매해봐.

누가 이런 말을 했었는지 기억나지 않았다. 하지만 그건 중요하지 않았다. 이 글자 바로 옆에서 깜빡거리는 커서를 보던 나는 머리를 묶었다. 구스 아일랜드를 마시면서 타이핑하기 시작했다. 할 말이 있었기 때문이다.

테이크 오프

인턴 기자로 보이는 여학생은 나를 인터뷰한 꼭지의 제목을 이렇게 붙였다. 파도 타는 법을 알려드릴까요?

기사는 이렇게 시작된다. 이제이는 서퍼다. 도시의 파도를 가르는 시티 서퍼. 도시의 파도 말고 바다의 파도를 타고 싶을 때가 서퍼가 되는 때라고 했다. 그러니까 진짜 파도를 원할 때가 그때라고……. 정확한 문장은 아니고, 대략 이렇게 시작되는 글이었다.

인생의 온갖 타이밍을 바다와 파도와 물결과 너울과 폭풍우와 격랑과 서퍼에 대한 비유로 채운 인터뷰였다. 노 부장의 영향인지 내가 생각하기에 가장 안 좋은 글은 비유로만 가득한 글이라고 생각했었는데, 인턴 기자의 글은 그렇게 나쁘지만은 않았다.

과장되긴 했어도 거짓말은 아니었다. 여전히 나는 서핑 중이었으니까. 회사에서도 서핑, 집에서도 서핑, 가끔은 바다에서 서핑하는 나를 상상했고. 그리고 회사에서는 서핑과 한달살기와 공유 오피스를 묶은 워케이션 제품을 출시했고, 화제를 불러일으켰다.

사람들이 다 알 정도는 아니고 이 업계에서 바이럴되는 정도로. 인스타그램의 돋보기 창에 '도시 서퍼 이제이'라고 뜬 걸 보고 얼굴이 화끈거렸다.

아마도 앤드루가 바이럴 마케터를 고용한 결과이 겠지만, 그러니까 나를 앞에 두고 우리 회사와 그 상 품에 대한 홍보를 하려는 의도이겠지만, 기분이 나 쁘지는 않았다. 길어봤자 일주일짜리 유명세라는 생 각이 들었기 때문이다. 나의 삶에 어떤 영향도 미치 지 않을, 그저 잠시 나를 우쭐하게 해줄 뿐인 그런 유 명세. 구스 아일랜드를 마시면서 내가 썼던 게 이 기 획안이었다.

서퍼케이션. 이게 그 상품의 이름이다. 서핑과 워 킹과 베케이션을 섞어서, 서핑과 워케이션을 섞어서 내가 만든 단어였다.

서퍼케이션?

시퍼케이션.

어감이 별로지 않아? 질식해서 죽다라는 뜻도 있 잖아. 이거.

캐시는 이렇게 말하면서 '서퍼케이션'이라고 검색 하면 나오는 'suffocation'을 가리켰다.

그러게.

저런 캐시의 노이즈들이 거슬리지 않았다. 파도를 기다릴 때 바다에서 들었던 조류가 찰랑거리며 내는 백색 소음들…… 청색 소음이라고 해야 하나? 그 소음들이 좋았는데, 캐시의 노이즈도 백색 소음으로 생각하면 견딜 만한 것이다. 백색 소음이 존재하지 않는 도시처럼 지루한 것도 없을 거라고 생각하기에.

도시의 소음은 바다의 소음처럼 아름답지도 평화롭지도 않지만 도시란 그런 곳이다. 내 마음으로 밀려왔다 밀려가는 물결들을 끊임없이 다스려야 하는 곳. 그렇게 도를 닦는 곳. 내가 단골인 템플 스테이의 상좌 스님은 이렇게도 말하지 않았던가.

도는 도시에서 닦는 것이지요.

노이즈 캔슬링 기능이 있는 이어폰을 끼기라도 한 것처럼 나는 소음들을 흘려보내거나 내 작업의 이펙트 효과로 활용하고 있었다.

동산해변과 죽도해변, 인구해변을 세 거점으로 잡았고, 숙소 선택 옵션에 캠핑카 스테이도 추가했다. 실제로 캠핑카에서 살아보면 불편하지만 사람들이 서핑을 하면서 같이하고 싶어 하는 게 캠핑카에서 지내는 것이라고 양미 씨가 말했던 걸 기억해내서. 그리고 선라이즈 요가를 추가할 수 있게 했다. 물론, 선셋 요가도.

잘되지는 않았지만 서핑을 하려고 애쓰던 순간의 기분만큼이나 선라이즈 요가를 하는 순간도 좋았기 때문에 다른 사람들도 싫어할 이유가 없을 거라고 생각했다.

내가 좋아하는 동작은 가슴을 여는 동작이었다. 이름은 뭔지 모르겠지만, 오른쪽 팔로 매트를 지지한 채 왼쪽 가슴을 천장 쪽으로 들어 올리고, 다시 왼쪽 팔로 매트를 지지한 채 오른쪽 가슴을 천장 쪽으로 들어 올리는 그 자세.

이걸 하고 있으면 나는 어떤 화나 짜증도 다 공중으로 날려 보낼 수 있을 것 같다는 생각이 들었다. 그런 걸 신을 믿는 사람들은 아마 초월이라고 하겠지.

결과는 대박이었다. '대박'이라고 말한 건 캐시였다. 캐시는 너도 인생의 목표가 마흔 전에 파이어족이 되는 거였느냐고 물었다. 자기는 바보같이 마흔 전에 10억을 벌어서 은퇴할 거라고 말했는데, 너처럼 아무 말도 하지 않고 준비하는 사람들이 더 무섭다며.

아주, 앙큼해.

나는 그 이야기를 할 때의 캐시가 순진하다고 생각했다. 캐시가 바라는 라이프 스타일대로 살려면 10억은 너무 우스운 돈이 되었기 때문이다. 나도 없고, 캐시도 없지만, 10억이란 돈은 이제 한국이란 나라에서 그렇지 않나 싶어서.

그거 너무 이쁘다.

나는 캐시의 손톱에 그려진 스마일리를 보고 말했다. 진심이었다. 미간을 찌푸리면서 기분이 나쁘다는 걸 어필하려는 캐시의 얼굴과 달리 장난스럽게 웃고 있는 스마일리처럼 캐시도 그러고 싶을 거라고 생각했다. 그런 마음이 아니라면 스마일리를 넣어달라고 말했을 리 없을 거라고.

캐시 님 마음 다 알아. 고마워. 나는 이렇게까지 축하 못 해줄 것 같은데, 고마워.

옅은 하늘색 바탕에 파스텔 계열의 노랑으로 스마일리가 그려져 있었다. 푹신하고 달콤해 보여서 마시멜로가 떠올랐다.

정부와 강원도에서 협력인지 주관인지를 하는 무슨 로컬 크리에이터 양성 회의에 들어가게 되었다. 에, 지역 균등 발전과 불평등 없는 경제 공동체를 만들라는 거룩한 소명을 갖고 에, 이렇게 지금 우리가 귀한 시간을 쪼개서 에, 바쁘신 에, 분들께서 모였습니다. 기관장인지 협회장인지 하는 사람이 말했다.

강원도에서 대표 도시를 뽑으면 춘천, 강릉이었잖아요. 아니면 속초 정도.

그렇죠. 양양이 이걸 다 뒤엎었거든. 양양의 화려한 출세랄까요.

아직까지 드러내지 못한 태백, 삼척, 정선, 이런 데

를 어떻게 할지 말씀 좀 해보세요.

요즘 지방 소멸이다 마을 소멸이다 해서 말 많잖아요. 출산율도 바닥에다, 지방은 더 이상 성장 동력이 없잖아요. 그런데 우리가 치고 올라가고 있는 거죠.

이런 말들이 오가는 자리에서 나는 성공적인 수익 모델 개발의 사례로 발표를 했던 것이다. 사회자가 말하는 걸 듣고서 나는 알았다. 성공적인 수익 모델을 개발한 사람이 나였구나라는 걸. 사회자가 이 프로젝트의 퍼실리레이터로 보였다.

일종의 테이크 오프였다. 그린 웨이브였고, 나는 보드 위에서 자연스럽게 섰고, 파도가 나를 밀어준다는 기분을 느꼈다. 아주 대단한 파도는 아니었지만 그래도 타볼 만한 파도였고, 파도를 타는 기분이란 뭐에도 비교할 수 없다. 발가락이 간질간질했다.

『서핑 교과서』는 테이크 오프의 타이밍에 대해 이렇게 말한다. "파도가 밀어주기 전에 패들링을 멈추고 푸시업을 하면 파도 뒤로 남겨지고, 반대로 파도가 나를 밀어주는 타이밍을 지나 부서지기 시작하여 솟아버리면 파도에 말려버린다"라고. 이번에 나는 파도 뒤로 남겨지지도 않았고, 파도에 말려버리지도 않았다. 실제로 파도를 탈 때는 그러지 못했지만.

제대로 서기도 했지만 좋은 파도였다. 그래서 기분

좋게 라이딩을 할 수 있었다. 그린 웨이브였으니까.

노즈 라이딩

나는 파란 하늘 아래, 에메랄드색 바다 아래, 하얀 거품 아래, 그야말로 딱 샌드색인 모래가 있는 사진을 보고 있었다. 엘리베이터를 기다리는 동안 시야의 정면에 보여서 어쩔 수 없이.

당신에게 화이트 비치를 선물합니다. 행복과 함께 잠시 쉬어 가세요.

사진 아래에는 이 글자가 있었고. 회사 엘리베이터 앞에 붙은 디지털 전광판에 영상 기능이 추가된 것이다. 동영상을 보여주는 기능이 반드시 있을 것 같은데, 흘러가는 영상이 아닌 정지해 있는 저 해변의 사진이 있었다.

엘리베이터 앞에도 또, 안에도 전광판이 있어서 볼 수밖에 없는데, 언제나 별게 없었다.

바다 쪽으로 하얀색 파라솔과 조악해 보이는 플라스틱 덱체어 두 개가 놓여 있었다는 이야기도 해야 할 것이다. 저런 풍경을 보여주면서 플라스틱 덱체어라니…… 그리고 행복이라니…… 라고 내가 생각했다는 것도.

저걸 휴양 이미지랍시고 제작한 회사는 시대적 감수성이 뭔지 모르는구나 싶었다. 아마 저 정도의 사진이 저들이 생각하는 행복의 이미지는 아닐 텐데. 인스타그램의 사진들만 봤더라도 저렇게 만들지는 않았을 것이라고. 소위 말하는 '갬성'이 부족한 사진을 보면서 나는 일 생각을 하고 있었다.

누군가가 충분히 성실하지 못했다고 생각했다. 아니면 지극히 뻔한 감수성의 소유자거나.

행복 뭘까?

우리 목표 뭐야?

행복하게 사는 거 아니야?

엘리베이터에 같이 탄 두 명의 남자가 주고받는 대화를 듣고 보니 전광판에 있던 행복이란 글자가 그리 나쁘지 않은 선택인가 싶었다. 문제는 나일지도 모르겠다고.

한 명은 고야드 파우치를, 또 한 명은 빨간색과 흰색과 남색의 삼색 선이 있는 톰 브라운 파우치를 옆구리에 끼고 있었다. 강남 길거리에서 저 브랜드를 든 남자들은 너무 많아서 구분이 되지 않았다.

몇 년 전의 검정 롱패딩 같달까. 다시 저 파우치를 끼고 다니는 유행이 특정 남자들에게 돌아온 건가?

웬만해서는 일수 가방 같은 느낌을 지우기가 쉽지 않은데. 저 둘의 자세가 유난히 구부정해서 더 그래 보였다. 저들도 요가를 하면 좋을 텐데라고 생각했다.

요가를 평생 두 번 해본 사람이 그렇게 생각하고 있었다. 본인도 두 번 하고서 다시 하지 않고 있으면서. 나는 거북목이거나 어깨가 구부러진 많은 사람들을 볼 때마다 펴주고 싶다는 생각이 들었다. 저러다 잘못되면 얼마나 아플지 알고 있기에.

행복이란 무엇일까. 어쩌면 행텐 같은 걸지도 모르겠다. 행텐이란 발가락 열 개를 매단다는 뜻이고, 여기서 매다는 곳은 보드의 앞쪽 끝이다. 노즈라고 불리는 곳.

이 행텐이라는 자세를 『서핑 교과서』에서 보고 이걸 실제로 하면 어떤 기분일까 무척이나 궁금했다. 파도가 보드의 끝인 테일을 눌러주게 한 다음에 보드의 앞으로 조심스럽게 한 발 한 발 걷는다고 되어 있다.

두 발이 만들어내는 이 내러티브에 대해서 생각하면 나는 가슴 어딘가가 간질간질했다. 보드 위에서 두 발로 서기도 힘든데, 두 발을 떼서 계속 앞으로 전진하는 것이다. 그러다가 마침내 보드의 앞인 노즈까지 가서 양발을 나란히 놓는다. 발가락 끝과 보드의 둥근 코를 나란히 놓는다. 그러고는 행텐.

구름 위를 걷는 기분이었을 거야.

대디가 흥얼거리던 노래 중에 이런 게 있었다는 사실이 떠올랐다. 그런 가사는 없었고, 실제의 가사는 이랬다.

꼭 그렇진 않았지만 구름 위에 뜬 기분이었어
나무 사이 그녀 눈동자 신비한 빛을 발하고 있네
잎새 끝에 매달린 햇살 간지런 바람에 흩어져
뽀오얀 우윳빛 숲속은 꿈꾸는 듯 아련했어

산울림의 〈아마 늦은 여름이었을 거야〉라는 노래였다. 이 노래의 제목이 무엇인지 한 번도 궁금해하지 않았던 덕에 뒤늦게 이 가사를 음미하고 있었다.

저 첫 마디는 꼭 행텐을 한 서퍼의 평정에 대해 노래하고 있는 것 같았고, 그녀와 그녀를 보는 사람이 바다에 있는 것 같지는 않았지만 햇살과 바람과 구름이 함께 있어서 바다 위를 걷는 기분이 들었던 것이다.

예거밤을 마시면서 이 노래를 계속 들었다. 예거마이스터와 레드불을 섞은 이 음료를. 나는 예거밤을 처음으로 마시는 것이나 다름없었다. 서피 비치에서는 하도 코로나와 섞어 마셔서 거의 기억이 나지 않으니까.

내가 이야기했던가? 서핑과 관련된 유튜브 계정들을 구독하기 시작했다고. 그중에서 가장 취향인 것이 레드불의 계정이었다. 파도 위에서 서핑하는 개나, 무동력 탈것으로 경주하는 사람들, 또 우주에서 다이빙하는 사람들보다 재미있는 게 있을 수 있나? 천문학적 돈을 써서 기발하고 이상한 볼거리를 진심을 다해 만드는 미디어 회사로 성장한 레드불의 마케팅에 나도 걸려든 것이다. 계속 보다 보니 참을 수 없이 레드불이 마시고 싶어졌다.

예거밤을 만들겠다고 예거 마이스터를 샀던 것이다. 나는 이번에 예거 마이스터가 짙은 갈색이라는 걸, 예거 마이스터는 산림 관리인이라는 뜻이라는 걸 알았다. 나무위키에서 권장하는 비율대로 예거 마이스터와 레드불을 섞었다.

아…… 정말 이상하다고 할 수밖에 없는 음료였다. 취하니까 술이라고 해야 하나? 아니다, 이건 음료에 가깝다. 어떤 기분인지 말하기 상당히 난감한데, 한없이 늘어지면서 동시에 한없이 각성되는 기분이었다. 왼쪽 심장은 빠르게 뛰게 하고, 오른쪽 심장은 거의 라르고의 속도로 기어가게 하는 느낌.

하나의 심장이 더 생긴 기분이랄까. 아니다. 하나의 심장이 두 개로 분화된 기분에 가깝다. 그래서 빠르게 뛰는 부분과 느리게 뛰는 부분의 이음선은 막 뒤틀리고…… 그럴 때마다 나는 움찔거렸다. 예거밤을 통해 유입된 슈퍼 생명체가 뉴런 안에서 내 감정과 육신과 맥박과 기분과 컨디션과 플로우와 이 모든 걸 휘젓고 있다는 생각이 들었다.

나는 길게 한숨을 내쉬었다. 예거밤을 마시면서 '이건 내 부모 같군'이라는 생각이 들었기 때문에. 대디와 엄마에 대해 생각했다. 나를 이완시키던 대디와 나를 각성시키던 엄마. 어쩌면 엄마는 아빠가 차지해버린 선한 주인공을 대신해 빌런 역을 맡은 게 아닌가 하는 생각마저 들었다.

말이 전력 질주하듯이 가슴이 다시 쿵쾅쿵쾅 뛰고 있었고, 나는 살아 있다는 것을 느꼈다. 진하다 못해 비린내가 날 정도인 풀과 나무의 초록 냄새가 코로 훅 끼쳤고.

이상한 일이었다. 늦은 여름이 오려면 한참 남아 있었기에. 그때는 정말 만나게 될까? 분홍 코끼리들 말이다.

띠링띠링.

한동안 아무것도 올라오지 않던 분홍 코끼리 방에

순식간에 메시지가 쌓이기 시작했다. 혹시 내 인터뷰를 뒤늦게 알게 된 누가 기사를 올려서 이 화제인가 싶었다.

다행히 아니었다. 7월 말에는 꼭 만나자는 이야기가 있었다. 이야기를 꺼낸 것은 우뭇가사리였다.

서핑 올림픽 같이 봐요.

최초의 서핑 올림픽인데 그래야죠.

꼭 만나요. 시제품으로 만든 맥주 가져갈게요.

사람들은 열렬하게 반응했다. 이들과 서핑 올림픽을 모여서 보지 않는다면 후회가 될 거라고 생각했다. 최초의 서핑 올림픽이라니. 2020년에 열려야 했던 도쿄 올림픽이 코로나로 일 년 연기되어 2021년에 열리는 것이다. 지바현의 쓰리가사키 서핑 비치에서.

명동을 지나가다가 엘지 트윈스 팬을 위한 전용 술집을 봤던 게 떠올랐다. 엘지 트윈스의 줄무늬 유니폼이 출입문에 걸려 있었던. 서핑 올림픽을 응원하기 위한 전용 술집이 있나 궁금했기에.

봄이 지나가고 있었다. 그리고 나는 보통 이상으로 사랑을 느끼고 있었다.

그날의 내가 보통 이상으로 사랑을 느끼는 대상은 내 인생이었다. 나는 나의 이 하루를 사랑하고, 제대로 사랑하기 위해 애쓰고 있었다.

분홍 코끼리가 날개를 달고 날아가고 있었다는 것
도 이야기해야 한다. 꿈이라고 생각하겠지만 분홍
코끼리가 날았던 것은 그날 밤 내 방에서였다.

15.
규칙 없음

세탁기에서 내가 빨래가 되어서 돌아가는 꿈을 꾸다가 깨어났다. 통돌이라고 불리는 서퍼들의 악몽. 와이프 아웃이라고도 불리는 악몽 안에 내가 있었다.

신나게 라이딩을 하다가 다른 보드와 부딪혀서 바다로 처박히거나 아니면 발목에 묶은 리쉬가 끊어지기도 했는데, 가장 무서웠던 것은 이안류에 휩말려 다시 해안으로 돌아가지 못하는 꿈이었다. 괴물 상어에게 잡아먹히거나.

잡아먹히는 과정은 영원할 것 같았다. 상어는 이빨이 세 겹으로 되어 있어서, 꿈속의 내가 상어의 이빨을 부숴도 계속 이빨이 우두두두 하면서 자라났던 것이다. 그러면 나는 다시 괴성을 지르면서 이빨을 부수고, 상어의 이빨은 다시 자라나고, 나는 피를 흘

리고, 상어도 피를 흘리고, 바다의 비린내에 피비린
내가 섞여 코를 찌르는 꿈이었다.

서핑을 시작한 후 이 꿈을 자주 꾼다.

그렇다. 서핑을 시작한 것이다. 세상에는 서핑을 한
번도 안 해본 사람은 있어도 서핑을 한 번 해보고 다
시 하지 않는 사람은 없다는 말을 듣고 비웃던 내가.

6월의 첫 번째 토요일부터 양양으로 갔다. 오랫동
안 비워둔 나의 해변 아파트로. 오랜만의 와이키키
로. 또 동산해변으로. 넓은 소나무 숲이 있는 그 깨끗
하고 다정한 바다로.

해안의 집도 있고, 차도 있었으니, 이제 보드만 사
면 되었다. 서핑 영화에서는 서핑보드가 생기면서
영화가 시작되는데, 나는 서핑보드를 사면서 이야기
를 마무리하게 되었다. 나 같은 사람에게 보드를 사
는 일이 일어나다니.

서핑 음악을 만들었지만 서핑을 해본 적이 한 번
도 없다는 비치 보이스의 브라이언 윌슨처럼은 되
지 못한 것이다. 캘리포니아의 서핑으로 유명한 동
네에서 태어났음에도 온 동네 사람들이 서핑을 하
러 다니는 분위기 속에서도 서프 뮤직만 만들고 바
다에는 들어가지 않은 그의 정갈한 뚝심을 존경했
었는데.

롱보드와 숏보드 중에서 당연히 나는 롱보드였다. 나에게는 화려하고 대담한 기교를 위한 숏보드보다는 물에 잘 뜨고 안정적인 롱보드가 필요했으니까. 또 혹시 아나. 언젠가는 행텐을 하게 될 날이 올지도. 행텐을 하려면 롱보드가 있어야 했다.

롱보드도 타고 싶고 숏보드도 타고 싶은데…… 둘 다의 장점을 누리려면 펀보드겠죠?

와이키키에 보드를 사러 갔다가 이 말을 들었다. 그런 건 없다고, 두 가지의 장점을 다 취할 수 있다면 모든 사람이 펀보드를 사지 않겠느냐고 말하고 싶었다. 하지만 그러지 않았다.

주말을 양양에서 보내고 서울로 돌아와 가장 달라진 점은 내가 사람들의 발을 보기 시작했다는 것이다. 저 사람 중에 어떤 사람이 구피일까? 왼손잡이처럼 이는 쉽게 알 수가 없는 것이다. 서핑을 해봐야 한다. 아니면 보드라도 타거나.

킥보드를 타고 다니는 사람들도 더 이상 피해 다니지 않게 되었다. 혹시라도 부딪힐까 봐 자전거든 킥보드든 할 수 있는 한 최대한 피해 다녔었다.

나는 이제 그들의 발 포지션이 궁금하다. 어떤 발이 뒤로 오는지, 발의 간격은 어떠한지, 서핑을 한다면 좋은 서퍼가 될 자질을 가진 사람은 누구인지. 점

쳐본다.

그날의 포춘쿠키 같은 거랄까. 내가 회사로 가기 전, 300미터가 못 되는 거리 동안 만나는 킥보더들 중에서 구피를 만난다면 운이 좋은 거라고. 만나지 못한다고 해도 침울하지는 않았다. 사람들의 발에 집중하고 있으면 마치 내가 서핑보드를 타고 있는 듯한 기분이 들었으니까.

서핑 바이브. 비치 바이브라고 해야 할지도 모르겠다. 나는 테헤란로에서 서핑 바이브를 느끼고 있었다.

와이키키 해변에서 알로하셔츠를 입고 쓰레기를 줍는 남자들인 비치 보이스와 캘리포니아의 서핑 바이브를 노래하는 비치 보이스의 보이스와 파도의 보이스와 이 모든 것들이 섞여서 울려대는 것이다. 모노 방식으로 녹음된 카세트테이프처럼.

아, 와이키키의 비치 보이스 이야기도 해야겠다. 이 이야기를 해준 것은 돌고래였다. 역시나 분홍 코끼리 방에서.

비치 보이스 알아요?

비치 보이스 모르는 사람도 있어요? 노래를 안 듣는 사람도 그 정도는 다 알지 않나.

이렇게 말하지는 않았고, 나는 해파리와 돌고래가

주로 이야기하고, 가끔 우뭇가사리가 끼어드는 그 대화를 보고 있었다.

그가 말하는 비치 보이스는 브라이언 윌슨의 그 그룹이 아니었다. 와이키키 비치에 비치 보이스가 있다고 했다.

거기 왜요?

와이키키 해변의 비치 보이스는 와이키키에 온 관광객들에게 서핑을 가르쳐주는 남자들이라고 했다.

다 남자만 있나? 여자한테 배우고 싶은 사람은요 그러면?

말이 그렇다는 거지, 비치 보이스 앤 걸스라고 해 봐. 느낌이 덜하지 않아? 비치 걸스 앤 보이스라고 하는 사람은 또 없을 것 같아?

그렇기는 하다. 세상의 모든 사람과 모든 관점을 만족시키며 할 수 있는 일이란 애초에 존재하지 않는 것이다.

왜 보드를 깎는 게 하와이에서는 의례의 한 가지였는지 알겠다고 해파리는 말했다. 나무 냄새가 일단 좋고, 반복적이고 규칙적인 리듬에 맞춰 거대한 타원형을 만드는 게 수행 같다고도.

윌리윌리 꿈도 꾸었다. 대디와 어린 내가 나오는, 오아후의 내 방이 배경인 꿈이었다.

하와이에만 사는 게 윌리윌리 나무라고 했다. 그
렇다. 나는 처음으로 듣는 이야기 같다. 건조한 열대
숲에서, 바람이 불어가는 쪽에서, 높은 곳에서 자란
다. 그런 데가 어디 있을까? 대디는 이렇게 물으며
이야기를 이어갔다.

벼랑 끝이야. 바다를 향해 있는 벼랑 끝, 거기서 윌
리윌리는 자라. 바다를 향해 얼굴을 내밀고 있는 윌
리윌리를 생각해보라고 대디는 말했다. 바다를 향해
가고 싶은데 발이 벼랑에 박혀 있어, 그러면 어떻게
할래?

윌리윌리를 본 적이 없던 나는 어떻게 생긴 나무
냐고 묻는다.(꿈에서의 나는 그랬다.) 껍질이 부드럽다
고, 4월부터 7월 사이에 꽃이 핀다고 했다. 오렌지색,
연어색, 노란색, 붉은색 꽃이 피는데, 어떤 나무에서
는 이 색깔의 꽃들이 모두 피기도 한다고.

이쁘겠지? 그 이야기를 듣자마자 나는 윌리윌리
가 좋아진다. 마시멜로의 색보다 더 달콤하고 자극
적인 색들이 한데 핀 나무에 대해 생각하니 마음이
터질 것 같다.

이 나무로 서핑보드를 만들었다고 했다. 윌리윌리
나무는 물에 잘 뜨는 성질을 가졌고 냄새도 좋아서
괜찮은 서핑보드가 되었다고. 그래서 바다 위를 둥

둥 뜰 수 있었다고. 마침내, 월리월리는 꿈을 이룬 거지. 바다로 가는 꿈을 말이야.

그런데 말이야. 대디는 이런 식으로 화제 전환을 하거나 나의 주목을 끄는 말들을 넣는 것을 잘했다. 아무나를 위한 서핑보드는 아니었어. 월리월리 나무를 원한다고 해서 누구나 이걸로 보드를 만들 수는 없었어. 왕들만 가능했어. 왕처럼 힘이 센 사람이나. 월리월리 나무는 엄청나게 긴 서핑보드가 되었어.

올로. 그게 월리월리 나무로 만든 서핑보드의 이름이야. 파파헤날루라고 부르기도 했어. 파파헤날루? 하와이 말은 암호 같고, 그래서 모르겠고, 그 아득함이 나는 좋다.

이 이야기에서 가장 좋아하는 건 아직 말하지 않은 이 부분이다. 월리월리 나무의 꽃이 나무에 매달려 있는 동안의 이야기. 월리월리에 꽃이 피면 허밍버드가 날아다니며 수분을 한다. 허밍버드를 한국에서는 벌새라고 부른다고 대디는 말했다.

왜 벌새라고 하는지 알아? 새인데 벌 같아서 벌새래. 벌 같은 게 뭐야? 벌처럼 나는 거지. 새처럼 후두두둑 날지 않고 부우우웅 이렇게. 부우우웅 날아다니면서 월리월리의 꽃가루를 만나게 해주는 거야. 그러면?

그러면? 그러고도 한참을 나무에 매달려 있어. 빨리 뭔가가 일어나지 않아. 기다리고 또 기다려야 해. 언제까지? 비가 올 때까지. 아주 큰비가 올 때까지 꽃은 나무에 매달려 있어야 하는 거야.

이 말을 들으며 나는 나무에 매달린 그것의 시야에 대해 생각했다. 높은 벼랑에, 거기에 키가 큰 나무에 매달린다면 어디까지 볼 수 있을까? 바다 어디까지 볼 수 있을까? 어지러워서 눈을 감았다. 눈을 감아도 파도가 밀려왔다.

윌리윌리 홀라 찬트를 부르기 시작하던 대디도 기억하고 있다. 말을 배우는 어린아이처럼 더듬거리면서 부르는 그 노래는 내가 듣던 다른 홀라와 구분이 되지 않았다.

좋지?

모르겠어.

이게 뭐냐고 말할 수는 없었으니까. 다른 노래와 똑같이 들린다고는 할 수 없어서 나는 이렇게 말했다.

하와이 말로 부르던 것을 중단하고 대디는 한국말로 옮긴 윌리윌리 홀라 찬트를 이야기해 줬다.

아아! 나는 거대한 상어에게 잡혔구나.

세 겹의 이빨을 가진 랄라키아Lala kea에게.

로노Lono의 땅이 사라졌다,

깊고 푸른 바닷속에서 불타오르는

성난 눈을 가진 니우히Niuhi,

이 괴물 상어에게 갈가리 찢겨서.

아아! 아아!

윌리윌리 나무의 꽃이 필 때

바로 그때가 상어의 신이 물 때다.

아아! 나는 거대한 상어에게 붙잡혔도다.

오 푸른 바다여, 오 어두운 바다여.

거품으로 얼룩진 카네Kane의 바다여.

나는 춤을 추면서 얼마나 기쁜지!

아아! 괴물 상어에게 잡아먹혀서!

정말 이상한 노래지 않니? 나는 고개를 끄덕이며 말했다. 이상해. 하지만 무섭지 않았고, 자려고 누워도 계속 생각이 났다. 괴물 상어에게 잡아먹혔는데 왜 기쁜지, 그게 춤까지 출 만큼 기쁜 일인지 모르겠지만, '나'는 누구일까 궁금했다. 윌리윌리 홀라 찬트에서의 나는 누구인지. 또 윌리윌리 홀라는 어떻게 추는지. 그리고 어째서 랄라키아와 니우히는 윌리윌리 꽃이 필 때만 무는지.

내가 아이였던 시절 대디가 했던 이야기는 꿈속

에서 반복되었고, 파도처럼 밀려 나갔다 밀려오면서 내게로 끊임없이 흘러왔다. 이 꿈은 슬프면서도 슬프지 않았고, 기쁘지 않으면서도 기뻤다.

마지막으로 서핑을 시작하기로 한 그날에 대해 이야기해야겠지.

파도 읽기

회사에서 나와 아셈타워 쪽으로 걷다가 보았다. 건물 사이에서 요동치는 그것을.

파도였다. 거대한 수조 안에서 격랑을 일으키고 있는 파도. 빌딩 숲 사이로 바다가 나타났던 것이다.

코엑스 광장 앞에서였다. 푸른 크리스털 같은 파도가 있었다. 모래도, 리프도 없이, 투명한 사면에 부딪혀서 자신 안으로 돌아오는 저 갇혀 있는 메아리를 파도라고 해야 하는지는 모르겠지만. 파도의 진수라고 할 수 있는 원통형의 배럴은 생기지 않았다. 그저 세차게 부서지는 화이트워터…….

삼성역의 파도는 매시 정각과 삼십 분마다 한 번씩 쏟아져 나왔다. 시간을 재어보니 러닝타임은 일분 삼십 초였다. 핸드폰에 코를 박고 지나가던 사람

들도 멈추고 파도를 보았고, 킥보드를 타고 지나가
던 사람들도 파도를 보았고, 나처럼 근처에서 일하
는 사람들도 파도를 보았고, 일부러 그 파도를 보러
오는 사람들도 있었다.

잠실 석촌호수에 나타난 러버덕만큼 화제는 아니
었지만 나는 거기를 지날 때 잠시라도 멈춰 그걸 올
려다보는 사람을 열 명은 보았던 것이다.

광고인지 영상인지 경계를 알 수 없는 이 작품의
이름은 'Wave'였다. 그 파도는 격렬했고, 열렬했다.
그래서 나는 그 파도가 이상했다. 현실의 파도는 그
토록 요동치지 않는 것이다.

가짜가 왜 충격을 주지?

가짜는 열심히 한다는 우뭇가사리의 말이 떠올랐
다. 그 겨울 내가 본 동산해변의 파도를 떠올렸다. 잔
잔하다가 뭔가가 밀려오기 시작하고, 세트로 오기도
하고, 사라지는가 싶으면 갑자기 큰 파도가 덮치기
도 했다. 불연속성이 주는 아름다움이 거기 있었다.
그래서 평생 서핑을 한다고 해도 파도를 읽는 일은
불가능하다고 생각했다.

그런데, 이 파도에는 규칙이 있었다. 격렬했으나
연속적이었고, 그래서 예측할 수 있었다. 하지만 겁
이 났다. 낮은 건물이 거대한 수조를 이고 있고, 그

수조 안에서 파도가 거세게 출렁거려서 그 앞을 지나갈 때마다 마음이 조마조마했다. 파도가 바깥으로 쏟아져 나올까 봐.

도망쳐, 저 멀리.

그 파도를 볼 때마다 파도가 나한테 그렇게 말하는 것으로 들렸다. 또 이렇게.

나처럼 갇혀 있지 말고.

파도는 갇혀 있는 것으로도 보였다. 파도 해방군이 나타나 저 수조를 깨트린다면 어떤 일이 일어날까? 〈폭풍 속으로〉에서 체제를 전복하기를 원했던 아나키스트 서퍼 보디였다면 도끼를 들고 나타나 수조를 깨는 행위 예술을 하지 않았을까? 나는 복면을 쓰고 은행을 터는 그 4인조의 모습이 행위 예술 같다고 생각했다. 세상에 내리치는 도끼질. 아찔하고 흥이 나는 도끼질.

그 도끼를 빌려 저 수조를 깨트리고 싶다고 생각했다.

그러지 못했다. 대신 꿀렁이는 그 움직임을 보면서 나는 서핑하면서 일하고 휴가도 즐기는 한달살기 제품을 기획했고, 서퍼케이션이라는 이름으로 출시했다. '워케이션 가이드'라는 구독 서비스를 발행하기 시작했다. 그러고는 서핑을 해야겠다고 생각했던 것이다. 도시에서 하는 서핑이 아닌 바다에서 하는 진짜 서핑을.

해변 아파트는 여전히 비어 있는 채였다. 나는 그걸로 무엇을 할 수 있을까? 에어비앤비에 대해 연구하긴 했지만 그걸 에어비앤비라는 마켓에 내놓는 건 또 다른 종류의 일이었다. 그렇다면 여기에 사는 것은? 아침마다 거실 베란다 밖으로 펼쳐진 수평선을 보며 그날의 파도와 그날의 날씨를 확인하는 일은 내게는 그리 매혹적이지 않았다. 그리고 파도는 읽을 수 있는 게 아니기도 하고.

한밤의 파도를 떠올렸다. 그래. 나도 한밤의 파도 옆에 있던 날이 있었다. 그런데 바다는 어땠지? 기억나지 않았다. 사람이라는 바다 안에서 일렁이는 파도를 보느라 한밤의 바다는 잘 보지 못했다는 생각이 들었다.

18층 화장실 안에서, 삼성역 일대가 내려다보이는 화장실 안에서, 저 멀리 봉은사 경내까지도 보이는 화장실 안에서 나는 그러고 있었다.

도시의 파도에 대해 생각했다. 서핑은 원래 도시에서 하는 거라는. 킥보더들이 하는 것처럼 전동장치 위에서 하는 그런 서핑에 대해. 나는 누구인지 모르겠는 누구와 이야기하기도 했다.

난 가끔 그런 생각을 해. 저 중에 누가 서퍼일까. 위대한 서퍼일까라고.

위대한 게 뭔데?

지지 않는 거.

뭐에 지지 않는?

자기에게 지지 않는 거.

내일의 해가 뜨면 내일의 서핑을 하는 거지.

오늘의 파도에서는 오늘의 서핑을 하고.

이런 이야기를 말이다.

나는 지하철 2호선 속에서 흔들리고 있었고, 지하철이 한번씩 크게 요동칠 때마다 넘어지지 않게 양다리에 힘을 주었다. 바닥이 서핑보드이거나 요가 매트이기라도 한 것처럼. 그러고서 어깨를 펴고, 가슴을 열려고 하고 있었다.

보드 아래가 아니라 하늘이나 바다 너머를 보려고 하면서. 파도가 없었지만 파도를 생각하면서. 서핑을 배워야겠다고 생각했다.

계속 파도가 밀려왔고, 나는 파도를 보고 있었다. 큰 파도가 밀려오고 한참 동안 잠잠하더니 파도가 연속으로 두 번 밀려왔다. 세트였다.

파도는 한 번 더 밀려올 것이고, 이제 내가 타야 할 타이밍이었다. 파도가 저 멀리서 다가오고 있었다.

희미하지만 저 물결은 파도였다.

참고 자료

· 제사로 쓰인 미나가와 아키라의 글은 『그 남자, 그 여자의 부엌』(오다이라 가즈에 지음, 김단비 옮김, 앨리스, 2018)에서, 미셸 마페졸리의 문장은 『부족의 시대』(미셸 마페졸리 지음, 박정호·신지은 옮김, 문학동네, 2017)에서 가져왔다.

· 4장의 간헐적 단식에 관한 정의는 나무위키에서 가져왔다.

· 4장의 골든게이트 브리지에 관한 설명은 마이크로소프트 엣지에서 자동으로 연동되는 내용을 가져왔다.

· 4장의 인스타그램 수익형 광고 관련 내용은 인스타그램 광고에서 가져왔다.

· 6장의 코로나 맥주 광고 캠페인의 문장은 유튜브의 해당 영상에서 가져왔다.

· 9장에서 양미 씨가 말하는 티칭 내용과 14장과 15장의 서핑 교습법(보드, 패들링, 테이크 오프, 노즈 라이딩, 파도 읽기)은 『서핑 교과서』(이승대 지음, 보누스, 2017)를 참고했다. 본문에서 직접 인용한 부분 또한 이 책에서 가져왔다.

· 12장의 '감정 공동체'는 막스 베버의 '반응 공동체'를 변용해 이렇게 이야기한 어느 사회학자의 의견을 읽고 기억해둔 것인데, 그가 누구였는지는 기억이 나지 않는다.

서핑 용어

ㄱ

구피 Goofy   서핑보드를 탈 때 오른발을 앞으로 내미는 사람.

그린 웨이브 Green Wave   부서지기 전의 파도. 화이트워터와 대비되는 개념.

ㄴ

노즈 Nose   보드의 앞쪽 끝부분.

노즈 라이딩 Nose Riding   보드의 앞쪽 끝에 서퍼의 발을 올리는 롱보드에서의 기술.

ㄷ

덕다이브 Duck Dive   파도가 덮쳐 올 때 보드를 눌러 잠수해 파도 밑으로 빠져나가는 기술. 오리의 잠수 모습에서 이름을 따왔다.

ㄹ

라인업 Line Up   서퍼들이 그린 웨이브를 타기 위해 파도를 기다리는 구간.

롱보드 Long Board   8피트 이상의 길이를 가진 보드. 넓은 면적과 높은 부력 덕분에 테이크 오프가 빠르며 안정감이 뛰어나고 부드러운 턴에 용이하다.

리프 브레이크 Reef Break   해저면이 돌과 산호초로 이루어져 강한 파도가 일어나는 서핑 장소.

리쉬 Leash   서퍼의 다리와 보드를 연결하는 안전 보호용 줄. 보드에서 떨어졌을 때 몸이 떠내려가지 않게 잡아주는 생명줄 역할을 한다.

립 Lip   파도가 부서지기 전 최고조에 달했을 때의 정상 부분.

바텀 턴 Bottom Turn　파도 하단(바텀)까지 내려왔다가 다시 위쪽으로 올라가는 기술.

백 사이드 Back Side　사이드 라이딩의 한 종류로, 부서지는 파도를 등지며 타는 것.

부기보드 Boogie Board　엎드린 상태에서 파도를 타는 보드. 바디보드(Body Board)라고도 한다.

비치 브레이크 Beach Break　해저면이 모래로 이루어진 곳.

숏보드 Short Board　길이가 짧은 상급자용 보드. 길이가 짧고 부력이 낮아 가볍기 때문에 퍼포먼스에 적합하다.

수프 Soup　파도가 부서져 거품이 되어버린 부분.

스탠드 업 Stand Up　보드 위에서 일어서는 것.

아웃사이드 Outside　부서지는 파도의 바깥 지점. 임팩트 존 너머이다.

오프 더 립 Off The Lip　파도의 립 또는 화이트워터에 보드의 바텀을 맞추어 파도의 힘으로 턴을 하는 동작.

오프쇼어 Offshore　육지에서 바다로 부는 바람. 서핑하기 좋은 조건의 바람이다.

온쇼어 Onshore　바다에서 육지로 부는 바람. 서핑하기 좋지 않은 조건의 바람이다.

와이프 아웃 Wipe Out　서핑을 하다가 중심을 잃거나, 다른 서퍼와 충돌하거나, 파도에 휩쓸려 심각하게 보드에서 떨어지는 것. 자칫 큰 부상을 당할 수 있다.

웻슈트 Wetsuit　기능성 원단으로 만들어진 서핑 및 잠수복. 체온 유지와 햇빛에 의한 화상 및 상처를 막아준다.

인사이드 Inside　해안과 라인업 사이 파도가 부서지는 곳. 일반적인 라인업 위치보다 안쪽으로 포지션을 잡은 경우를 가리킨다.

임팩트 존 Impact Zone　파도가 가장 강하고 지속적으로 부서지는 지점.

ㅋ

카빙 턴 Carving Turn　보드를 기울여 회전해서 파도의 위아래를 타는 기술. 바텀 턴의 기본이 되기도 한다.

컷백 Cutback　큰 원을 그리며 회전해서 속도가 빠르고 에너지가 강한 지점으로 돌아가는 기술.

쿡 Kook　서핑 예절을 지키지 않는 사람, 좋은 장비가 있지만 서핑을 못하는 사람을 가리키는 서핑 은어.

크레스트 Crest　파도가 가장 높아지는 정점. 피크와 같은 의미로도 쓴다.

ㅌ

터틀롤 Turtle Roll　보드를 뒤집어 파도를 뚫고 나가는 기술. 뒤집은 보드에 매달려 물속으로 잠수해 파도를 통과한다. 푸싱 스루로는 뚫지 못하는 큰 파도에서 사용한다.

테이크 오프 Take off　라이딩을 시작하기 위하여 보드 위에서 일어서는 동작. 팝업(Pop Up)이라고도 부른다.

테일 Tale　보드의 끝부분.

패들 Paddle　보드 위에 엎드려서 양손으로 물을 저어 보드를 전진시키는 동작. 패들링(paddling)이라고도 한다.

패들 아웃 Paddle Out　패들링해서 라인업을 향해 나아가는 것.

패들보드 Paddle Board　서서 노를 저으면서 타는 보드.

펀보드 Fun Board　숏보드와 롱보드 사이의 길이로 안정감과 회전감을 느낄 수 있는 보드.

포인트 브레이크 Point Break　바위 등으로 인해 파도가 집중적으로 부서지는 서핑 장소.

푸시업 Push Up　테이크 오프 과정 중의 하나로, 보드 위에서 상체를 일으키는 자세.

푸싱 스루 Pushing Through　패들을 해서 라인업으로 가다가 파도를 만나면 양팔로 보드를 누르며 가슴을 들고 파도를 팔과 보드 사이로 통과시키는 방법. 작은 파도나 거품을 넘어갈 때 많이 쓴다.

핀 Fin　보드에 끼워주는 지느러미 모양인 조타 장치. 라이딩 시 보드가 흔들리지 않게 해주며 방향 전환을 도와준다.

화이트워터 White Water　파도가 부서져 생긴 흰 거품 부분. 수프(soup)라고도 한다.

행텐 Hang Ten　두 발을 노즈 부분에 걸치는 기술.

SURFYY BEACH

한 번쯤은 온화한 웃음을 닮은 소설을 쓰고 싶었
다. 온화한 여름의 미풍이라고 해도 좋겠다. 라운지
음악처럼 느슨하게 풀어져 있는 그런 소설을. 풀어
져 있어 나른하지만, 그 나른한 기운에 둥둥 떠서 어
디로든 갈 수 있는 자유로운 소설을 말이다. 코끼리
가 누르는 것처럼 가슴이 꽉 죄어오는 갑갑한 밤이
면 그런 소설을 쓰고 싶다고 생각했다.

　2018년, 십 년 만에 양양에 갔다가 그들을 마주쳤
다. 검은 옷을 입고 겨울 바다에 둥둥 떠 있는 사람
들. 서퍼였다. 서핑 소설을 써야겠다고 생각했다. 서
핑에 대해 아무것도 몰랐던 때였지만 서퍼들과 함
께 거리를 걸으면서 나는 이 세계 안에 있고 싶었다.
2019년에도, 2020년에도 양양에 가서, 서퍼 비치와

동산해변과 인구해변과 죽도해변을 걸으며 어서 서핑 소설을 시작해야지 하고 의지를 다졌지만…… 현실은 녹록지 않았고, 2022년 여름에야 이 소설을 시작할 수 있었다.

소설을 쓰기 전에 서핑하는 스누피가 있는 맨투맨 티셔츠를 선물 받고 이건 계시라고 생각했다. 선물해준 분은 전혀 몰랐겠지만, 나는 이 서핑하는 스누피를 개시하면서 서핑 소설을 쓰겠다고 마음먹었다. 하지만 여름에 쓰는 바람에 입지 못했고, 소설을 다 쓰고 퇴고하면서 서핑하는 스누피를 입을 수 있었다. 서핑보드 위에서 파도를 타는 스누피의 귀는 바람을 따라 휘날리고 있고, 나는 그 덕에 여름 내내 한 번도 보지 못한 바다를 그려보았다. 또 그 전에, 양양의 해변 아파트를 제공해준 H에게 감사한다. 그 덕에 양양의 서퍼들을 만날 수 있었다.

나는 이 소설을 서울의 위워크에서 썼는데, 각자의 방식으로 자신의 인생을 헤쳐나가고 있는 내 앞의 사람들을 보면서 많은 영감을 받았음을 밝혀둔다. 파도를 기다리기도 하고, 파도를 타기도 하면서, 패들링을 하거나 라이딩을 하고 있는 그들에게.

중요한 건 공짜 맥주 같은 게 아니라고 『서평하는 정신』에 썼지만 나는 위워크에서 제공하는 맥주를 마시면서 이 소설을 썼다. 목요일과 금요일, 오후 네 시부터 여섯 시까지 제공하는 맥주는 직접 따라 마실 수 있다. 인생 최초로 맥주 탭을 당기기 전에 맥주 따르는 법을 숙지했다. 처음에는 잔을 45도로 기울여 맥주를 따르고, 맥주가 반 정도 차면 컵을 세워 마저 따르라는. 맥주 색이 보이는 유리잔에 마시지 않는다는 게 아쉬웠지만, 완벽한 맥주였다. 거품의 질감이라든가 냄새, 온도 같은 것들이. 디자이너 클럽 점에는 네 종의 맥주가 있고, 핸드앤몰트와 구스 아일랜드 아이피에이도 있었다.

무화과 컵케이크나 홍차와 스콘(클로티드 크림과 딸기잼을 얹은 제대로 된 스콘이었다)을 주는 날도 있었고, 추석에는 송편과 설기를 주기도 했다. 나는 위워크에서 주는 이 달콤한 것들을 먹으며 자본주의적인 환대에 대해 생각했다. 내가 지불한 돈이 달콤한 환대로 교환된 이 장면 속에 있으면서 달콤함이 되었든 환대가 되었든 나도 누군가에게 그걸 건네고 싶다고. 무화과의 속처럼 한없이 농밀하고 부드러운 마음이 되어서 말이다.

작가의 말을 쓰고 있는 지금 알게 되었다. 이 소설에서 이미 그걸 하고 있는지도 모르겠다고. 소설의 주인공 제이가 나의 친구로부터 가져온 인물이라 그럴 것이다. K를 생각하며 이 소설을 썼다. 파도를 연구하는 아버지를 가졌고, 외국에서 나고 자라 십 대 때 한국으로 돌아온 K. 처음 봤을 때 캘리포니아의 태양 같다고 생각했다. 그저 있는 그대로 신선하게 빛날 뿐인데 주변을 비추는 태양처럼 K에게는 힘이 있었다. 내가 본 적이 없는 사랑스러운 성격의 그녀를 부러워했다. 한 줌의 시기도 없이. 늘 생글생글 웃던 K가 어느 날 고백한 적이 있다. 그거 다 연기라고. 나는 크게 웃었고, 그녀를 더 좋아하게 되었다. 충분히 잘 살고 있는 그녀지만, 충분히 잘 사느라고 지나치게 애쓰는 그녀를, 모범적이고 훌륭한 삶을 사느라 마음이 타들어가기도 한다는 그녀를, 나는 서핑보드에 태우고 싶었다.

✦

이 소설을 쓰고 나서 알게 되었다. 나는 이 시대를 이해하기 위해 이 소설을 써야 했다고. 현실 감각이 부족한 내가 현실을 이해하기 위해 했던 나와의 투쟁이었다. 안쓰럽고도 가련한 투쟁을 이어가며 나는 안쓰럽고 가련한 투쟁들에 대해 생각했다. 나를 나로 살게 하기 위하여 사람들이 하고 있는 것들에 대해 생각했다. 그 힘듦을 잠시 다독거려 주는 작은 호사들에 대하여도. 크래프트 맥주라든가 서핑 같은 것들. 비트코인, 오마카세 스시, 슈퍼카, 건물주, 떡상, 샤테크처럼 듣기만 해도 정신이 혼미해지는 단어들에 현기증을 느끼며.

비치 보이스의 노래를 들으면서 썼다. 서핑 하면 비치 보이스, 비치 보이스 하면 서핑이니까. 여름과 서핑과 캘리포니아와 자유와 하얀 모래 등등으로 범벅된 산뜻한 노래가 여기 어딘가에도 묻었을 것이라고 생각한다. '아이 러브 유' 같은 노래 중간에 나오는 목소리라거나 '댄스 댄스 댄스' 하는 청유형의 외침도. 이 마음을 한껏 풀어놓은 이야기를, 바람에 나부끼는 스누피의 귀처럼 즐겨주셨으면 좋겠다.

작가의 말을 쓰고 있는 지금 이 순간까지도 나는 서울의 위워크에 앉아 있다. 내 앞에서 본인 인생의 파도를 타고 계셨던 그 도시 서퍼분들께 감사를 전한다. 저도 그래서 파도를 타볼 수 있었습니다.

이제 다시, 라인업으로 갈 시간이다. 업, 원 투!

2022년 가을
한은형

작가 인터뷰

7문7답

서핑하는 정신은
'자유를 찾으려는 적극적인 몸부림'

"나는 서핑을 하고 싶지 않았다. 절대로"라고 말했던 제이가 서핑을 시작하는 계기는 표면적으로는 양양의 해변 아파트를 유산으로 상속받게 된 일이겠지만, 어쩌면 제이가 사람 사이에서 오는 '인간성'에 목말라 있었던 게 아닐까 하고 생각했습니다. 이 부분이 소설의 주요한 전환점으로 느껴지기도 했어요. 어떤 아이디어로 이 장면을 쓰게 되었나요?

서핑하는 마음, 대체 뭘까?

먼저, 어떻게 이 소설을 쓰게 되었는지부터 이야기해야 할 것 같아요. '작가의 말'에도 잠시 썼지만, 2018년에 양양에 갔다가 서퍼들을 봤어요. 그들은 2018년의 서울과 다른 시공간에 존재하는 것 같았어요. 도시에서 우리가 사는 방식과 다른 방식으로 사는 것처럼 보였고요. 그래서 제가 잠시 다른 평행 우주로 온 느낌을 받았어요. 그들은 왜 그런 방식을 택했는지 궁금했죠. 왜냐하면, 제게 서핑은 더할 수 없이 번거로운 일처럼 보였으니까요. 원래 거기에서 나고 자란 사람보다 주말에 양양으로 와서 서핑을 하는 사람들이 많았고, 대체 서핑의 무엇이 그들을 움직이는지 궁금했어요. 제가 궁금한 건 알아야 하는 사람이라서.(웃음) '서핑하는 마음, 대체 뭘까?'라며 이 소설을 썼는데 조금은 알 것 같기도 하고, 하지만 여전히 미스터리이기도 하고 그렇습니다.

서핑보드 대신 아파트

해변에 있는 아파트에 묵었었는데, 아파트 주차장에 서핑보드나 서핑 관련 용품들이 가득하더라고요. 서핑을 하다가 거기 빠져버린 사람들이 그 아파트에 많이 살고 있었어요. 아파트의 베란다는 제가 소설에도 쓴 것처럼, 하늘과 바다를 아주 장대한 길이로 보여주는 곳이라서 서퍼들이 특히 좋아한다고 들었어요. 일어나면 베란다에 나가서 그날의 파도를 확인하기 좋다면서요. 1960년대 캘리포니아 서핑 신에 있던 서핑에 관련된 날씨의 요소들과 파도에 대해 들려주던 라디오 같은 거죠. 비치 보이스의 노래를 듣다가 이런 게 있다는 걸 알게 됐어요. 요즘에는 파도 앱 같은 게 있다고 들었는데, 서핑 스팟마다 너무 달라서 잘 맞지 않는다고 해요. 해저가 모래인지 바위인지, 또 해안선의 지형에 따라 파도가 너무 달라서, 바람의 세기만으로는 파도를 예측할 수 없는 거죠. 그래서 직접 보는 것만 믿는 서퍼들도 많다는 것을 알게 됐고요.

이 아파트에 지내면서 이야기가 떠올랐어요. 서핑이라면 질색인 인물에게 서핑하는 해변이 바로 앞에 있는 아파트가 주어진다면 어떤 일이 일어날까라고요. 많은 서핑 영화에서 주인공이 서핑에 입문하게 되는 계기가 서핑보드가 생겨서예요. 그걸 타보고 싶다는 생각을 하는데, 잘 안 되고, 그래서 고생하다가 서핑을 하게 되는 게 일반적인 서핑 영화의 플롯이에요. 저는 다르게 시작하고 싶었어요. 때문에 주인공에게 서핑보드 대신 서핑 비치 앞의 아파트를 준 거고요.

번아웃, 그리고 인간성

이 아파트가 주어졌으니 여기서부터 이야기가 출발해야 된다고 생각했어요. 그래서 번아웃에 빠졌던 제이를 간신히 일으켜 아파트 상가 술집으로 데리고 갔고, 거기서 제이가 함께하고 싶은 사람들을 만나는 걸로 이야기가 흘러갔어요. 의도했던 건 아닌데 그렇게 됐어요. 네 테이블 정도 되는 술집에는 특별한 게 있잖아요. 옆 테이블과 합석하지 않아도 귀를 기울이면 이야기가 다 들리고, 제가 아는 이야기가 나오면 끼어들고 싶다는 생각이 들기도 하는데요. 저만 그런가요?(웃음) 그런 환경이 주어졌으니 제이가 이끌리게 되었다고 봐요. 가끔 별로 친하지도 가깝지도 않은 사람한테 어떤 뭉클한 감정을 얻기도 하잖아요. 타인은 지옥이라지만, 그 타인이 어떤 사람인지에 따라 뜻하지 않은 도움을 받기도 하는 것 같아요. 그런 게 필요한지 몰랐는데 막상 얻고 나면 필요했다는 걸 뒤늦게 자각할 때가 있잖아요. 저는 제이도 그렇지 않았을까 생각해요. 지금 다시 소설을 읽어보니까요. 그걸 '인간성'이라고 해도 좋겠네요.

Q2 _____

본문 중에 "코로나의 시대에 코로나 맥주라니, 이것은 유머일까? 아니면 우연일까?"라는 문장이 있는데요, '코로나19/코로나 맥주'의 언어유희와 반어법이 재밌게 느껴졌습니다. 흔히 코로나를 두고 격리의 시대라고 하지만 주인공은 서핑 강습에 등록하고, 거기서 만난 사람들과 함께 코로나 맥주를 마시기도 합니다. 소설의 배경은 코로나19 3차 대유행의 시기와 맞물리는데, 소설 속 '코로나 시대'가 갖는 의미는 무엇일까요?

코로나의 시대에 코로나 맥주

코로나 시대에 코로나 맥주를 마시는 것, 이건 언어유희가 아니에요. 제가 만든 상황이 아니라 양양의 서피 비치에 가면 실제로 코로나 맥주가 서피패스라는 일일권에 포함되어 있어요. 2018년부터 서피 비치에 갔었는데, 2018년에도 2019년에도 서피 비치에는 코로나 맥주가 있었어요. 2020년에 서피 비치에 다시 가면서 여전히 코로나 맥주가 있을까 궁금했는데 여전히 있었고요. 바이러스와 이름이 같은 바람에 코로나 맥주도 억울하겠다 싶었는데, 잘 버티고 있어서 어쩐지 찡했습니다. 코로나 시대를 지나고 있는 자영업자들 생각도 했고요.

코로나 바이러스라는 이름이 붙은 게 왕관 모양이라, 라틴어로 왕관을 코로나라고 해서 그렇다잖아요. 코로나 맥주는 멕시코 맥주인데 이 역시 왕관을 뜻하는 스페인어에서 따온 거거든요. 코로나 바이러스가 생기기 전부터 코로나 맥주는 있었고요. 저는

2000년대 초반에 당시 유행했던 세계 맥주 체인점에서 코로나 맥주를 많이 마셨었어요. 그런데 시간이 흘러 흘러 코로나 시대가 되었고, 코로나 시대에 서피 비치에 가서 왕관 모양이 그려진 코로나 맥주의 캐노피 아래 있자니 기분이 묘했습니다.

"아포칼립스 시대의 사랑의 담아"

네, 그리고 언택트 시대의 소설을 쓰고 싶기도 했습니다. 그런 시대에 서핑 소설을 쓰게 되었으니까요. 올해 초 받은 엽서에 이런 말이 있었어요. "아포칼립스 시대의 사랑의 담아"라는. 그 말을 보는 순간 저는 사랑하게 되었습니다. 종말, 대재앙이라는 뜻의 이 아포칼립스Apocalypse라는 단어가 어찌나 다정하게 들리던지요. 코로나의 시절을 과장되게 비유한 이 단어를 계속 생각했던 것 같아요. 쉽게 만날 수 없으니 더 커지고, 간절해지는 마음에 대해서요. 코로나 때문에 사회적 거리두기라는 게 한국 사회의 화두였잖아요. 모든 일이 그렇듯 좋은 점과 안 좋은 점이 있죠. 줌으로 하는 화상회의 같은 게 싫다는 분도 있지만 그게 더 편하다는 분도 생겼고, 저만 해도 줌으로 도서관 강연을 하기도 했어요. 또 이런 이야기를 듣기도 했어요. 아는 분의 애가 초등학생인데

학교에 안 가서 너무 좋아한다는 거예요. 불편한 얼굴을 보지 않아도 된다면서요.

#나노사회 #한겨울서핑
#해시태그로연결된사이

코로나가 종결된다고 해도 사회는 이전의 속도나 규모로 돌아갈 것 같지 않아요. 각자의 속도로, 또 보다 작은 규모로 돌아갈 것 같아요. 나노 사회라고 하잖아요. 작아서, 좁아서 사회가 아닌 건 아니잖아요. 어떻게 보면 만나기 힘들기 때문에, 그 희소성 때문에 더 끈끈하게 결속될 수도 있고요. 저는 이런 작은 집단들, 자기가 속해 있는 곳이 아니라 자기가 속하고 싶은 곳을 찾아 나서는 사람들이 앞으로 더 많아질 것 같아요. 취향의 공동체라고도 할 수 있을 텐데요. 자기랑 비슷한 사람을 찾아 나서는 거죠. 인스타그램 같은 SNS는 부작용이 많다고들 하지만 '해시태그'로 연결되기도 하는 것처럼요.

한겨울에 서핑을 배우겠다고 온 사람들에게는 어떤 공통점이 있을 거라고 생각했어요. '한겨울서핑'이라는 해시태그로 연결된 사이라고 해도 좋겠네요. 그들은 서핑을 배우면서 일시적으로 무리를 이루고, 또 헤어지면서 다시 혼자 있게 되는데요. 함께했던 기억과 그때의 감정은 보존된다고 생각해요.

'이게 사는 건가?' 하고 스스로 되묻던 제이는 서핑을 배우기 시작한 후 '이게 사는 거지' 하고 서핑 강습 회원들과 함께 삶을 긍정하게 되는데요, 이러한 변화가 소설을 관통하는 핵심 가운데 하나가 아닐까 생각했습니다. 마치 인생의 총체와도 같이 여겨지는, 소설 속 '서핑'이 의미하는 것은 무엇일까요? 또한, 소설의 구상 과정과 작업 진행 방식도 궁금합니다.

인생이라는 파도

서핑이 의미하는 바는 이 소설 전체의 내용이기도 해서 요약이 불가능할 것 같습니다. 언제부턴가 너무 많은 사람들이, 또 너무 많은 신에서 인생을 파도, 그리고 서핑에 비유하는 이야기들이 들려오기 시작하더라고요. '인생은 메타포로도 이루어져 있다'라고 생각하는 편인데, 파도와 서핑에 대한 무수한 메타포들을, 세상이라는 바다에 흘러갔다 흘러오는 그 메타포들을, 이왕 서핑 소설을 쓰기로 했으니 한번 정리하고 싶은 마음도 있었습니다. 사람들이 서핑에 홀리는 건, 서핑을 하든 하지 않든 인생이라는 파도를 타고 있다는 것이 모두의 보편적 경험이기 때문이라는 생각이 들었고요.

서핑 자료와 소설 쓰기의 슬픔

2018년에 양양에 갔다가 서핑 소설을 쓰겠다고 마음먹었을 때는 사실 '자료'라는 게 별로 없었어요. 그런데 시간이 지나면서 점점 서핑 관련 책들이 나오더라고요. 반가운 마음과 고마운 마음, 동시에 경계하는 마음도 있었습니다.(웃음) 제가 아직 서핑 소설을 안 썼는데 '쉰 밥'이 되어버리면 안 되니까요. 그래서 현실적인 여건으로 이 소설을 쓰지 못하는 동안 마음이 좋지 않았는데요. 2022년 봄부터 다시 이 소설을 쓰려고 이런저런 준비를 하면서 그동안 나왔던 서핑 관련 책들에 큰 도움을 받았습니다. 소설을 늦게 쓰게 된 게 쓰는 사람 입장에서는 좋았던 것 같아요. 참고할 게 정말 많아졌으니까요.

특히 도움을 받았던 것은 2017년에 나온 『서핑 교과서』라는 책인데요. 제가 소설에서도 실제 책 이름을 인용하고 있기도 하고요. 그렇게까지 했던 이유는 이 책에서 정말 도움을 많이 받았기 때문이에요. 정말 교과서라는 말에 맞게 충실하게 구성되어 있는 책인데요, 하나하나 동작들을 설명하는 걸 보는데 인생의 순간순간에 대한 비유로도 읽혔습니다. 동작들을 설명하는 단순한 문장들이었지만요.

그리고 올해 나온『로커웨이, 이토록 멋진 일상』
(다이앤 카드웰 지음, 배형은 옮김, ㅁ)이라는 책에서도
도움을 얻었습니다. 이번에 소설을 쓰면서, 또 편집
자님과 책 뒤에 실은 서핑 용어들을 정리하면서 이
두 책을 기본으로 했다는 것도 밝혀둡니다.

제가 구할 수 있고, 볼 수 있던 서핑을 소재로 한
영화와 책은 거의 다 봤어요. 몇 개월을 서핑에 관련
된 자료 속에서 살았고요. 소설 쓰기의 슬픔은 쓰기
전에 꽤나 준비가 필요한데 막상 제가 준비한 것들
의 70퍼센트 이상을 쓰지 못하게 된다는 거예요.

Q4

"싸움을 하고 싶지는 않다. 하지만 싸움에서는 이기고 싶다.
그러나 내가 이겨야 할 싸움이 뭔지 모른다는 게 나의 문제
였다." 이러한 문장에 나타난 제이의 인생관에 공감하며 읽
었습니다. 작가님의 인생관은 무엇인가요, 또 실제의 인생
관이 소설 쓰기에 미치는 영향은 어떠한지요?

'나'를 드러낼 수 있다는 용기

제이는 제가 아니고, 제이의 인생관은 저의 인생
관이 아닙니다. 그리고 저는 인생관 같은 거창한 걸

가지지도 못했고요. 그저 매일매일 해야 할 일을 하면서 살고 있을 뿐입니다. 제가 매일매일 해야 하는 일이란 소설 쓰기와 산문 쓰기, 신문 연재, 어쩌다 하는 강연 같은 것들인데요.

인생관 같은 건 없지만 글을 쓸 때마다 저의 자아가 바뀌는 것 같아요. 완성되어 가고 있다고 하면 오만한 말이겠고, 순간순간 바뀌는 것들이라고 할까요. 제가 성격이 외향적이면서 동시에 내면적인데, 글을 쓰다가 제 문제를 알게 되었어요. 별다른 말을 하지 않으면서 사람들이 알겠거니 하면서 글을 쓰고 있더라고요. 적나라한 게 싫고, 다 말하는 게 싫어서, 그런 건 너무 구차한 게 아닌가 싶어서 그랬던 건데, 이건 제 성격의 문제이기도 하다는 것을 깨달았어요. 친한 누가 그러더라고요. 은근한 건 좋은데 말을 하지 않고서 말을 했다고 생각하면 어쩌냐는 거예요. 자기는 독심술을 하는 게 아니지 않냐면서요.

그 말은 제게 어떤 화두가 되었어요. 아, 말을 다 하지 않고 상대가 알아주기를 바란 것처럼 글을 쓸 때도 그러지 않았는가라는 생각을 하게 되었거든요. 제 성격의 일면이 글을 쓸 때도 드러난 거죠. 인생관이 아니라 성격이 글에 영향을 주었다는 걸 깨달았어요. 그 문제를 자각한 이후로 글을 쓸 때 좀 다르게 쓰려고 하고 있어요. 제가 볼 때는 이거 너무 친절한 거 아닌가 싶기도 한데, 좀 더 드러내면서 쓰려고 합니다. 자기를 드러내는 게 쉽지 않다는 것, 용기가 필요하다는 것을 알게 되었습니다. 그래서 그동안 하지 못했던 것 같아요.

글쓰기가 내게 주는 것

작년에 낸 독서 에세이의 서문에 이런 글을 쓴 적이 있어요. "(…) 이 책의 홍보 문구로 뽑아주신 '꿋꿋하고 강한 사람'이라는 문장을 보고 웃음이 터졌더라는 말을 하고 싶다. 나는 그간 창피한 일을 많이도 저질렀기에 꿋꿋하다거나 강하다는 말이 낯설었다. 그런데 이 이야기를 이렇게 쓸 수 있다는 것, 그러니까 나는 약한 사람이라고 말할 수 있게 된 것만으로도 충분히 '강한 사람'이지 않나 싶다." 이 글을 쓰고 나서 강해지고 있다는 생각이 들었습니다. 제가 쓰고 있는 글이, 그리고 앞으로 쓸 글들만 저를 변하게 할 수 있을 것 같아요. 인생관이 글쓰기에 영향을 미치는 게 아니라 글쓰기가 제게 영향을 미치는 것 같고, 저는 그게 참 좋습니다.

"자기 보호의 기술. 나 말고는 아무도 나를 못 지킨다. 내가 나를 지켜야 살 수 있다."

"하나가 나쁘면, 하나는 좋다. 세상은 그렇게 시소처럼 양쪽으로 기울게 만들어져 있다."

"너의 마음을 사람들이 꼭 알 필요는 없어. 너만 알면 돼."

등등 본문 중에 가슴에 와 닿는 구절이 많았습니다. 집필 과정에서 『서핑하는 정신』이라는 소설을 '이 문장'으로 설명하고 싶다, 생각하고 쓴 구절이 있을까요?

서핑하는 정신은 ＿＿＿이다

위에서도 말했듯이, '서핑이 뭐뭐다' '서핑하는 정신이 뭐뭐다'라는 건 『서핑하는 정신』에서 계속 이야기하고 있어요. 어떤 걸 찾아내시든 찾아내시지 않든, 읽는 분의 자유라고 생각하고요. 제가 말할 수 있는 게 있다면, 이 소설의 제목은 슈테판 츠바이크의 『위로하는 정신』(안인희 옮김, 유유, 2012)에서 가져왔다는 거예요. 슈테판 츠바이크가 쓴 몽테뉴에 대한 간략한 평전이고, 원제는 '몽테뉴'인데 한국어판 제목이 '위로하는 정신'이에요. 저는 이 책을 보자마자 샀는데 책의 모든 게 마음에 들었어요. 슈테판 츠바이크도, 몽테뉴도 제게 특별한 작가들이고, 표지에 그려진 몽테뉴의 캐리커처도 좋았고, 무엇보다 '위로하는 정신'이라는 제목이 좋았어요. '위로'라는 말 참 불편한 단어인데요, 이 책에서 '정신'과 붙어서 나오니 달라 보이더라고요. 슈테판 츠바이크가 몽테뉴라는 특별한 사람에 대해 쓴 책이라서 더 그렇게 보였겠지만요. 『서평하는 정신』에서 제가 '명상 장사꾼'에 대해 잠시 말했는데요, 저는 '위로 장사꾼'들을 너무 많이 보아서 '위로'라는 단어를 볼 때 곱게 볼 수가 없었거든. 뒤틀린 마음을 가진 저의 문제인지 모르겠지만요.

제이가 자유롭기를

이 책의 뒤표지에 있는 본문 발췌문을 좋아하는데요, "어떻게 살 것인가"라는 글자가 크게 써 있고 아래 이 문장이 있어요. "광란의 시대, 모든 사람과 모든 것에 맞서 자신을 지켜낸 어느 달관한 인문주의자의 삶의 기술과 지혜". 그리고 이런 문장이요. "우리 삶을 더욱 순수하고 아름답고 풍부하고 의미 있게 만들어주는 모든 것, 우리의 평화, 독립, 타고난 권리 등이 광신도와 이데올로기에 사로잡힌 몇 안되는 인간들의 광증에 제물로 바쳐진 그런 시대에, 시대로 인해 자신의 인간성을 잃고 싶지 않은 사람의 모든 문제는 단 한 가지로 집중된다. 어떻게 하면 나는 자유롭게 남아 있을 수 있을까?"

저는 제이가 자유롭길 바랐던 것 같아요. 제이와 같이 서핑을 배운 사람들도 함께요. 여기까지 쓰다 보니 떠올랐어요. 서핑하는 정신은 '자유를 찾으려는 적극적인 몸부림'이 아닐까라고요.

Q6

맥주와 안주에 대해 진심인 것 같은데, 〈Pink Elephant〉 같은 주종 브랜드를 만들 생각은 없나요?

이야기를 통해 잠시 살아보는 삶

여러 직업을 가지신 분들을 N잡러라고 하잖아요. 저는 제가 하고 있는 일들만으로도 벅차서 다른 일을 할 생각을 감히 하지 못해요. 누군가가 자신의 전부를 쏟아서 열중하고 있는 일인데, 그렇게 말하면 실례인 것 같기도 하고요. 그럼에도 하고 싶은 일들은 좀 있습니다. 그저 마음만으로요. 이 소설에 나오는 공유 오피스를 만들고 운영하는 다국적 기업의 사원도 그중 하나입니다. 그림을 파는 사람이고도 싶고, 질문 주신 것처럼 술을 만들고 싶기도 한데요. 능력도 안 되고 자본도 없는 저는 상상만 해볼 뿐입니다. 그래서 소설에 공유 오피스 직원 이야기를 쓰면서 잠시 그렇게 살아보는 거죠.

술 브랜드를 만드는 것은 자본과 경험, 열정이 투여되는 일인데요. 제게는 셋 중 아무것도 없어요. 그냥 술을 좋아하는 마음과 다양한 술을 경험하고 싶은 정도의 관심이 있는 건데요. 이 정도의 미약한 마음으로 무슨 브랜드를 만들겠어요. 하지만 그런 건 해보고 싶어요. 주류 회사에서 레시피를 공모해서 채택이 되면 일시적으로 그 술을 생산하기도 하더라고요. 제가 알기에 국내 브랜드에는 없고, 미국 크래프트 비어 신에 종종 있는 것 같아요. 위스콘신주 매디슨에 있는 몹크래프트Mobcraft는 맥주를 크라우드소싱 방식으로 만든다고 들었어요. 참가자들이 제출한 레시피 중에서 가장 득표수가 많은 게 그달의 레시피가 되고, 이 레시피는 무조건 실제 맥주로 만들어진다고요. 이런 기회가 주어진다면 저도 참여하고 싶다는 마음만은 가지고 있어요.

Q7 ——————————————————————

이 소설은 서핑을 비롯해 한달살기, 공유 오피스, 워케이션, 플로깅 등 최근 트렌드가 녹아 있어 더욱 현실감 있게 읽혔습니다. 작가님이 직접 경험해봤을 것 같다는 추측도 자연스레 해보았는데요, 이 가운데 무엇을 해보았고, 또 추천할 만한 건 어떤 게 있을까요?

파리 애티튜드와 밀란 쿤데라

플로깅 빼고는 다 해본 것 같아요. 플로깅을 하는 사람을 보면서 아름답다고 생각했는데, 그때 술에 취해 있어서 감정이 더 과했던 듯해요. 한달살기라는 말이 없었을 때부터 저는 한달을 사는 방식으로 여행을 해왔어요. 2011년에 인생 최초로 혼자 여행을 갔었는데요. 파리였고, 한 달 동안 스튜디오를 얻었었어요. 그때는 에어비앤비 같은 것도 없던 시절이라 파리의 단기 임대 사이트에 들어가서 담당자와 메일을 주고받으며 계약을 했어요. 파리 애티튜드라는 사이트였어요. 지금 찾아보니, 와! 아직도 있네요.(https://www.parisattitude.com) 저는 당시 6구에 집을 얻었었는데 그 동네에만 있었어요. 루브르도 가지 않고, 베르사유 궁전도 가지 않고요. 그냥 산책하다가 자연스럽게 가게 되는 미술관이나 카페 같은 데만 다니면서 슬렁슬렁 지냈습니다. 혼자서 미슐랭 레스토랑도 예약해서 가고요. 동네 카페에 갔다가 밀란 쿤데라도 봤어요. 말을 걸 정도의 실력은 아니라 '아, 쿤데라네' 정도였는데, 제가 불어를 잘한다고 해도 말을 걸었을 것 같지는 않아요. 당신 소설을 좋아한다며, 구구절절 이야기하는 사람들을 얼마나 많이 봐왔겠어요. 제게 그분의 귀중한 시간을 방해할 권리는 없으니까요.

여기에서 『서핑하는 정신』을 썼습니다

2012년 소설가가 된 이후로 작가에게 제공되는 레지던시를 갔었는데요. 그게 최소한 한 달 이상이거든요. 2011년의 제가 제 돈을 들여서 한달살기를 했던 거라면, 2012년 이후의 저는 작가에게 국가 혹은 기관이 제공하는 혜택으로 어딘가에 머무를 권리를 얻을 수 있었어요. 베를린에도 3개월 살았고, 서울에 있는 프린스호텔에서 방을 제공해줘서 호텔에서도 두 달을 살았어요. 비교적 최근에는 강원문화재단에서 하는 자율형 레지던시 같은 걸로 강릉에서 한 달을 살았고요. 2020년이었던 듯한데요. 아, 2020년 초에 제주에서도 한 달 살았어요. 제주의 전통 가옥인 돌집을 예약해서. 환상과 현실이 이렇게나 다르구나 하며 지냈던 아주 추웠던 겨울이었죠.(웃음) 이런 경험들 모두 한달살기인 동시에 워케이션이었어요. 2011년에도 그랬듯 저는 노트북을 들고 다니니까요. 강릉에서 지낼 때는 공유 오피스에서 일을 했어요. 그리고 요즘에는 몇 달 동안 계속 서울의 위워크에서 일하면서 지내고 있습니다. 이 소설의 어딘가에 저의 경험의 조각들이 들어 있을 거예요.

한달살기는 자기와 맞는 동네라면, 그리고 목적이 분명하다면 나쁠 리 없다고 생각해요. 가장 중요한 것은 본인이 무엇을 원하느냐일 거예요. 이를테면, 도시형 인간이, 최소한 매일 스타벅스라도 가야 하는 사람이 아무것도 없이 논과 밭만 있는 데 가면 미칠 수 있거든요. 공유 오피스는 제가 이런저런 데를 다녀보았는데요. 이 역시 자기와 맞는 타입이 있을 거예요. 칸막이가 있는 독서실 유형이 좋은 분들도 있을 테고, 개방적인 느낌이 드는 라운지 유형이 좋은 분들도 있을 테고요. 저는 어쨌든 여기에서 『서평하는 정신』을 썼습니다. 지금 이 질문에 대한 답도 쓰고 있고요. ✦

서평하는 정신

초판 1쇄 2022년 11월 7일

지은이 한은형
펴낸이 박진숙 | **펴낸곳** 작가정신
편집 황민지 | **디자인** 나영선
마케팅 김미숙 | **홍보** 조윤선 | **디지털콘텐츠** 김영란 | **재무** 이수연
인쇄 및 제본 한영문화사

주소 (10881) 경기도 파주시 회동길 216 2층
대표전화 031-955-6230 | **팩스** 031-955-6294
이메일 editor@jakka.co.kr | **블로그** blog.naver.com/jakkapub
페이스북 facebook.com/jakkajungsin
인스타그램 instagram.com/jakkajungsin
출판 등록 제406-2012-000021호

ISBN 979-11-6026-296-4 03810